跳べ、暁《あかつき》！

藤岡陽子
Youko Fujioka

ポプラ社

跳べ、暁！

装幀　bookwall
イラスト　境

1

みなさん、はじめまして。

私は春野暁《はるのあかつき》といいます。

どうぞよろしくお願いします。

昨夜練習した挨拶を口の中で唱えながら、暁は見知らぬ中学校の廊下を歩いていた。中学二年の五月という中途半端な時期にまさか転校するとは思ってもみなかったので、正直なところまだ現実感がない。

「春野さん、ここが君のクラスです」

まだ二十代と思われる担任の中林《なかばやし》が一番端の教室の前で足を止め、扉の上に飛び出す「2－1」というプレートを指さした。扉の向こう側からざわざわとした声が聞こえてくると、首から上がかっと熱くなる。

「ほら君たち、席につきなさい。今日から女子が一名、みんなの仲間に加わります。紹介するから静かにしなさい」

中林が扉を開けると同時に、騒音といっていいほどの喋り声が耳を刺した。シンバルの音が耳元で鳴り続けている感じだ。

「春野さん、短くでいいから自己紹介をしてくれないかな」

教壇の上から手招きされ、暁は小さく頷いた。臍《へそ》の前で組んだ両手が震えてきたので、さらに強く握りしめ、腹筋に力を込める。

「みなさん、はじめまして。私は春野暁といいます。どうぞよろしくお願いします」

作り笑顔を頰《ほお》に張りつけたまま教室内を見渡せば、値踏みするような鋭い視線が集まってくる。その中で唯一、笑みを浮かべて暁を見ているメガネ女子がいたが、その笑みが友好の証なのか、敵意なのか。それはこの段階ではわからない。

「あ、しまった」

教壇に立ち、肩をすくませている暁の隣で中林が声を上げる。ただでさえ不安でいっぱいなのに、「しまった」と言われ、こっちまでうろたえる。

「ぼく、春野さんの机と椅子、教室に運んでくるの忘れてました」

「え……」

思わず声が漏《も》れた。暁にとってはかなり痛い中林の失態に、いったん静かになっていた教室がまたわさわさと盛り上がってくる。

「先生、とりあえず昼休みまでブミリアさんの席を使ってもらったらどうですか。机と椅子は昼休み中に私が運んでおきます」

笑い声が充満する中、手を挙げて発言したのはさっきのメガネ女子だった。とりあえず？　昼休みまで？　でももしそれまでにブミさんとやらが登校してきたら、どうするというのだ？　ブミさんが自分の席にのうのうと座っている転校生を見て、嫌な気分になったりはしないのだろうか。

暁はメガネ女子の見通しの甘い提案に首を傾《かし》げていたが、中林は助かったという顔をして頷き、「そうだね。じゃ、とりあえず春野さんはあそこに座って」と一番後ろの廊下側の席を指さした。

「あ……はい」

歩いている途中で足を前にすっと出されて転倒。といったテレビドラマでよくありがちな展開にも注意して慎重に歩いていたが、そんなことはされなかった。

授業終了のチャイムが鳴り昼休みに入ると、わざとゆっくり教科書を片付けた。閉じていた騒音箱の蓋を開けたかのように、教室内がとたんに騒がしくなる。仲良し同士で昼食をとるためか、慌ただしく席の移動が始まる。

さあ、どうしようか……。

授業中はまだいい。でもこういう休み時間は、転校生という立場はけっこう辛い。正解はここで立ち上がり、「誰か一緒にお弁当食べてくれない?」と声を上げることなのだろうが、そこまでの勇気が湧いてこない。

リュックの中から巾着《きんちゃく》に包まれた弁当箱を取り出し、のろのろと机の上に置く。できる限りの時間稼ぎをしてみるが、それでもやっぱりどこからも声はかからない。

しかたなくぼっち飯を覚悟して箸箱《はしばこ》から箸を取り出した時、

「ここ座っていい？」

頭の上から声が落ちてきた。はっとして顔を上げれば、さっきのメガネ女子が白いビニール袋を暁の目の前で振っている。

「私、吉田《よしだ》欣子《きんこ》。欣子って呼んでね」

欣子はどこからか椅子を引っ張ってきて、机を挟んで暁に向き合って座った。

「春野さんの名前、アカツキってどんな字を書くの？」

「夜明けって意味の……」

「ああ、この字ね？」

欣子は指先を滑らし、「暁」という文字を空気の上に書き出した。「夜明け」と言っただけですぐにこの字を連想できる同級生も珍しい。

「それで、暁さんはどこから引っ越して来たの？」

「あ、あたしも呼び捨てにしてくれていいよ。暁って」

「そう？　じゃ、暁はどこから来たの」

「都心から」

「あら、都心から郊外に？　だったら私と同じね。私も中学一年の時にこっちに来たの」

それだけ言うと、欣子はビニール袋から透明の密封容器を取り出し、上品な仕草で蓋《ふた》を取った。驚いたことに白飯《はくはん》しか持ってきておらず、箱に入ったレトルトカレーをかけて食べ始める。教室に香辛料の匂いが充満し、その強烈な弁当に度肝《どぎも》を抜かれたが、初対面なのでつっこむことも笑うこともできなかった。

弁当を食べ終えると、欣子と一緒に視聴覚室まで机と椅子を取りに行った。

視聴覚室は同じ校舎の三階、廊下の突き当たりにあった。ドアの前に黒い幕が掛かっていて、その埃っぽい布をくぐって中に入ると一般の教室より少し広いスペースが広がっている。

「ここから自分に合う高さの机と椅子を選べばいいのよ」

欣子に言われ、暁は近くにあった椅子に腰掛けてみる。ちょっと低い。

「背、高いのね」

「うん。まあまあ高いほうかな」

「何センチあるの？」

「四月に測った時は一六五センチだった」

「へえ……私は一五五センチ。実は小六の四月に測定した時からたった一センチも伸びてないのよ。きっと慢性睡眠不足のせいね」

「あたしは中学に入ってから一〇センチ伸びたよ。よく寝てるからかな」

ははは、と笑い、ニスが剥がれてざらりとした机の表面に触れながら歩いていく。本当は自分も、この一年間は熟睡《じゅくすい》などできなかった。入院していた母のことが心配で夜中に目を覚まし、それから朝まで眠れないことが何度もあった。でもそんな重い話を初対面の人にするわけにはいかない。暗い人。面倒くさい人。つまらない人。そう思われた時点で、一緒にいるのにふさわしくないと思われてしまう。

「どの机にしよっかな。ちょっと高めのほうが居眠りにはいいんだけどな」

「身長にぴったり合うのがいいんじゃない」

「やっぱそうだよね。あたし残念なことに座高は高いから、椅子は低めにしないと」

椅子に腰掛けては立ち上がるを繰り返していると、

「暁はどうしてこの町に来たの？」

と欣子が訊いてきた。窓が閉めきってあるせいかやたらに暑くて、髪の生え際から汗が滲んでくる。

「お父さんの……仕事の都合で」

嘘《うそ》は吐いていない、と思う。でもそれ以上は訊かれたくなくて、「この椅子と机にしようかな」と近くにあったものを適当に指さし話題を変えた。欣子は「ふうん」と頷いたきりなにも言わなかったが、賢そうな人だからなにか気づいたかもしれない。


転校初日をなんとか乗りきり、暁は「バイバイ」と欣子に手を振り正門を出た。彼女は借りていた小説を返すから、と難しそうな本を小わきに抱え、別校舎にある図書室へと向かっていく。

学校から引っ越し先の家までの道順は、父が地図を描いてくれた。学校の前の緩《ゆる》やかな坂道を上りきったところで左に折れ、そこをまっすぐ進んでいくと川の上に架かる橋が見えてくる。その橋から続く川沿いの道を流れに沿って終点まで歩いていけば、新しい家に続く農道が見えてくるはずだった。

暁はいつもよりゆっくりと歩きながら、周囲の景色に目を向ける。路肩の緑が眩《まぶ》しくて、ずいぶん田舎に来たのだなとしみじみ思う。思ったより小さな赤い橋のたもとから涼しげな川の流れに沿って進めば、いつしか周りは田んぼばかりになってしまった。

はたしてちゃんとたどり着けるのだろうかと心配になってきたところに、見覚えのある青い屋根瓦の平屋が見えてきた。昨日は家の中の埃《ほこり》っぽさと黴《かび》臭さと家の外周を覆う伸び放題の雑草ばかりが気になったが、こうしてみると外観もかなり古びている。

「ただいまー」

建て付けの悪い玄関の引き戸を力任せに開け、薄暗い室内に向かって声をかけた。湿った空気が充満するこの家は、本当に自分の新しい住処なのだろうか。もしかして間違って知らない人の家に入ったのか、と三和土《たたき》の隅に張り巡らされた蜘蛛《くも》の巣を見つめる。

「おかえり」

顔をしかめて玄関先に突っ立っているところに父の声が返ってきた。家の中からではなく背中側から聞こえたので、玄関を出てそのまま外壁をつたって裏に回る。

裏庭では父が派手に焚火《たきび》をしていた。大きな炎が燃え上がる向こう側で、頭に白いタオルを巻いた汗だくの父が見える。

「なにやってんの」

「なにって、古家《ふるや》に残ってた不用品を始末してるんだ」

「燃やすことないんじゃないの。捨てればいいじゃん」

「さほど多くもなかったから、手っ取り早いかと思ってな。家主にちゃんと許可も取ってる」

なにを燃やしているのか、火が爆《は》ぜる音が熱風とともに暁の耳に入る。

この家は、父の祖父母が住んでいたそうだ。現在の家主である父の伯父は独身で、父以外に身寄りはなく、いまは都内の特別養護老人ホームに入所している。

「ねえお父さん、今日はちゃんと家の中で寝られるの？」

父が足元に山積みにしてあるカーテンのような布切れを、トングに挟んで火にくべていく。昨夜は家の中がまるで片付いておらず、布団を敷くスペースもなかったせいで車中泊になった。

「たぶん大丈夫だろう。それより学校はどうだった？」

「どうって、別に。普通だけど」

視線の先に西日を受けた山がそびえ、炎のオレンジと重なって見える。

「うまくやっていけそうか」

うまくやるもなにも、まだ初日だ。正直よくわからない。でも暁は、「うん、いい感じ」と答えておいた。「友達もできたし」と吉田欣子の名前を挙げる。友達になってくれるかどうかは不明だけれど、今日自分に話しかけてくれたのは、あの子しかいない。

「友達がもうできたのか」

「うん、まあ」

「おまえは本当に逞《たくま》しいなぁ」

教室に自分の机や椅子が準備されていなかったことも、欣子以外の誰にも話しかけられなかったことも、父には話さない。

「あたし、家の中を片付けてくるね」

暁は父に背を向け、また玄関に回った。背後から「冷蔵庫にペットボトルのお茶が入ってるぞ」と声が聞こえてきたので、「はーい」と返事して雑草がびっしり生えた土の上を歩いた。

転校していなければ、いま頃は部活の時間か……。みんな、どうしてるかな。

友達のことを思い出しながら玄関で靴を脱ぎ、古家に上がる。廊下を歩くと足の裏に凸凹を感じ、濡れた段ボールの上を歩いているような奇妙な感触がある。怖いな、この家。ぼろすぎだし……。昔話に登場しそうな古びた平屋の間取りは台所と八畳ほどの居間、そして六畳間の和室が二つ。和室は二部屋ともに家具はなく、色褪《いろあ》せた畳の上に昨日運び込んだ段ボールが積み上げてあった。

「お母さん、ただいまー」

和室の隅に置かれた真新しい仏壇に、暁は手を合わせる。家具調のアンティークな仏壇は、暁が選んだものだった。昨日、荷物を運んできた時にこの仏壇を置くスペースだけは父と一緒に掃除しておいた。

「お母さんごめんね、こんな辺鄙《へんぴ》な所に連れてきて。お父さんさ、あたしが学校に行ってる間、掃除してなかったみたいなんだよね。家の中全然片付いてないし」

暁の母、春野栞《しおり》が亡くなったのは昨年の暮れのことだ。つい昨日のように感じるが、人生で一番悲しかった日からもう四か月以上経ってしまったことに驚いている。

暁が小学校に入学した時にはすでに入退院を繰り返していた母は、七年間もの闘病生活を続けてきた。調子のいい時もあったけれど具合が悪い時期も長くて、記憶にある母はたいていベッドで横になっている。母が亡くなった時はもちろん悲しくて、でもどこかほっとする気持ちもあった。もうお母さんは苦しまなくていいんだ。お母さんはよく頑張った。そんな、病気からようやく母を取り戻せたような不思議な思いにかられたことを憶えている。

「暁、腹減ったか」

黙々と部屋の片付けをしていると、父が家の中に戻ってきた。

「まあ。でもまだ我慢できる」

「夕食、コンビニ弁当でいいか。いまから駅前に買いに行くけど」

「うん、いいよ」

返事しながら、手だけは動かす。

「じゃあちょっと出てくる」

「はーい。あ、そうだ。消臭スプレーもついでに買ってきて」

明るいうちに掃除機をかけ、古い畳を雑巾《ぞうきん》で拭いて、なんとか部屋で眠れるようにはしておきたい。でもこの黴臭さだけは、水拭きしたところで拭いきれそうになかった。

父が出ていくと、家の中はまったくの無音になった。配線が繋《つな》がってないので、テレビも点けられない。さすがに知らない古家にひとりきりというのはなんとも心細い。しかも他人の使っていた家というのが、気味が悪い。

暁はため息を吐きながら、その場にぺたりと座り込む。ささくれた畳の感触を素足に感じながら、父が会社を辞めた日のことを思い返す。

あれは母が亡くなって、ひと月ほど経った冬の日だった。父がいつもの帰宅時間になっても帰ってこないので、携帯に電話をかけてみた。でも全然繋がらなくて、ラインも既読にならないので、暁は家を出て父を捜《さが》しに行ったのだ。

とにかく寒い日だった。

暗い夜道を歩きながら、母を失った娘と妻を失った夫、どちらが悲しいかなんてことを考えていた。自宅マンションから最寄り駅までの道を歩いていると、どこかの家からカレーの匂いがしてきて、ああ、この家の夕ご飯、今日はカレーなんだ……そう思うと涙が出てきた。

母が一時退院をして家に帰ってきた日はたいてい、カレーを作ってくれた。「いつも同じでごめんね」と申し訳なさそうにしていたけれど、そんなこと全然気にならなかった。にんにく、しょうが、磨《す》りおろしたリンゴ、インスタントコーヒー、ヨーグルト……。母のカレーには少しでも美味しくしようという頑張りが、ふんだんに入っていたから。

お父さん、お父さーんと叫びながら、暁は近所を走り回った。そしてずいぶん長い時間走り続けてようやく、

「お父さん?」

父らしき人を発見した。さっきカレーの匂いがした家から、歩いて五分くらいの公園の中のベンチに、父はしょんぼりと腰を掛けていた。

「なにしてんの、こんな所で」

ベンチに座る父の膝にはビニール袋が置かれていて、中にコンビニ弁当が二つ入っていた。ああそうか、と暁は思った。お父さんもあの家のカレーの匂いを、嗅《か》いじゃったのか。それで寂しくなって、でも家には暁がいるから泣けなくて、ここに逃げてきちゃったのか。罪なカレーだ。

「お父さん、帰ろ。こんなとこいたら風邪引いちゃうって」

暁がスーツの袖《そで》を引っ張ると、父は素直に立ち上がった。

そしてその後、家の食卓でコンビニ弁当を食べている時に、

「お父さん、仕事を辞めようと思う」

と告げられたのだ。このところよく眠れない。食欲もない。どうやっても仕事をする気になれないんだ。職場の上司に相談したら「いまのうちの部署で休職させる余裕はない」と言われた。でももう心にも体にも力が入らない。このままではよくないと、自分でも思っている。だから仕事を辞めて少し休みたいんだ……。

母の闘病中、父はただの一度も辛そうな様子を見せることはなかった。お葬式の時も普段と変わらず、喪主として気丈に振る舞っていた。都心の建設会社に勤めていた父は技師とし

てこれまでたくさんの家を建ててきて、設計した建売の家を暁も見せてもらったことがある。どの家も既製品とは思えない凝《こ》った造りで素敵だった。自分は好きな仕事に就けて幸せだ、と常日頃から口にしていた父が、その好きな仕事を辞めたいと言うのだから、きっと限界なのだ。

「いいよ、仕事辞めても。でも貯金が尽きる前には再就職してよ」

頑張りすぎたのだ。だからいまは休むしかないのだ。暁はそう自分に言い聞かせ、いつものように笑ってみせた。

2

転校二日目は張りきって家を早く出すぎたせいで、始業時間より三十分も前に学校に着いてしまった。こんな時間に登校している生徒は誰もいない。暁は正門まで来ると「平川《ひらかわ》中学校」と刻まれた校名板の前でいったん足を止め、このままグラウンドに行ってみようかと思った。どこかの運動部が朝練をしているかもしれない。

グラウンドに出ると、思った通り半袖に短パン姿の生徒たちがトラックを走っているのが見えた。あれはきっと陸上部。短距離、長距離の選手たちが黙々と走っている。みんなで足並みを合わせているわけではなく、それぞれのペースで練習しているのか周回の速度はまちまちだ。

あの人、速い――。

集団の中にひときわ速い人を見つけ、目が釘付けになる。重力をまったく感じさせない滑らかな走りをしている選手がひとりいた。スピードはぐんぐん上がっていくのに、そのフォームに無駄な力はいっさい感じられない。ほっそりとしていて背が高く、黒い短パンから伸びる足もやたらに長いので、まるで子供の練習に大人がひとり交じっているようにも見えた。リズムを崩すことなく躍動するその選手を目で追いながら、転校早々素敵な人を見出した幸運に心の中でガッツポーズする。

グラウンドから「ラスト一周」という声が上がると、全員がいっせいにスパートをかけた。あの選手も短めの髪を逆立て加速し、氷上を滑るように一周を走り終え、真っ先に集合場所まで戻ってくる。

ああ、いいもん見ちゃったな。やっぱいいな、運動部……。

始業まであと十分というところで、弾むように踵を返し校舎に向かう。もし今日も欣子が話しかけてくれたなら、あの人の学年や名前を訊ねてみよう。あれだけ速い選手なのだ。きっと校内でも有名に違いない。もし学年が違っていたとしても、欣子なら知っているだろうと確信していた。

校舎のレイアウトをまだ覚えきれてなくて、行きつ戻りつしながら二年一組の教室に入ると、ホームルームが始まっていた。

「春野さん、ぎりぎりだよ。早く席に着きなさい」

教壇にはすでに中林が立っていて出席簿を手に出欠を取っている。

「まだ来てないのは吉田さん、ブミリアさん、本田《ほんだ》さんの三人だな。吉田さんとブミリアさんはまた無断欠席か。本田さんは……どうしたんだろうな。みんな、遅刻や欠席をする時は、必ず朝の八時までに学校に連絡すること。おい君たち、ちゃんと話を聞いてるのか」

着席して教室内を見渡せば、空席が三つ。そのひとつが欣子の席だった。現時点で唯一話ができる欣子の欠席は、暁にとってかなり痛い。

中林の口調だと欣子が連絡なしに欠席するのは初めてではないようで、真面目な第一印象の輪郭《りんかく》がとたんにぼやけてくる。そういえばブミさんは昨日も休んでた。前の学校にも何人かいたけれど、不登校なのかな……。耳に入ってくる些細な情報を謎解きゲームのようにかき集め、このクラスの状況をつかもうと努める。朝からまだ誰とも口をきいていないけれど、暁の脳内では活発に対話が行き交っていた。

「今日の三限目に避難訓練があるから、みんな真面目に取り組むように」

中林が本日の行事について説明をしている途中で、教室の後ろの扉が開いた。

あ、あの人……。両目を見開き、淡々とした表情で入ってくる男子生徒を見つめる。

「本田さん、来てたのか」

「はい。朝練に出てました」

遅れてやって来たのは、さっきグラウンドで走っていた最速選手だった。

「もう少し早く来ないと、これじゃ遅刻扱いになるぞ」

「すみません」

あの人、まさか同じクラスだったなんて……。グラウンドで感じた胸の高鳴りが再び湧き上がる。本田は無表情のまま中林に向かって頭を下げると席に着き、黒いボストンバッグの中から教科書とペンケースを取り出す。

一限目の授業は歴史だった。暁だけ教科書が違ったので、倉田《くらた》というおとなしそうな隣の女子に机をくっつけ見せてもらう。「保元《ほうげん》の乱」「平治《へいじ》の乱」「壇ノ浦《だんのうら》の戦い」といった語句を先生が手渡してくれたプリントに書き込んでいく。正直に言えば、暁は勉強が苦手だ。勉強というより、机に座っての作業全般が得意ではない。鎌倉時代のことなんて知らなくても全然平気なのに。そんなことを頭の中で考えながら、先生が板書《ばんしょ》した回答をA４プリントの右半分に書き込んでいく。暁以外の生徒はもうすでに左半分も埋めていて、倉田によると左側は先週の宿題になっていたらしい。

四限目が終わり昼食の時間になると、男子はいくつかのグループに分かれ、女子は椅子取りゲームのように大きな輪をひとつ作った。このクラスの女子はほぼ全員で弁当を食べているのか、歪な円が教室の半分を占めている。暁はリュックの中から弁当を取り出し、思いきって立ち上がった。自分も輪の中に入れてもらおうと一歩、二歩と円周の外から歩み寄っていく。

「あの……」

だが喉《のど》から絞りだした声は、すでに盛り上がっている女子たちの笑い声でかき消された。

誰ひとりこっちを見てくれない。

「っていうか、まじクソだって、今年の一年。やる気ないんだったらやめたらって話でさあ。『月曜は習い事があるから早めに帰らせてください』って、なにそれ。私、あんた要らない、よそ行けばーって言ってやったよ」

輪の中心にいる声の大きい女子がさっきからよどみなく話し続け、周囲の子たちがそのトークに笑い声を被せる。

「あの、一緒にお弁……」

声の大きな女子が、ひときわ甲高い声で笑った。わざと暁の声をかき消すように、笑った。倉田だけが気の毒そうな目をちらりと向けてくれたが、でもそれはほんの一瞬で、また視線を輪の中心に戻す。なにがいけなかったんだろう。まだ転校して二日しか経っていないのに、嫌われてしまった。誰もこっちを見ないけれど、でも誰もが暁を意識しているのはわかる。意識して無視しているのだ。暁はそっと輪から離れ、弁当を持って自分の席に戻った。椅子に座り、巾着袋から弁当箱を取り出し蓋を開ける。卵焼きと冷凍のから揚げをレンジでチンした、自分で作ったお弁当。唐揚げを口に入れると解凍時間が短すぎたのか、シャリシャリと氷の味がした。

学校を出て緩やかな坂道を上がり、赤い橋のたもとまで歩くと、家とは違う方向に歩いて行く。駅前のスーパーに寄って夜ご飯を買って帰る。これが暁に与えられた本日のミッションで、父から二千円渡されていた。

結局、今日一日、学校では一言も話さなかった。もちろん誰も話しかけてこなかったし、自分も誰にも話しかけず、お昼の一瞬とトイレに行く以外は席を立っていない。いつもなら嫌なことがあってもスマホを充電するように時間が経てば復活するのに、今日はそう簡単にはいかず、バッテリー残量は限りなくゼロに近い。

町の中心に位置する駅前にはスーパーマーケットやコンビニ、ドラッグストアなどが何軒かあり、それなりに賑《にぎ》わっていた。その中で「丸大スーパー」という緑色の看板が掲げられた店を選び、出入口の前に積み重ねられたプラスチック製のカゴを手に持ち中に入っていく。以前暮らしていたマンションの近くにあったスーパーに比べると品数が少なく、店内の照明が暗いせいもあって若干活気がない。

お惣菜《そうざい》コーナーを探して彷徨《さまよ》っていると、見知った制服が暁の前を横切った。同じ中学校の男子生徒だった。でもどうせ知らない人だ。これだけたくさんの人がいても自分の知った顔はひとつもない。見知らぬ町で暮らすとは、こういうことなのだ。仲のいい誰かとばったり出会って話が弾む、なんてこともない。

お惣菜を求めてスーパーの細い通路をジグザグにたどっていると、缶詰が並ぶ陳列棚の前に、さっきすれ違った制服男子が立っていた。熱心に棚をのぞくその横顔を見て、胸がどきりとした。あれは……同じクラスの本田くん。間違いない。今朝、グラウンドで朝練をしていた陸上部の本田くんだ。

とっさに上半身を引き、棚の後ろに姿を隠した。彼は暁のことになどまるで気づいていない様子で棚の缶詰を手に取っている。自分のおやつを買いに来たのだろうか。それとも彼の母親は働いていて、おつかいを頼まれているとか？　エコバッグらしき袋をわきに挟み、食料品を吟味《ぎんみ》するその姿をのぞき見しながら彼の背景を想像する。

中年女性と高齢者が占める客の中で、中学生男子の制服姿はひと際目立っていた。かっこいい男子はどこにいても目を引くものだが、その褐色《かっしょく》に光る肌は彼がただものではないことを物語っている。改めてこうして見ると、本当にきれいな顔をしている。それに加えて細く長い手足。グラウンドで走る彼を初めて目にした時と同じように、心臓が脈打っていた。美少年は国の宝。重要文化財だ。

食らいつくような暁の視線に気づいたのか、本田が突然こちらに顔を向けた。反射的に顔を背け、目の前にあったひじきの缶詰に手を伸ばす。大丈夫、落ち着け、ばれてない、と自分を励ます。転校してまだ二日目で、存在感も限りなく薄い。彼の記憶に春野暁の顔など留まっていないはずだ。この時ばかりは自分が誰もが振り返るような美少女ではなく、どこにでもいる平凡な容姿の十四歳女子であることに感謝する。

案の定、本田はまたなんでもないように暁から視線を外し、棚を離れた。ゆったりとした足取りでこっちに向かって歩いてくるので、暁は俯《うつむ》いたままひじきの缶詰に顔を近づけ、成分表を凝視する。すれ違う時、制汗剤の香りが鼻をかすめた。完全に自分の後ろを通り過ぎた後で五秒数えて振り返ると、視線の先に白いシャツの背中が見える。

「おお、暁。おまえも来てたのか」

ほうっと舞い上がっていたところに父の大きな声が響き、喉から「ひっ」と変な音が出た。

「お父さん、なんでいるの？　あたしに買い物して来いって言ってたよね」

本田は出入口から一番近いレジの、最後尾に並んでいる。

「酒を買いに来たんだ。未成年のおまえには頼めないからな。ほら」

青色のエコバッグから、父が発泡酒の缶を出してみせる。

「ちょっと静かにして。同じクラスの男子がいるの。お父さんと一緒のとこ、見られたくないんだよ」

「ああ、そういえば中学生らしき男子がいたな。そうか、暁の同級生か。えらくハンサムだったたな。宝塚歌劇団の男役みたいだ」

父の鋭い洞察力に内心拍手しながら、「そうかな」となんでもないように返す。

「食料品をたくさん買ってたな。家の手伝いだろうか、感心だな」

自分が中学生の時は家の買い物なんて一度もしたことがない、と父がどうでもいい昔話を始める。家事はすべておばあちゃんがひとりでやってたんだ。いまから思えば皿洗いくらいやればよかった。おじいちゃんも台所に立つような人ではなかったし、自分たち兄弟も母親を手伝うという発想がなかった。いまは男も家事をひと通りこなせなくてはいけない時代だ、と機嫌よく話し続ける。

「あの子、陸上部なんだよ。本田くんっていうの」

本田がレジで精算をすませ、出入口から出ていくのが見えた。

「へえ、陸上部か」

「まだ喋ったこともないんだけど」

「大人びた子だな」

父に言われて初めて、彼の独特な雰囲気に言葉を見つけた。そうか、あの男子が他の人と違って見えるのは大人びているからだ。


駅前から続く大通りを歩き、川沿いの道にたどり着いた頃にはもうすっかり日が落ち、辺りは薄暗くなってきていた。

「暁、新しい学校でもバスケットするんだろう?」

この道はジョギングコースになっているのか、さっきからランニングウエアを着た人たちと時々すれ違う。軽快に走っていくランナーを振り返って眺め、「バスケねえ……どうしよっかな」と力なく返す。

「どうしよっかなって、おまえからバスケットをとったらなにも残らないだろ。チビの頃からバスケットしかしてないんだから」

「誰のせいで転校したと思ってんだよ。あたしだってひよちゃんやマッキーと、あのまま部活続けたかったよ」

小学生の時に入っていたミニバスケットボールチームの仲間の名前を口にすれば、父が困ったように眉を下げる。

「……でもこっちでも続ければいいじゃないか」

「それがねぇ」

どうやら平川中学には女子バスケットボール部はなさそうだった。転校初日、中林に「バスケ部はありますか」と訊ねたら「男子ならあるんだけど」と言われたから。

「女バスはないのか？　いまから他のスポーツってのもなぁ」

小学一年生の時から地元のミニバスに入っていたので、娘が他のスポーツをしているところなど想像できないのだろう。父の言う通り、自分からバスケットをとったらなにも残らない。

暁は足元に伸びる自分の影をぼんやり眺めながら、草を踏み川沿いの道を歩いた。それまで冗談っぽく話せていたのに、本気で気分が沈んでくる。もしかすると自分で思っている以上にいまの状況にへこんでいるのかもしれない。

「女バスがないんだったら、男バスでマネージャーをしたらどうだろう」

しばらく黙っていると思ったら、そんなことを考えていたのか。小さくため息を吐き、父の顔に視線を当てる。

「マネージャーねぇ」

「マネージャーでもバスケットに関わっていることには違いないだろう？」

「そう……だね」

「暁からバスケットをとったらなにも残らないだろ」

父が、念を押すかのように同じ言葉を繰り返す。

「そうだよ。なんにも残らない」

「お父さんはいい考えだと思うけど」

川沿いの道の片側は緩やかな草の斜面になっていて、五メートルほど下に川が流れていた。暁は川面《かわも》を眺めるふりをして下を向き、俯いた横顔を髪で隠す。暁からバスケットをとったらなにも残らない。そんなことわざわざ言われなくても、自分が一番わかっている。

「ちょっと走ってくるね」

背負っていたリュックを父に押しつけ、大股で草道を駆け出した。

「おい、なんなんだ急に」

父の声に笑顔で振り向き、ひらひらと手を振る。お父さんはいい考えだと思うけど、か……。そんなの、あたしはちっともいい考えだとは思わない。それ以上はもう父と話したくないからその場を離れたのに、途中から誰かと競うように全力で走っていた。

3

転校三日目の朝、教室に入ると部屋の中は空っぽだった。まさか、クラス全員で示し合わせて自分をひとりに……。卑屈な考えが一瞬頭をよぎったが、すぐに一限目が体育であることに気づく。昨夜、時間割を合わせていた時は憶えていたのに、朝になってすっかり忘れていた。

「女子更衣室って……どこだろ」

授業開始まであと十分ある。いまから必死になって、たとえば他のクラスの誰かに女子更衣室の場所を教えてもらえば授業には間に合うかもしれない。あるいは職員室に寄って先生に訊ねれば……。

でもいまの自分に、そんな気力はなかった。

男子たちが机の上に脱ぎ散らかした白い半袖シャツや丸まったズボンをぼんやりと見ながら、どうしたものかとため息を吐く。もう嫌だな。こういうのはやっぱり辛い。教室の入口に立ち尽くしたまま両目を閉じる。これまで、不登校になる子の気持ちがよくわからなかった。でもいまならわかる。居場所がないのだ。誰も自分を見てくれない、誰ひとり自分のことを必要としていない集団に自ら入っていくのは、思ったより勇気が必要だ。

「なにしてるの」

どうしたものかと途方にくれていると、耳元で大きな声が聞こえた。

「欣子……」

「欣子……、じゃないわよ。なにやってるの。早くしないと授業始まっちゃうじゃない。言っておくけど、うちの学年の体育教師はありえないほど厳しいんだから。サボってるのがばれたら、いやおうなしに評定に1がつくわよ」

女子更衣室に暁の姿がないので捜しに来たのだ、と欣子が背中を叩いてくる。暁の腕をぐいと引っ張る遠慮のない態度が嬉しくて、教室のある三階から一階まで欣子と並んで階段を駆け降りた。渡り廊下を走り、「こっちこっち」と欣子に導かれて体育館の裏に回ると、「女子更衣室」と書かれたプレートが目に入る。

「二年の女子はここで着替えるのよ。あともう一か所、グラウンドにもプレハブの女子更衣室があるんだけど」

鉄製の扉を細い腕で力いっぱい引き、欣子が更衣室の中に入っていく。他の女子たちはすでにグラウンドに向かった後のようで、中には誰もいなかった。

すでに着替えをすませた欣子に「早く早く」と急かされ、暁はブラウスとスカートを筍の皮を剝ぐように数秒で脱ぎ捨て、スポーツブラとパンツだけになった。小一でミニバスを始めてからずっと、着替えのスピードはトップクラスだ。

「着替え、早いのね。紅白歌合戦の早変わりみたい」

パンツの上に学校指定の紺色のクオーターパンツを穿《は》いた時点で、欣子が感嘆の声を上げる。

あとは体操シャツを頭からかぶるだけ、と長椅子に置いていた体操シャツを手に取り、襟ぐりに頭を通したその時だった。入口の扉が錆《さ》びた音を立てて開き、誰かが中に入ってくる気配があった。暁と欣子が同時に振り向くと、体操服姿の本田が、ゆっくりとした足取りでこっちに向かってくる。

「え……え……え……」

暁は下着を隠すために胸の前で両腕を交差させ、その場にしゃがみこんだ。金縛りにあったかのように体が動かず、ただ本田の動きを上目遣いで追いかける。だがこっちがこれほど慌てているのに彼は暁になど目もくれず、手に持っていたシューズ袋を棚に置くと、すぐにまた外に出ていく。

「ちょ、ちょ、ちょっと、いまの見た？　ねえ欣子、いまの……」

腰が抜けるとはこういうことなのか、と生まれて初めて体感する。膝《ひざ》を折って座りこんだまま、立ち上がれなくなっている。

「見たって、なにを？」

驚いたのは、本田の闖入《ちんにゅう》に欣子がなにひとつ動揺していないことだった。平然とした様子で、肩まで伸ばした髪を黒ゴムで束ねている。いったいどういうことだろう。まさかこの中学校では、男子と女子が同じ更衣室で着替えをしているのだろうか。

「あ、あのさ、いま入ってきたのって……同じクラスの人だよね」

「ええ、そうよ」

「でもなんで、ど、どうして？」

「さっきから、どうしたのよ。なにてんぱってるの」

「え、だから、どうして男子が同じ場所で着替えてるの、平川中はそういうのもありってこと？」

両目を剝《む》く暁を指さして、欣子が毒キノコでも食べたかのように烈しく笑い出した。笑って笑って笑いすぎて、腰を深く折り曲げている。

「やだ、あなたっておかしい。天然なの？」

始業のチャイムが鳴り始めても、欣子の笑いは止まらない。

「天然って、なにが。あたし、変なこと言った？」

「本田さんは女子よ、女子」

「え……女子」

「中学生にもなって男女が同じ更衣室を使うわけないじゃないの」

「え、でも制服が……」

「ああ、本田さんがスラックスを穿いてるから男子だと思ったの？　そう。そういうことね。

あのね、うちの中学は女子でもスラックスを穿いてもいいのよ。スカートとスラックス、どちらを選択してもかまわないの。前に通ってた中学には、スラックスを穿いてる女子はいなかった？」

目尻に溜まった涙を指先で拭うと、欣子は「いきましょ、遅刻しちゃう」と暁の背を押した。

本田……さん？　あのかっこいい男子が、女子って……。そんなこと、あっていいのだろうか。

グラウンドに出ると、二年一組と二組の女子が体育倉庫の前に集合していた。今日は五〇メートル走のタイムを計るようで、赤いジャージ上下を着た体育教師の奥村《おくむら》が名簿の順に並ぶよう言ってくる。奥村は五十がらみの女性教諭で、女子たちは彼女のことを「赤弁慶《あかべんけい》」と呼んでいた。

呼吸をするがごとくお喋りをやめない女子たちの中に、さりげなく本田の姿を探した。他の生徒より頭ひとつぶん抜き出ているので、どこにいるのかすぐにわかる。

「準備はいいか。一組と二組、それぞれ一列になって名簿の早い順から走るんだ。そうだ、一組にはたしか転校生が入ったんだったな。……春野暁か。よし、春野はとりあえず最後尾に並べ」

そう言い残し、ストップウォッチを手に奥村が五〇メートル先のゴール地点まで走っていく。

奥村が吹く笛を合図に、先頭の二人が走り出した。走りを見れば、運動部かそうでないかはひと目でわかる。

「暁は走るの得意なの？」

暁のすぐ前に並んでいた欣子が、振り返り訊いてくる。

「それほど速くないよ」

長距離なら自信はあるが、短距離では陸上部の子に負けることもある。

「欣子は?」

「このビン底メガネを見ればわかるでしょう。自慢じゃないけどこの十四年間、スポーツとは無縁よ。あ、暁。次、本田くんが走るわよ」

欣子が含み笑いをしながら、暁の肩を小突いてくる。勘違いをからかわれむっとしたが、彼女の走りはたしかに気になった。スタートラインの前で軽くジャンプしている本田の、まっすぐに伸びた背中を見つめる。

奥村が片手を挙げて合図を送ってくると、緩んでいた本田の全身に一瞬にして力が漲《みなぎ》った。手の指先にまで神経を行き届かせ、本田がスタートラインに立つ。

笛の音が聞こえると同時に、本田が飛び出していく。大きなストライドが土を力強く踏みしめ、そのくせ重力をいっさい感じさせない軽やかな走り。同時にスタートした二組の女子を瞬く間に後方に置いてきぼりにし、その背中が遠ざかっていく。女子だとわかっていても胸の鼓動が速まっていく。鳥だ、と思う。あの人は鳥が空を飛ぶように、陸の上を走っている。これほど速い人は、前の中学にはいなかった。もしかすると自分は、ものすごい走りをいま目の前で見ているのかもしれない。

「昨日は休んじゃってごめんなさいね。お昼は誰と食べたの？」

昼休みになると、欣子が白いビニール袋を手に提げて暁の席までやって来た。

「ひとりで食べたよ。実はまだ、欣子以外に話せる人いなくて」

今日は何人かのクラスの女子と言葉を交わしたが、仲良くなったというレベルではない。

「このクラスの人間関係、けっこう面倒くさいのよ。男子はそうでもないけど、女子はね」

「面倒ってどういうこと」

「そうね……たいていはクラスの女子って、瀬戸内海《せとないかい》に浮かぶ離島のように、いくつかの仲良しグループに分かれるものでしょう、部活が同じとか、共通の趣味があるとか、そういう括《くく》りで」

「だね」

「でもこのクラスの女子のグループはひとつしかないの」

「ひとつ？」

「そうよ」

ブミリアさんを除き、クラスに十六人いる女子のうち十二人がひとつのグループになっていて、それ以外の四人はそれぞれひとりで過ごしているのだと欣子が話す。

「そういう意味では男子のグループ構成に近いのかしら。それで一大勢力の党首が深瀬早苗《ふかせさなえ》っていう、ほら、あのポニーテールの」

欣子が視線を向けたのは、昨日、輪の中心にいた女子だった。口を大きく開け、わざと人に聞かせるような大声で笑っている。

「深瀬グループに入ってないのは、私と本田さんの二人。学校には来ないけど、ブミリアさんもいれると三人だけ」

暁は廊下側の席に座る本田に、さりげなく視線を向けた。彼女は文庫本を片手にバナナを食べている。

「じゃあ欣子はこれまでお昼はどうしてたの？　あたしが転校してくるまで、お弁当は誰と食べてたの」

「ひとりよ。私、大勢でいるのが苦手だから」

「本田さんといればいいのに」

「どうして」

「どうしてって……。本田さんもひとりだから」

「彼女、昼休みは自主トレをしてるから」

「昼休みまで自主トレ？」

「そう。本田さんって、全国レベルの陸上選手なのよ。中一の時に出場した全国大会では優勝もしたみたいだし」

「全国で優勝？　ほんとに？」

「一〇〇メートル十二秒〇一、だったかな。中一女子の大会新記録だったって」

本田が立ち上がり、パンの包み紙とバナナの皮を教室の後ろのゴミ箱に投げ入れた。四メートルほどの距離があったのに、ゴミは見事にインして、暁は思わず「ナイッシュ」と口にしてしまう。本田がちらりとこっちを見て、でもにこりともせずに教室を出ていく。

「本田さんって周りと絡まないの。私は一年の時も同じクラスなんだけど、ほとんど話したことないし」

欣子は言いながら空になったパンの袋をゴミ箱に捨てに行った。今日の彼女の昼食は菓子パン一個だけだ。

「それよりさっきの続きだけど、深瀬さんになにもされなかった？」

欣子が声を落とし、目を合わせてくる。

「なにもって？　え、深瀬さんてそういう感じなの？」

「転校初日に私と一緒にいたから、おもしろくないいんじゃないかなって」

「よくわかんないんだけど。なんで？　欣子と深瀬さんは仲悪いの？」

「私は大丈夫よ。でも彼女、時々気分で酷《ひど》いことをするからちょっと気になって」

「ああ……そうなんだ。いるよね、そういう人」

自分たち子供は大人たちに張り巡らされた制約の中で生きている。いつだって見えない巨大な力に支配され、いろいろなことを強制されて。だから捌《は》け口は常に必要なのだ。そしてその捌け口は弱い者だと決まっている。人を攻撃することを得意とする人間が弱者をいたぶり、それを周りにいる者たちが傍観《ぼうかん》する。標的が自分じゃなくてよかった、という思いは傍観者たちにほんの少し優越感を与えてくれる。別に珍しいことじゃない。いじめや仲間はずれのない学校なんてない。社会に出てからもきっとそうだ。

「教えてくれてありがとう。気をつけるよ」

昨日、大きな輪の外側に立って思った。二年一組の、この女子たちの輪は歪《ゆが》んでいる。そこに入らず、欣子と仲良くなれて本当に幸運だった。

4

放課後、欣子と一緒に正門を出て緩やかな坂道を上がっていると、学校の外周を走る陸上部員たちとすれ違った。半袖、短パン姿の生徒たちが真剣な表情で、前方だけを見つめて走っている。

「あ……」

集団の中に本田の姿を見つけた。膝丈のトレパンから細く筋肉質の足が伸びている。どうやら彼女が先頭のようで、三年生の男子部員ですらそのスピードには追いつかない。

「あ、クロベエじゃん。速えな、あいつ」

すれ違い、瞬く間に遠ざかっていく本田の背中を見つめていると、背後からそんな声が聞こえてきた。声のほうに視線を向けると帰宅途中の男子が数人、縺《もつ》れるようにして歩いている。

「クロベエあいつ、どこからどう見ても男だな」

「いま流行りのLGナントカじゃねえの」

「それな。LGBT。うちのじいちゃんなんて、あいつのことオトコオンナって呼んでる」

「なんだそれ」

「昔でいうLGBTの呼び方なんじゃね？　性同一性障害だっけか。じいちゃん、しょっちゅうクロベエの家行ってるからな。それで帰ってくるといつも『今日もオトコオンナがいたぞ』っておれに言ってくる」

「でもあいつ、陸上ではすげえんだろ。昨年の全中で優勝したらしい」

「ドーピングでもやってんじゃねえの？　もしくは男性ホルモン注射してるとか」

「そりゃやってるっしょ。髭《ひげ》生えてるって、誰か言ってたし」

湧き上がる怒りを抑えつつ、暁は男子たちの会話に耳をそば立てていた。果てしなく失礼で無責任で下品な噂話。隣にいる欣子もかなりむっとした表情で不快感を露わにしている。

「頑張ってない人に限って、他人のことあれこれ批判するのよね」

たまりかねた欣子が、暁の耳に口元を寄せてくる。

いったいどれくらいのペースで走っているのだろう。坂道を上がりきる前に、再び本田の姿が前方に現れた。地面を軽快に蹴る足音が近づいてきたと思ったら一瞬にして通り過ぎ、小さな風を起こす。

眉間に深く皺《しわ》を刻み、本田は猛スピードで坂道を駆け降りていく。視界には入っているはずなのに、暁や欣子のほうには目もくれない。陸上に詳しいわけではないけれど、彼女の走りを見ればすぐに、とてつもなく強い選手であることはわかる。

「本田さんね、ある日突然、女子をやめたんですって」

暁と同じように本田の背中を見送っていた欣子が、正面を向き直す。

「え？　女子をやめるって、どういうこと」

「本田さんと同じ小学校だった子が言ってたの。本田さん、小学校の途中で急に変わったんだって。それまではごくごく普通の女の子で、スカートを穿いたり、髪も長く伸ばしてたって」

それがある日突然、髪を刈り上げて学校に来た。服装もがらりと変わり、周囲を驚かせたらしいと欣子は話す。

「なにかあったのかな？」

「そこまでは聞いてないけど」

「陸上に打ち込みたいからとか？　バスケやってる子の中にも、たまにいたよ。髪を短くして競技に打ち込むっていう」

「でも本田さんが陸上を始めたのは六年生の時らしいわよ。変貌《へんぼう》したのは五年生の時だっていうから陸上は関係ないのかも」

「クロベエ、って」

「なに？」

「さっきの男子たち、本田さんのことクロベエって呼んでたよね。……あだ名なのかな、本田さんの」

「さあ、あだ名で呼ばれてるところは聞いたことないけど」

坂を上がりきると、道は二手に分かれる。二人とも同じ左方向に行くのだが、欣子は橋の手前を左に曲がる。今日はまだ一緒にいたくて、「欣子を家に送ってからうちに帰るよ」と言ってみた。

「寄り道になるわよ」

「平気、まだ時間早いし。それにこの辺の地理を憶えたいんだ」

「そう。じゃあ私の家でお茶でも飲みましょ」

欣子の家は学校から二十分ほど歩いた閑静《かんせい》な住宅地にあった。この辺りは一区画が大きいのか、いわゆる豪邸が建ち並んでいる。欣子は黒瓦の二階建て和風建築の前まで来ると、「ここが私の家よ」と鉄製の黒い門扉に手をかけ肩越しに振り返った。家の周りは漆喰壁《しっくいかべ》の塀がぐるりと囲ってあって、外から中の様子はまったくわからない。

門扉を抜けると白い砂利《じゃり》の上に大理石でできた敷石が並べてあり、暁たちはその上を歩いて玄関扉までたどり着いた。欣子がスカートのポケットから銀色の鍵を取り出し、慣れた様子で鍵穴に鍵を差し込み、ゆっくりと扉を開く。

「おうちの人は留守？」

「おばあちゃんがいるわ。でもこの時間はお昼寝中だから」

外観は純和風だが家の中は洋風で、玄関わきには教会でしか見たことのないステンドガラスが嵌《は》め込まれていた。玄関ホールの床に赤や黄、青色の光が映っていて万華鏡の中を歩くイメージだ。

広い玄関に靴を揃え、「おじゃまします」とスリッパを履いて板廊下を歩いていく。友達の家でスリッパを使うなんて初めてのことだが、汚れた靴下を隠せたことにほっとする。

「そこに座ってて。私、なにか飲み物を持ってくるわね。ジュースでいい？　紅茶やハーブティーなんかもあるけど」

「あ、いいよいいよ。水筒のお茶が残ってるから」

暁は欣子が「サンルーム」と呼ぶ一室に通された。壁一面がすべて窓になっていて、太陽光が部屋の中に燦々《さんさん》と降り注いでくる。部屋の中央には赤ワインのような色をしたビロード生地の肘《ひじ》つき椅子が四脚、丸い形をしたテーブルの周りに置かれていた。

大きな窓から外をのぞけば、青々と草が茂る大きな庭が広がっている。

「庭、荒れてるでしょう。手入れができてなくて」

声に振り向くと、トレーを手にした欣子がサンルームに戻ってきていた。大きめのガラスのコップにオレンジジュースがなみなみ注がれている。

「荒れてる？　そうかなあ。うちのいまの家なんて草ぼうぼうで、それに比べたらきれいすぎるよ」

「そう、一年以上も庭師さんに入ってもらってないから恥ずかしくて」

自分の家の庭が荒れていて恥ずかしいという感覚が、暁にはない。

「いいなあ、うちもこんな庭だったらバスケットゴールを置くのになあ。いや、ここくらい広かったら本格的なコートを作るよ」

「バスケット、好きなの？」

「うん。小一からずっとミニバスやってて、中学でもバスケ部だったんだ」

「ミニバスってなに」

「え……ミニバス、知らない？」

ミニバスは小学生が所属するバスケットボールのクラブチームのことだ。たとえば暁が住んでいた地域では小学一年生から入部資格がある。暁が所属していた「イージークラブ」は全国大会を狙えるほどのレベルで、自分が四年生の時の六年生チームは全国大会に出場し、三位の成績を残していた。

「じゃあ平川中でもバスケットをやりたかったんじゃないの？」

「そうなんだけど……」

「平川中は男バスしかないものねぇ。あ、でもうちのバスケ部ってけっこう強いのよ。都の大会ではたいていベスト4に入ってるし」

「え、そんなに強いの」

「ええ。顧問の奥村先生が熱を入れて指導してるらしいから。奥村先生、知ってるでしょ？

体育の赤弁慶。奥村先生って、もともと実業団でバスケットをやってたらしいのよ。それで引退してからもう一度体育大学に入って教員資格を取って。ああ見えて苦労人だから口は悪いけど懐《ふところ》の深いところもあってね」

欣子の話を聞きながら、暁はなぜかこの半年の間に起こった出来事を思い出していた。十二月に母が亡くなり、その翌月、父が「会社を辞めたい」と言い出した。暁が承諾《しょうだく》すると父は退職願を出し、四月には本当に無職になってしまった。

父は自分の意志で会社を辞めて引っ越しをし、故郷に戻ってきた。でもそのめまぐるしい半年の間、暁の気持ちは置き去りになっていた。自分が望んでの転校でも引っ越しでもなく、ただ父についてここまできただけのことだ。仲の良い友達と別れることも、母との思い出が残るマンションを離れるのも、本当は嫌だった。すごく嫌だった。でも嫌だと口にはしなかった。しかたがない。自分が我慢すればいいことだ。自分なら耐えられる。そう言い聞かせて。

でももうバスケができない……。

「暁?」

「あ、えっと。ごめん、なに話してたっけ?」

「よく知らないけれど、あなたにもいろいろ事情があるんでしょう? こんな時期に転校してくるなんて珍しいもの」

欣子がスカートのポケットからハンカチを取り出し、そっと手渡してくれる。自分では気づかなかったけれど、目に涙が浮かんでいた。恥ずかしい。こんな人前で。

「いいわ。私が協力してあげる。女子バスケットボール部、立ち上げましょうよ」

いつもはきわめて冷静な欣子の声に、熱いものが混じるのを初めて聞いた。

「なに……言ってるの」

口にできたのは、その一言だけだった。

「ないなら、創ればいいのよ」

「そんなこと……できるの？」

「さあ」

「さあって」

「だってあなた、バスケがしたいんでしょ？　だったら先生にそう言ってみればいいじゃない。思いって、口に出さないと伝わらないのよ」

暁は目線を上げ、欣子の顔を真正面から見つめた。メガネの奥の利発そうな瞳が、光を帯びていた。この人は冗談を口にしているわけではない。

「ほんとに……協力してくれるの」

「ええ。私、嘘は吐かないって決めてるから。それになんだかおもしろそうだもの。部を立ち上げる、そういうことを中学生にできるのか試してみたい気もあるし」

暁は欣子の目を見据えたまま頷いた。頷くしかできない。ありがとうの言葉より先に、体の奥底から熱いものが溢《あふ》れ出してきそうだ。

「明日さっそく中林先生に直訴《じきそ》に行きましょうよ」

いきなりの創部は難しいかもしれない。でも部員さえ集まれば、同好会といった形での練習はできるようになるかもしれない、と欣子の言葉に力が込もる。

「部員を集める？」

「そうよ。まずはそれが一番でしょ。学校の部活でバスケットをしたいという女子生徒をある程度の数は集めないと、創部は成り立たないでしょう。声を上げているのが暁と私だけだったら、外部のクラブチームに入れって言われるのがおちよ」

欣子はローテーブルの上にジュースを置くと、「よし、いまから作戦会議。私、パソコン取ってくるから」といったんサンルームを出ていった。古い家だからか物音がよく響く。階段を上がっていく欣子の軽やかな足音が、雨音のように天井から降ってくる。


家に帰ると七時を過ぎていた。こんなこと思っちゃいけないとはわかっているけれど、欣子の家に寄った後でわが家に戻ると、掘っ立て小屋のように見える。

「格差社会かぁ」

時々耳にする言葉だが、学校にいるとよくわからない。格差社会は日が落ちた後、薄闇《うすやみ》に浮かび上がるものなのかもしれない。

「ただいま」

父はまだ帰っていないので、すりガラスが嵌め込まれた玄関の引き戸に鍵を差し込み、誰もいない家に入っていく。都心で暮らしていた2LDKのマンションに西日は入ってこなかったが、ここは窓が西側にあるのか大量のオレンジ色が水のように室内に流れ込んでくる。この時間帯だけは家の中が綺麗に見えて、写真を撮って誰かに送りたくなる。

「お腹、すいたな」

父が帰りにスーパーで食料を買ってくることになっていたが、何時になるかは聞いていない。伯父が入所している施設に行くと言っていたが、寄り道でもしているのかもしれない。

走ろっかな。そう思い立ち、六畳間に積み上げてある段ボールの中から「暁　衣類」と油性フェルトペンで書かれた箱を探した。父が昼間サボっているせいか、壁に沿って積み上げられた段ボールはいっこうに片付かない。学校で使うものはなんとか整理したが、それ以外のものは全然だめだ。台所用品にもまだ手をつけていない。

自分の服が入った段ボール箱を発見し、中からTシャツとバスパンを取り出すと、その場で制服を脱ぎ捨て着替えをすませた。同じ箱にランニングシューズも入っていたのでそれを手にして玄関先まで出ていく。

引き戸に鍵をかけ、軽くストレッチした後、農道に向かって走り出した。ああ、やっぱり体を動かすのは気持ちがいい。凝り固まっていた筋肉が熱を帯びほぐれていくのがわかる。あっという間に家の前の農道を走り抜けると、橋から続く川沿いの道へとたどり着いた。

家を出て、そろそろ十分ほどが経っただろうか。体が十分に温まり、走るリズムも一定になってきた。バスケの試合は第1から第4クオーターまであり、中学生のルールでは1クオーターは八分間と決められている。第1、第2クオーターが前半。第3、第4クオーターが後半。前半と後半の間に十分間のハーフタイムがある。

試合では第1から第4クオーターまでの三十二分間、コートの中で走り続けなくてはいけない。スタミナが切れると当然プレーのスピードは落ち、シュートも入らなくなる。パスやドリブルといった基本動作でもミスが出てくる。だからバスケットの練習にスタミナをつけるための走り込みは欠かせない。

川沿いの草道を、暁は軽やかに駆けていく。どれだけ走っても全然苦しくはならない。ミニバスの監督の口癖は「最後は体力がものをいう」だった。すべてのスポーツは技術と技術の競い合いだ。でも技術は体力がなくては発揮できない。どれほどずば抜けた資質を持ったスポーツ選手も、いつかは必ず引退の時を迎える。それは若い選手に技術ではなく体力で負けてしまうからだ。体力が十分にある時は不思議と怪我《けが》もしない。怪我をしても克服できる。だが年齢とともにその力が劣ってくる。

「三十二分間、全力疾走できる体力をつけろ」

監督にはそう言われ続けた。走れ、とにかく走れ。テレビもゲームも携帯も要らない。時間があったら走れ。なくても走れ。雨の日は縄跳びを千回以上跳べ。そんなふうに厳しく鍛《きた》えられた結果、二時間くらいなら走り続けることができるようになった。

はっ、はっ、と足を高く上げ体に負荷をかけながら走っていると、土手の下、川のほとりに人が立っているのが見えた。人影に目を留めたのは黄色のTシャツから伸びる腕が異様に長かったからだ。ハーフパンツから伸びる足も、とてつもなく長い。

暁はペースを落とし、川沿いに立つ人影に視線を合わせた。距離が縮まっていくうちにその人影が女性だということがわかる。それも、自分と同じ年くらいの少女だ。

なにをしているのだろう。

少女は立ち尽くしたまま、走る暁を見上げていた。

暁はなぜかそのまま通り過ぎることができず、足を止めた。声をかけようかと思い、でもさすがに見知らぬ人に話しかける勇気もなくて、結局そのまま諦めて走り出す。走りながら、あんな所でなにをしていたのだろうと気になってしかたがなかった。やっぱり話しかければよかったと後悔した。寂しそうに見えたから……。夏の花のように明るい服を着ていたけれど、あの子はとても寂しそうだった。


後ろから誰かが走ってくる足音に気づいたのは、遠目に赤い橋が見えてきた頃だろうか。振り返ると、さっき川のそばに立っていた少女が軽やかな足取りでついてきていた。暁のスピードにぴたりと合わせている。

暁はピッチを上げた。すると少女も同じようにスピードを出す。引き離すことができない。橋のたもとまでいっきに駆け抜けると、暁は国道に出ていった。そのまま国道を学校の方角とは逆に進んでいく。川から離れると湿気が少なくなるせいか、空気が少し軽くなった。このまま駅前まで走っていこうと、さらにスピードを上げる。

さすがにもういないだろうと思い、ほんの少しだけペースを緩めて後ろを振り返ると、少女は平然とした顔つきで暁についてきていた。

「え……うそ」

辺りは薄暗く、国道沿いの街灯の光の中に少女の姿が浮かんでいる。暁は思わず足を止め、体を反転させた。その場で立ち止まり、少女が自分の立つ場所にたどり着くのを待つ。

お互いに息が上がっていたので、呼吸が整うまで無言で見つめ合った。街灯の光が目に入ったのか、少女が一瞬、眩しそうに顔をしかめる。遠目にはわからなかったが、近くで見ると少女はかなりの長身で、肌は艶《つや》やかな褐色だった。ふわりと盛り上がった縮れ髪も長い手足も、彼女が異国の人であることを教えてくれる。

少女が肩を上下させながら、ゆっくりと左手を前に差し出した。そして暁よりもひと回り大きな手のひらをそっと開ける。

「あ、うちの鍵……」

手のひらの上には小ぶりの鈴が付けられた銀色の鍵が載せられていた。川沿いの道で落として、それをこの子が拾ってくれたのだろう。急いで追いかけてきてくれたのに、あたしったら振り切ろうとバカみたいに必死に走って……。

「あの……ありがとう」

おずおずと手のひらから鍵をつまみ上げると、少女は人懐こい笑顔で頷き、「バイバイ」と踵《きびす》を返した。

5

　六限目が終わり、机の上のペンケースや教科書をリュックに片付けながら教室の隅の空席を見つめていた。暁が転校して来てから四日連続、ブミリアさんは学校に来ていない。だが担任の中林をはじめ誰ひとり彼女を気にする人はいないので、それはもう日常になっているのだろう。

「あ、欣子」

　ふいに視界を遮られ、顔を上げると目の前に欣子が立っていた。

「どうしたの、深刻な顔して。いまから直談判に行くっていうのに」

　欣子とは今日の放課後、中林に話をしにいくと約束していた。女子バスケットボール部の立ち上げについての相談をしたかったからだ。

「ブミリアさんがどうかした？」

　欣子が暁の視線をたどるようにして、空席を見つめる。

「ねえ、ブミリアさんってどこの国の人？」

　欣子は意味がわからないといった顔を一瞬見せた後、「どこだったかな」と首を傾げた。

「欣子は会ったことあるの？」

「一度だけね。昨年も同じクラスだったから、入学式の時に見かけたわ」

「どんな人だった？」

「どんなって言われても……会話したわけでもないし」

「背が一八〇センチくらいあって、目が大きくて肌が褐色だった？」

部活に向かうクラスメイトたちが駆け足で、暁と欣子のわきを通り過ぎていく。

「そうね、たしかアフリカ系の女の子だったと思う。身長はとにかく驚くほど高かった。三年生の男子よりも高い、そんな印象があったわ。……でもどうしたの、急にそんなこと」

「実はね」

暁は昨日、川沿いの道をランニングしている時に外国人らしき少女を見かけたことを話した。自分が落とした家の鍵を少女が拾って、追いかけてきてくれたことを。

「たしかにそれはブミリアさんかも」

「欣子もそう思う？」

「ええ、だって身長が一八〇センチもある女子なんて、そうはいないでしょう。でも彼女、元気ならどうして学校に来ないのかしら」

ブミリアさんは入学式の翌日から一度も登校していない。先生たちも彼女の不登校をそれほど重要視するわけでもなく、自分はその対応に違和感があったのだ、と欣子は話す。

「事情があるのかもしれないわね」

「事情って？」

「さあ……私にもわからないけど」

欣子と話しながら職員室まで歩いていく。敷地内に校舎は二棟建っており、西側にあるものを西校舎、東側にあるものを東校舎と呼んでいるが、職員室は西校舎の一階にあった。

「失礼します。中林先生、いらっしゃいますか」

職員室の入口に立つと、隣にいた欣子がためらいなく声をかけた。

「ぼくはここだけど」

コピー機のそばにいた中林がすぐに気がつき、片手をあげる。

「ちょっとお話がありまして」

「話？　なんだろう。ああ、春野さんも一緒か」

こっちへおいで、というふうに中林が手招きしてきた。どうやらコピーをしながら暁たちの話を聞こうという気らしい。

「どうぞ、暁」

「え、あたしが言うの？」

欣子が話してくれるものだと思っていたので、いきなりふられて焦った。でもたしかに自分が言い出したことだ、しっかりしなくてはと下腹に力を込める。

「あの、あたしたち、女子バスケットボール部を立ち上げたいんです」

紙詰まりでも起こしたのか、コピー機から甲高い電子音が聞こえてきた。中腰だった中林が腰を伸ばし、手を止める。

「立ち上げるって、……どういうこと」

「あの、あたし、前の中学ではバスケットボール部に入っていたんです。でもこの学校には女バスがないから、でもどうしてもバスケがしたくて……。それで、バスケ部を創りたいんです」

やたらに大きな声が出てしまい、職員室にいる教師全員が自分を見ているような気がした。コピー機から出てくる温風のせいか、顔が熱い。

「私も春野さんと同じく、女子バスケットボール部の創部を要望します。それで、今日は創部の条件を伺いに来たんですけど」

「創部の条件って……急にそんなことを言われてもなぁ。前例もないし……」

ある程度予測していた通り、中林の反応は悪かった。完全に腰が引けている。目の前で中林が困惑顔を浮かべるのを見て、暁はそれ以上なにも言えなくなった。しかたがない。これ以上先生を困らせても悪いし諦《あきら》めよう……。そう自分に言い聞かせていると、欣子が職員室の奥に向かって歩き出す。

「ちょっと、欣子？」

欣子は職員室の奥、衝立《ついたて》のある辺りで立ち止まると、誰かに向かって話しかけた。暁たちのいる場所からは誰と話しているかまではわからないが、すりガラスになった衝立の向こう側で赤い色がちらちらと動いているのが見える。

「オーケーイ、おもしろいじゃないか」

奥の席からいきなり野太い声が職員室に響き渡り、暁と中林は顔を見合わせた。

「春野暁」

自分の名を呼びながら衝立の向こうから現れたのは、奥村だった。赤いジャージを着た奥村が悠然《ゆうぜん》とした足取りでこっちに向かってくる。

「春野、おまえ、バスケットがしたいのか」

ためらうことなく、「はい」と答える。

「よし。私が協力してやる。おまえが発起人《ほっきにん》になって女子バスケットボール部を立ち上げてみろ」

「え、でも奥村先生、そんな簡単に口にしてもいいんですか。そういうことは、まず教務主任に相談してみないと……」

中林がおろおろと首を左右に振っていると、

「先生、私が日頃から生徒たちに求めているのは、こういう姿勢なんですよ」

と奥村が眉間に深い皺を刻む。「生徒が自分のやりたいことに向かって自主的に立ち上がる。それが大事なんです。吉田や春野。こういう生徒たちが日本の未来を切り拓いていくんです。生徒のチャレンジを応援しないでどうするんですか」

日本の未来とは大袈裟な、と暁は肩をすくめた。でも男子バスケットボール部の顧問である奥村が協力してくれるというのならこれほど心強いことはない。

「なあ春野、おまえ本気だよな」

「はい、本気です」

「よし。じゃあさっそく今日にでも校長に掛け合ってみるか。中林先生も援護射撃、頼みますよ」

「ええっ、ぼくも行くんですか。そんな、前例が……」

「前例がなければ作ればいいんですよ。部活をひとつ増やすだけのことじゃないですか」

「でも顧問が……。部活を立ち上げるなら必ず顧問が必要だし、どの先生もいま手一杯で、働き方改革も始動したばかりですし……」

「中林先生が顧問になってやればいいでしょうが」

「えっ、そんな無茶な」

「だってあなた、将棋部を創りたいって言ってたでしょう」

「そ、それは将棋部であって、バスケットなんて専門外だから……」

「いいんです。専門外でもなんでも情熱があれば務まるんです」

「だからその情熱が……」

「中林先生ならできます。私も全面的にバックアップしますから。オーケーイ？」

奥村の勢いに気圧《けお》され、中林が「ああ、はい……オッケーです」と小さく頷く。

「奥村先生」

「なんだ春野」

「あの、明日から私と吉田さんでグラウンドを走ったり、ちょっとした練習を始めてもいいですか。他の部の邪魔にならないようにしますから」

グラウンド西側の隅に外練習用のバスケットゴールが置かれているのを、体育の授業の時に発見した。できればそれを使わせてほしいと暁は頼んでみる。

「わかった、認めよう。もし誰かに注意されたら、私の許可をもらってると言えばいい。春野と吉田のガッツは評価できるぞ。あとはメンバー集めだな。おまえら以外にバスケをやりたい女子はいるのか」

「いえ、いまのところ二人です」

「そうか。でもこの地域にはミニバスのチームがあるから、探せばバスケ経験者がいると思うぞ。男バスの部員の中にもミニバス上がりのやつがけっこういるからな」

奥村が大きく頷き、「中林先生、じゃあまた後で一緒に校長に頼みに行きましょう」と言ってまた職員室の奥のほうへと戻っていく。

「中林先生、よろしくお願いします」

暁が改めて頭を下げると、

「あ、ああ。そうだね、ぼくもいろいろ調べてみるよ」

と覚悟を決めたように中林が頷き、弱々しい笑顔を見せた。奥村が強引だったのでちょっと申し訳なかったけれど、とにかく一歩前進したことに体が熱くなってくる。

「あの、先生、ちょっと話が変わるんですけど、うちのクラスにブミリアさんっているじゃないですか。彼女はどうして学校に来ないんですか」

この機会にあの子のことを訊いてみようと暁は思った。だがブミリアさんの名前を口にしたとたん、中林の顔がさっきまでの困惑顔に戻る。

「先生、ブミリアさんの住所とかって教えてもらうことできませんか」

「どうして住所を？」

「昨日、家の近くで偶然会って、落とした鍵を拾ってもらったんです。そのお礼を言いたくて」

あの少女が本当にブミリアさんかどうかはわからないが、でもどこかで間違いないと確信していた。

「お礼か……。でも個人情報保護法なんかがあって、そう簡単に住所を教えるわけにはいかないんだよ」

「先生、あたしそんな、変なことに使ったりしません」

クラス名簿というものがなくなってから、同級生との連絡手段がなくなってしまった。仲の良い子とは連絡先を交換しているが、そうでもない子はどこに住んでいるかさえわからない。個人情報を守るのも大事かもしれないけれど、友達の輪を広げる妨《さまた》げにはなっている。

「同級生として会いに行くだけです。ほんとのことを言うと、バスケ部に勧誘したいっていうのが一番の理由ですけど」

暁がしつこく食い下がると、「絶対に他には漏らさないように」と約束した上で中林がブミリアさんの住所を教えてくれる。

「あの、春野さん。ブミリアさんの家に行くんだったら、この書類を持っていってもらえないかな」

中林がＡ４サイズの茶封筒を差し出してくる。なにが入っているのか封筒は分厚くずっしりと重い。

「了解です。私たちに住所を教えた大義名分、確かに受け取りました」

欣子が畏《かしこ》まった口調でそう返すと、どうしようもないな、という顔をして中林が小さく笑った。

6

教えてもらった住所を手掛かりに、暁は欣子と一緒に国道を歩いていた。家とは逆のほうへと歩いていることはわかる。でも土地勘がないので、同じ場所をずっと巡っているような気もする。周りは水が張られた田んぼばかりになってきて、自分ひとりなら心細くてそろそろ引き返している頃だ。

「欣子はこの辺りの地理、詳しいの？」

「まさか。中学一年の時に引っ越してきたのよ」

「そのわりに迷いなく歩いてるじゃん」

「まあ、スマホがあるからね」

欣子が手に持っている携帯を見せる。画面の地図アプリにも目印になるような建物はなく、やたらに白っぽい地図の中を赤い矢印が進んでいく。

「学校に持ってきたらだめなんだよ。あたし、転校初日に言われたもん」

「電源を切っていれば持ってないのと一緒よ」

「でもいま電源入ってるじゃん」

「こういう時には必要でしょ？　住所を見ただけでは、たどり着けっこないし」

携帯のアプリを完璧に使いこなす欣子を、ちらりと横目で見る。

「いいなあ欣子は」

足元にあった小石を田んぼに向かって蹴り飛ばした。田植えを終えたばかりの田んぼがこんなにきれいだなんて知らなかった。柔らかそうな緑の稲が風に吹かれ、波のようにうねっている。

「私のどこがいいの」

「だって賢くて、お金持ちで、とにかく毎日楽しそうだし、自由だし」

「楽しそう？　自由？　私が？　暁って洞察力《どうさつりょく》ゼロよね。私のなにを見てそんなことが言えるの」

「なにをって」

目を見張るくらいに立派な家に暮らす裕福なお嬢様。学校に行くも休むも本人しだいだし、なにより自分というものを持っていて他人の目などいっさい気にしない。これを自由と言わずになんて表現すればいいのか、語彙力《ごいりょく》の乏しい自分には思いつかない。欣子がなにも言い返さないのをいいことに、暁は欣子の羨《うらや》ましい点をいくつも挙げて「あたしも欣子のようになりたいな」と呟《つぶや》いてみる。

「暁はPアカデミーって知ってる?」

暁の言葉が途切れると、それまで黙っていた欣子が訊いてきた。ふいに立ち止まり、田んぼの溝に群れ咲くつゆ草に携帯を近づけ、写真を撮っている。

「知らない。アメリカの映画の賞?」

「ううん、都心にある進学塾の名前よ」

淡々と口にしながら、欣子は携帯を空に向けた。今度は茜《あかね》色に染まった山の稜線《りょうせん》を撮り、満足そうにしている。夕陽に向かって歩いているので、ブミリアさんの家が町の西側にあることだけはわかってきた。

「私ね、小学一年の時からそのPアカデミーに通っていたの。みんなPアカって呼んでるんだけど、Pアカで受験勉強して、中学は桜明館《おうめいかん》に入るつもりだったのよ」

これは自慢ではないから気を悪くしないで聞いてほしい。そう前もって告げてから、欣子は出会って初めて自分の家族の話をした。父親は物理学の研究者で、もう十年近くアメリカに単身赴任をしている。弁護士の母親は都心で法律事務所を経営している。物心ついた時から両親には中高一貫の桜明館に入学し、東京大学に進むように言われていたのだと欣子は話した。

「東大って……。それなにかの冗談？」

うちでもたまに、そんな冗談を口にすることはある。

「もちろん本気よ。うちは両親ともに東大出身だから母校愛が強くてね。海外の大学に行きたいなら、東大を卒業した後で行くようにとも言われてる」

「でも親の出身校だからって、子供が同じ学校に行く必要はないんじゃないの」

「こっちの意見なんて聞いてくれないわよ。特に母親は」

うちの娘は自分の出身校でもある桜明館に進み、東京大学に入学する。そして将来は両親と同じように社会に貢献できる専門職につく。それが誕生と同時に自分に与えられたミッションなのだと欣子が笑う。

「いくら察しの悪い暁でも、この話の続きはわかるでしょう」

欣子に突然振られ、「え、わかんないんだけど」とうろたえてしまう。残念ながら欣子が思っている以上に、自分は察しが悪いのだ。

「私ね、中学受験に失敗したのよ」

「え、そうなの？」

「だっていま現に平川中学に通ってるんだから、そういうことでしょう」

「あ、そっか……その、桜明館って難しいの？」

「そこそこね」

「そうなんだ。だったら別に落ちてもしかたがないんじゃ……」

「模試では毎回A判定だったの。A判定以外、出たことがなかった。だから不合格になるなんてこと、考えてなくてね。桜明館以外はどこも受けなかったわ」

まさかの不合格に母親は激怒し、混乱し、深く嘆《なげ》いた。知り合いの桜明館中学校の関係者に「なにかの間違いではないか」と問い合わせたくらいだと欣子はつまらなそうに笑う。

「母にとっては、生まれて初めての挫折だったのよね、きっと。アメリカにいる父を一時帰国させて、二人でPアカに乗り込んだんだもの。うちの娘が不合格になった経緯を説明してくれって、そりゃあもうすごい剣幕でね」

小学一年生から子供を進学塾に通わせるということは、親にとっても大変な負担なのだと欣子が説明してくれる。母は娘のために長年勤めてきた法律事務所を辞めて、自分の裁量で仕事ができるようにと個人事務所を立ち上げた。大手の法律事務所に所属し、新聞に載るような大きな事件を担当してきた母にとってはキャリアを捨てる覚悟だったと思う。そこまでして娘の将来に懸けていたのだから、結果を出せなかったことをとても申し訳なく思っていると欣子は話す。

「申し訳ないなんて……。そんなの、欣子のせいじゃないよ」

「私ね、小学校は私立の、いわゆるお嬢さま学校に通っていたの。良妻賢母《りょうさいけんぼ》という、もはや絶滅危惧種の育成を理念としている女子校でね。まあ私のような変わり者にも居場所を作ってくれる温かな学校だったんだけど、Pアカが学校から遠くて、ひとりで塾には行けなかったのよ。電車を乗り継いでいけば時間が間に合わなくてね。だから放課後は母が車で迎えに来てくれて、塾まで送ってくれたの。もちろんお迎えもね。そんな日々を六年間も続けてきたの。それで結果を出せなかったんだから、それはもう申し訳ないとしか言えないでしょう?」

いまから思えば、いわゆる安全校を受けておけばよかったと後悔している。第二志望の中学に通っていれば母に恥ずかしい思いをさせなくてすんだからだ、と欣子は言った。

「恥ずかしいって、なにが?」

「地域の公立中学に進学することがよ。ああ、暁、誤解しないでもらいたいのだけど、私は公立中学を見下しているわけではないの。ただ私のように、七歳から勉強しかしてこなかった子供にとっては、不合格なんて許されないことなのよ。恥ずかしいことなの。私がいま口にした『恥ずかしい』というのは、公立中学をばかにして言っているのではなくて、私の失敗が、ふがいなさが恥ずかしいという意味だから」

「でも……お母さんは恥ずかしいなんて思ってないかもしれないじゃん。よく頑張ったって思ってるかもしれないでしょ」

「ううん。母もはっきり口にしたから。恥ずかしいって」

「……自分のことを恥ずかしいなんて言われたら、あたしだったら耐えられないな。酷いよ」

自分もミニバス時代に監督から「恥ずかしい試合をするな」と叱られたことがある。でもそれは、本当に、自分たちが恥ずかしい試合をしたからだ。点差が二十点近く開き、もう勝つことを放棄《ほうき》した、時間潰しのような試合をしてしまったからだ。思いのこもらないパス。投げやりなシュート。転がるボールを追いかけない選手もいた。あれはどれだけ叱責《しっせき》されても言い訳のできない恥ずかしい姿勢だった。でも欣子の話を聞いていて、彼女が恥ずかしいとはまったく思えない。欣子は笑いながら話しているが、暁は悲しい気持ちになった。

「そうだったんだ……」

「そうよ。私は自由でもなければ、いまの状況を楽しんでもいないわ。しかたなしにこの生活を受け入れているだけ」

小学校に入ってから今日までの七年間、暁はさほど勉強もせずに好きなバスケだけをやってきた。放課後は週に四日の練習があり、週末は練習試合に出かけていった。勉強は学校の宿題を一日二十分ほどする程度。両親に小言を言われたことは一度もない。むしろバスケに打ち込む自分を励まし、応援してくれていた。

自分とはまるで違う欣子の人生を知り、愕然《がくぜん》としてしまう。同じ中学二年生でも過ごしてきた時間は全然違う。朝起きて、家を出て、学校に通う。教室で「おはよう」と顔を合わせて、放課後の「バイバイ」まで一緒に過ごす。同じ授業を受け、昼食を食べ、好きなアイドルやテレビドラマの話なんかをするのがこれまで暁の知る友人関係だった。学校にいない時の友人の暮らしを想像したことなど一度もない。でもいま気づいた。みんな、学校にいない時は全く別の時間を生きているのだろう。当たり前のことだけれど、だから人生は違ってくる。

「この辺りじゃないかしら、ブミリアさんのお宅。……どうしたの暁、さっきからぼんやりしちゃって」

無意識のうちに下を向いて歩いていたようで、欣子の声に顔を上げると目の前に木造アパートが二棟並んでいた。外壁にひび割れが目立つ古い建物で、外階段にも、その下に並ぶ郵便受けにも赤茶けた錆が浮いている。

「ほんとにここなのかなー」

茂った雑草を掻《か》き分けるように、二人で建物に近づいていく。

「アプリの地図ではそうなってるけど」

欣子がほらね、と携帯の画面を見せてくる。「表札が出てないから、一戸ずつ呼び鈴を鳴らしていくしかないわね」

人の気配は感じられないが、外廊下に段ボール箱が置いてあったり、窓枠に傘がぶら下がっていたりするので住人はいるのだろう。アパートの裏手には小山があり、山の端すれすれに飛ぶ鳥たちの姿がはっきりと目に入った。

「手前から順に訪ねてみる?」

二階建てのアパートにはそれぞれの階に四戸ずつ部屋があった。欣子の言った通りどの玄関にも表札は出ておらず、びっくりするほど大きな音がするブザーを一つ一つ鳴らしていかなくてはいけなかった。

「どこも留守みたいだね」

一棟目の八戸をすべて回ったがドアを開けてくれる家は一軒もなく、二棟目のアパートに移動する。だが二棟目の一階四戸もやっぱり留守で、暁たちは半ば諦めながら外階段を上がっていった。

外階段を上がりきり、二階の外廊下を歩いている時だった。突然、一番手前の部屋のドアが開いた。ドアと壁の隙間《すきま》から、見覚えのある少女が顔を覗《のぞ》かせこっちを見ている。

「ブミリアさん？」

欣子の声に、少女が警戒心に満ちた表情で小さく頷く。

「はじめまして。私たち、あなたと同じ平川中のクラスメイトなの。私が吉田欣子で、この子が春野暁。……ブミリアさんは日本語わかる？」

いつも早口な欣子が言葉を切ってゆっくり訊ねると、ブミリアさんは強張《こわば》った顔で頷き、

「私はリモ。ブミリアリモです。日本語わかります」と返してきた。

「よかった」

欣子が笑いながら一歩前に足を出し、ブミリアさんとの距離を縮める。

「あたしたち、ブミリアさんに会いに来たんだよ」

ブミリアさんが訝《いぶか》しげに首を傾げたので、暁は「先生に頼まれて」とリュックの中からA4サイズの茶封筒を取り出した。ブミリアさんはぎこちなく封筒を受け取ると、「どうも」と頷く。

「あのさ、あたしのこと憶えてない？　昨日、落とした鍵を拾ってくれたでしょ。あたしが

ジョギングしてて、それをブミリアさんが追いかけてきて」

「あ、川の道を走ってた？」

「うん、そう。あたしたち偶然同じクラスだったの。それでブミリアさんがずっと学校休んでるからどうしたのかなと思って」

学校という言葉が出ると、ブミリアさんの表情がわずかに強張った。学校が嫌いなのだろうか。暁はさりげなく彼女の縮れた髪に目を向ける。しばらく美容院に行ってないのかその髪はカリフラワーのように膨らんで、教室にいれば目立ってしまうだろう。

「おまえら、なんなんだ。そんなところに立ってたら邪魔だろう」

背後からどすの利いた男の声が聞こえてきて、三人同時に振り返る。廊下にぶら下がっている裸電球の下、作業着姿の初老の男が暁たちを睨みつけてきた。

「おまえら、そこどけよ。邪魔だ」

男が通れるスペースを空けるため、暁と欣子は外廊下の鉄の柵《さく》に体を寄せた。男が通りすぎると酒と油の臭いがぷんと漂う。

「もしかして、こいつに会いに来たのか」

男が顎《あご》でブミリアさんを指し示す。

「あたしたちクラスメイトなんです。今日は担任に頼まれて学習プリントを持ってきました」

「学習プリントぉ？」

男が頬を歪めてばかにしたように笑い、「こいつが勉強？　笑わせんなってんだ」と作業着の左胸のポケットから煙草を取り出し口端に咥《くわ》えた。

「あなたに関係ないでしょう？」

欣子の強い口調に男は一瞬頬を歪めたが、どうでもいいという顔をしてズボンのポケットから鍵を取り出し、鍵穴に差し込んだ。

「そうよ、おれはただの隣人。で、哀れな黒人親子を見逃してやってる親切な男」

芝居がかった調子で言い放つと、男が乱暴にドアを開け家の中に入っていく。どうやらブミリアさん宅の隣が男の住まいらしい。

ドアの横にある格子《こうし》のついたガラス窓の前に立っていたブミリアさんが、暁と欣子を手招きした。家に上がらせてくれるという。

「おじゃまします」

部屋の中はアパートの外観同様に壁も畳も台所のシンクもなにもかも古びていて、四畳半の和室が三つ、鉤型《かぎがた》に並んでいた。三和土にスペースがなかったので、自分たちの靴は玄関のドアの外に出しておく。

「狭いんだけど」

ブミリアさんは暁たちを真ん中の部屋に通し、カラフルな色使いのクッションに座るよう勧めると、自分は畳の上で胡坐《あぐら》を組んだ。

「吉田さん、春野さん、今日はありがとう」

茶封筒の中身を取り出しながら、ブミリアさんが律儀《りちぎ》に頭を下げてくる。

「お礼なんていいのよ。それに私たちは同級生だから敬語もいらないわ」

「そうだよ。あたしのことは暁って呼んで。それで、この人は欣子。ブミリアさんのことはリモって呼んでいい？」

リモが頷き、自分は日本で生まれ育ったが、母親はタンザニア人だと教えてくれる。

「タンザニア！」

欣子が口元に手を当て小さく叫ぶ。暁が欣子ほど驚けないのは、恥ずかしながらその国が世界地図のどこに位置するかがわからないからだ。

「タンザニアといえば東アフリカよね。ここね、これがタンザニア」

欣子がスカートのポケットから携帯を取り出し、広々とした草原と野生動物がアップされた画面を暁とリモに見せてきた。リモは画面に顔を寄せ「たぶんこんな感じ」と呟き、「でも私、一度も行ったことないの」と小さく笑った。

「アフリカかあ、いつか行ってみたいよねー」

暁の心は弾んでいた。突然訪ねて来て、会えるかどうかわからなかったクラスメイトとこうして話ができているのだ。自分の力で重い扉をひとつ開けたような気分だった。だが欣子はとても冷静に、いつもの思慮深い表情でリモを見ている。

「ねえブミリアさん、あなたどうして学校に来ないの」

畳の上に携帯を置き、欣子が慎重に切り出した。

「暁は転校生で、この五月から一組に入ってきたのよ。あなたもこのタイミングで学校に来たら、私たち三人で仲良くできるんじゃない？」

リモの大きな目が、頼りなげに揺れる。友達がいない、教室に居場所がないというのなら、これからは一緒に過ごせばいいと、欣子がその目を見つめた。

「私も学校には……行きたい」

「だったらどうして？」

「勉強が……」

リモは唇を結び、数秒の沈黙の後、「わからないから」と苦しそうに言葉を繋いだ。

小学校の低学年の頃までは、学校に通うのが毎日楽しかった。友達もたくさんいた。だがその後、何度か転校を繰り返しているうちに授業についていけなくなった。特に算数が苦手で、割り算でつまずき、図形で苦しみ、割合の計算になるともう、先生がなにを言っているのかさっぱりわからなくなった。算数が理解できなくなると、どうしてか理科や国語や社会まで嫌いになってしまった。そんな自分が恥ずかしくて、だんだん人と交わるのが辛くなり、いつしか学校に行けなくなったのだとリモが苦しげに打ち明けてくれる。

「何度かって、そんなに転校したの？」

欣子が眉をひそめる。

「小学校の時は七回……憶えてない。ここに来たのが六年生の時で、それからは一度も転校してないけど……」

それだけ転校すれば、授業についていけなくなるだろう。勉強がさほど得意ではない暁には、授業が理解できない苦しみは十分すぎるほどわかる。それよりどうしてそんなに引っ越しを繰り返しているのだろうかと、不思議に思う。

「中学校の勉強は小学校より難しい。無理に行かなくてもいいってママが……」

中学の先生も『学校に来なさい』とは言ってこないから、それでずっと家にいるのだとリモが寂しげに微笑む。

「明日、あたしと一緒に登校しない？」

暁は思いきって口にした。勉強がわからないなら欣子に教えてもらえばいい。割り算も図形も割合も、わからなくなった単元に戻ってもう一度やり直せばいいじゃないか、と。

「明日から……一緒に？」

まさかそんなことを言われるとは思っていなかったのだろう。瞬きを繰り返し、リモが口ごもる。

「あたしがここまで迎えに来るから、二人で行こうよ」

「え、でも……」

「今日一日考えて、それでも行きたくなかったら、明日の朝、迎えに来た時にそう言ってくれたらいいよ」

困惑顔のリモに向かって笑ってみせた。

「あ、そうだ」

欣子が大事なことを思い出したというふうに、パチンと手を打った。

「私たちバスケットボール部を創ったんだけれど、あなたも一緒にやらない？　なんだったら授業は受けずとも放課後だけでも来ればいいじゃない」

にこやかに微笑む欣子の顔を、リモが長い首をすくめながら見つめていた。

7

六限目の授業が終わると、暁は他の誰よりも早く教室を出てグラウンドに向かった。昨日奥村に許可をもらったので、今日からグラウンドの西側の隅を使って練習を始めることにしたのだ。とはいえいまのところ部室もないため、しばらくは体育館の裏にある更衣室、バレー部の部室を間借りすることになっている。

「リモ、体操服は持ってきた？」

職員室で借りてきた鍵で更衣室のドアを開けると、暁は振り返った。すぐ後ろには欣子とリモが立っている。

「持ってきたよ。でも着られるかな。ちっちゃいかも」

今朝はいつもより一時間早く家を出て、リモのアパートに向かった。昨日、欣子と二人で学校に来るように説得したものの、正直なところ無理だろうと思っていた。もう一年以上も不登校を続けているのだ。そう簡単にリモの心が動くことはないだろう、と無駄足になることは覚悟していた。ただ川沿いの道で見かけたリモの姿があまりに寂しそうで、声をかけずにはいられなかった。

だから、制服を着たリモがアパートの前に立っているのを見た時は、叫びたいくらいに嬉しかった。

「リモ、それはちょっと……小さすぎるんじゃない？　小学生男児の半ズボンみたいになってるわ」

「いいのいいの。パンツが見えなきゃいい」

中学に入ってから身長が伸びたのか、リモのトレパンは超ミニ丈になっていた。でも本人は平気な顔で髪をひとつに束ねている。今朝のホームルームで、暁は女バス部を立ち上げたことをクラスメイトに伝えた。だが、みんなは部の立ち上げではなくリモが登校してきたことに驚いていた。クラス中がざわめき、わざわざ二年一組の教室をのぞきに来る他のクラスの生徒もいたくらいだった。

「ブミリアっ」

移動式のバスケットゴールをグラウンドの隅まで運んでいると、奥村が近づいてきて、リモの姿を見るなり野太い声でその名を呼んだ。突然名前を呼ばれたリモが、怯《おび》えた表情で半歩後ずさる。だが奥村はリモの顔に視線を置いたままためらいなく歩み寄り、いきなりその体を両腕で抱きしめた。胸にも腹にも豊かな肉をつけた冬布団のような奥村に、リモの細い体が包み込まれる。暁や欣子も唖然《あぜん》としていたが、リモはもっと驚いた表情で全身を強張らせ口を開けたり閉じたりしている。

「ブミリア、よく学校に来たな。待ってたぞ」

背骨が砕けるのでは、と思うほど腕の力を込めた後、奥村は体を離して少し距離をとると、リモの頭を軽く叩く。自分は奥村という人をそれほど知らない。けれど、この人がいい教師だということはわかる。こんなふうに生徒にまっすぐ気持ちを伝えられる先生は、そうそういない。奥村は本心からリモの登校を待っていたのだと暁は感じた。そしてその思いは本人にも伝わったのか、リモが唇を歪め、いまにも泣き出しそうな顔をしている。

「ブミリアおまえ、女バスに入るのか」

「はい、誘ってもらったから」

「いいじゃないか。おまえなら絶対にいい選手になれるぞ。春野、おまえ、いいところに目をつけたな。ブミリアをスカウトするとは、最高じゃないか」

「ありがとうございます」

暁が頭を下げると奥村は満足そうに頷き、「今日の練習メニューは決まってるのか」と訊いてくる。

「練習メニューって言われても、いまできることはさほどないんです」

自分以外の二人は初心者なので、基礎から教えなくてはいけない。ボールの持ち方。パスの出し方。ドリブルのつき方……。なにから始めればいいのかまだわからない。

「なんだその顔は。情けない目をするな」

「すみません……」

「おまえが女バスを立ち上げたんだろうが。春野が、このチームのキャプテンだ。弱気になってないで、どうしたらチームが強くなるか考えろ」

「……はい。とりあえず今日はグラウンドを走ります。スタミナをつけるために、そこから始めます」

グラウンドにはバスケットゴールが二台置いてあるので、コートを作っての練習はできるものの、初心者の二人にはまだ早い。

「よし、じゃあ走れ。グラウンドだけじゃなく、学校の周りを走ってもいいからな」

そう言い残すと、奥村は男バスが練習する体育館へと戻っていった。男子はいま春季大会で順調に勝ち進み、来月六月に決勝を控えている。奥村が行ってしまうとほんの少しだけ心細い気持ちもしたが弱気になどなっていられない。奥村の言う通り、自分はキャプテンなのだ。

「まじかっ、ほんとにバスケやってるし」

グラウンドの隅にある体育倉庫からカゴに入ったバスケットボールを運んでいると、同じクラスの野本亜利子《のもとありこ》がそばを通りかかった。野本はバレー部で、クラスではいつも深瀬早苗と行動している。

「ねえねえ、うちにもバスケやらせて。七美《ななみ》、ちょっとそこ立って」

暁が返事をしないうちに野本が手を伸ばし、カゴの中のボールをひとつ取り上げた。野本に呼びつけられた倉田が走ってきて、暁に会釈してからゴール近くに立つ。

「七美、一対一やろ」

野本が手に持っていたボールを地面につき、重心の低いドリブルでゴール下まで進んでいく。倉田は両手を左右に開いて腰を落とし、野本の突進を阻止しようと右へ左へスライドステップを始めた。

なに……この人たち。暁は手に持っていたカゴを下ろし、二人を見つめた。この動き、絶対にバスケ経験者だ。

「七美、足止まってるって。わきが甘いっ」

野本が両足の間にボールを通し、ドリブルする手を左右入れ替えるレッグスルーという技で倉田のディフェンスを揺らしている。そしてそのままいくつかのフェイクを入れ、倉田をその場に置き去りにすると、ゴール下まで切り込んでいき、リング真下からレイアップシュートを打った。軽く跳び上がりリングにボールをそっと置いていく、完璧なフォームだ。

「野本さんと倉田さんって、バスケやってたの？」

暁が訊くと、二人が同時に頷く。野本はそれから二本のジャンプシュートを決め、

「うちら、そろそろ行くわ。部活始まるから」

と暁めがけて思いきりボールを投げてきた。受け止めようとしたが間に合わず、暁の太も

もを打った後、ボールはまた土の上に落ちる。今日はバレー部も外練《そとれん》なのか、野本が集合場所へと走り出せば、その後を倉田がついていく。倉田は走り出してすぐに振り返り、暁に向かって「ありがとう」と小さく手を振った。

「経験者がこんなに近くにいたとはね」

二人が立ち去ると、欣子がぽつりと呟いた。

「びっくりだね。野本さんと倉田さんがあんなにバスケが上手いなんて」

二人とも教室では深瀬とべったり一緒にいるので、個人的に話すことはほとんどない。転校して一週間近く経ったいまも、自分が気軽に声をかけられるのは欣子だけだった。でもそれで充分だ。これからはリモもいる。

「じゃあそろそろあたしたちも練習しよっか。今日はとりあえずランメニューにして、明日から本格的に基礎練習始めよ」

今日はグラウンドの周りをそれぞれのペースで二十周。暁がそう伝えると、欣子が「嘘でしょ」と呟き、顔をしかめた。

ランニングと軽いストレッチを終えた後、更衣室で着替えていると、「クソ邪魔なんだけど」と尖《とが》った声が聞こえてきた。声のするほうを振り返れば、深瀬がドアを開けて入ってくるのが見える。

「自分勝手に新しい部を立ち上げて、着替える場所がないからって他の部の部室に侵入してきて。そういうの迷惑だってことわかんないのかなー。ざんねーん」

意地の悪い笑い声が、攻撃的な言葉の効果音として後に続く。深瀬には近寄ってはいけないと言われていたので、暁はさりげなく視線を外した。

「ちょっと、もうっ。身動きできないって」

たしかに更衣室は満員電車の状態にあった。少し動くと肘や足が誰かの体に当たり、そのたびに不満げなため息が耳に入ってくる。でも暁たちが先に着替えていたところに、バレー部員がなだれ込んできたのだ。あと五分待ってくれれば着替え終わって出ていけるのに……。

空気が細く噴き出す音とともに、制汗スプレーの甘い香りが室内に充満する。

「あとで中林に文句言いに行こ。女バレは人数が多いんだから、他の部と部室を共有するなんて無理だって」

「だよねー。まじ最悪」

これみよがしの会話をやり過ごし、暁たちが外に出ようとした時だった。

「やだ、やだ、やだっ」

深瀬がひときわ大きな声で騒ぎ出した。そのまま無視して出ていこうとしたところに、

「私の携帯がないーっ」悲鳴に近い声が、背中に突き刺さる。

「この前の誕生日に買ってもらったやつ？　ギャラクシーの最新型の」

誰かの心配そうな声に、リモが足を止めて振り返る。

「そうだよー。やば、まじでないっ。誰かに盗られたんだ。絶対に盗られてる。だって部活

前はちゃんとあったし」

深瀬の声が高く荒くなっていくにつれて、他の部員たちは口を閉ざし、下手な女優のひとり芝居を見せられているような白けた空気が作られていく。関わると面倒なので、暁は再び前を向いてそのまま部室を出ていこうとした。だが更衣室のドアに手をかけたところで、「このタイミングで出ていくわけ？」と呼び止められる。肩越しに振り向けば、深瀬が粘っく視線でこっちを見ていた。

「え、でもあたしたちは別に……」

「部室の中で携帯がなくなったって。私、いまそう言ったよね」

「あなたの携帯が部室でなくなった。でもそのことと私たちと、なんの関係があるの」

欣子が不快さを前面に押し出す。

「じゃあ逆に訊くけど、無関係ってどうして言いきれるの」

深瀬が腕組みをして睨んでくるのを、「だからなんの関係が？」と欣子が半笑いで受け止める。

「あんたたちのほうが、先にここ来てたよね」

「だからそれがなに？」

「バレー部がいない間に、私たちの荷物を自由に触れるってことでしょう」

「ばかばかしい。どうして私たちがあなたの荷物に触れなきゃいけないの。私たち、別にあなたのファンじゃないから」

深瀬と欣子。二人のやりとりに割り込む余地はなく、暁は息を詰めて見つめていた。これまでも女子同士の諍《いさか》いに遭遇したことはあるが、弁の立つ女子にはとうてい太刀打ちできない。

「これまで部室で盗難なんて一度もなかったの。でも突然、まさに今日そういうことが起こったってことは、あんたたちを疑うのは当然よね。ねえ亜利子、私の携帯に電話かけて」

「え……うちが？」

深瀬の視線の先で、野本が顔を引きつらせる。

「いいから早くっ」

野本のすぐ後ろには倉田が肩をすくめて立っていて、いつもの自信なげな表情でこっちを見ている。暁はあまりのばかばかしさに呆れ、でも拒むと面倒なことになりそうなので、肩に掛けていたリュックを足元に下ろした。欣子も「いいわよ。でもこれでもしあなたの携帯が私たちの荷物から出てこなかったら、いまこの場で土下座してね」と革鞄と体操着が入った布製のトートバッグを床に置く。深瀬が目配せすると、野本が自分の携帯で電話をかけ始める。更衣室内がしんと静まり、全員の視線が野本の指先に集まっていた。

「あ、なんか聞こえる」

誰かが小さく呟き、耳を澄ませばたしかにジージーというバイブレーションの音がどこからか聞こえてきた。そう遠くない場所で携帯が震えている。暁のリュック？　欣子の革鞄？　トートバッグ？　空気を震わす微かな音を捜して、その場にいる全員が頭をめぐらせる。

「音、このバッグから聞こえてくるっ」

深瀬が指さしたのは、ジーンズ生地でできたリモの手提げバッグだった。深瀬がその場にしゃがみこみ、なんのためらいもなくリモのバッグを開く。ナイフで切り裂くような手早さだったので、誰もその動作を止めることができない。

ぱかりと口の開いたバッグからひときわ大きなバイブレーションが聞こえてくると、

「どゆこと？」

と深瀬が上目遣いにリモを睨みつけた。リモのバッグに手を入れて、ピンクのカバーが付けられた携帯を深瀬が取り出す。カバーにはキラキラ光るシールがびっしりと貼り付けられている。

「証拠、出てきたけど？」

「リモのバッグからあなたの携帯が出てきた。ただそれだけでしょ」

欣子が鼻で笑う。

「ただそれだけ？　あんたなに言ってんの？　私の携帯がこの人のバッグに入ってた。この人が盗ったってことでしょ」

「リモのバッグにあなたの携帯が入ってたからって、それだけで犯人扱いするなんてどうかしてるわ」

「は？　どゆこと？　どうかしてるのはそっちだよね。じゃあなんで私の携帯をこの人が持ってんの」

「リモがあなたの荷物から携帯を抜き取って自分のバッグに入れた。そう言いたいんでしょうけど、でもね深瀬さん、その場面は誰も見ていないの。誰かがあなたの指図で、あるいはあなた自身が携帯をリモのバッグに入れた。そういうことも考えられるでしょう?」

リモを強引に犯人に仕立てるつもりならこっちも黙ってはいない、と欣子が両目を吊り上げる。

「あんたたちも見たよね、私の携帯がこの人のバッグに入ってたの。あのままこっちが気づかなかったら、この人、私の携帯、家に持って帰ってたんだよ」

深瀬の煽《あお》りに、彼女を取り巻く数人が「学校で盗難なんて」「先生に即報告」「この状況で犯人じゃないと言い張れることが笑える」と声を重ねてくる。悪意ある言葉の数々にリモの表情が翳《かげ》っていく。

「こんなこと言いたくなかったんだけど」

欣子がすうと息を吸い、少し間を置いてから、

「深瀬さん、あなたのやってることは犯罪よ」

と低い声を出した。「あなた、自分が世界の中心にいると思っているでしょう。周りにいる人間はすべて自分の支配下に置けるもんだと思ってる。刺激も欲しいのよね、退屈は嫌い。だからあることないことでっち上げて、人を傷つけて楽しむの。私はあなたのそうした性質、とっくに気づいてた。治るものでもないからなにも言わなかっただけ。私には攻撃してこなかったしね。でも私の大切な友人を傷つけたら許さない。あなたなんて怖くもなんともない

もの。私の悪口を言いふらされようが、女子全員からシカトされようが、ネットで攻撃されようが平気。真っ向から闘ってあげる。それから深瀬さんの周りにいるあなたたちも、本当は気づいてるんでしょう？　深瀬さんが普通じゃないってこと。自分が標的にされるのが嫌で彼女に従ってるんでしょうけど、もうそういうの、やめにしない？　今日のことは先生に報告しておくから。私ももう黙ってはいないわよ。暁、リモ、行こう」

欣子がリモの肩を抱きよせ、床に投げられたバッグを拾い上げた。暁もリモの背に手を添え、ドアに向かって歩き出す。しばらく誰も言葉を発さなかったけれど、更衣室から出る間際に「なにあれ」「最低」と背後からわさわさと嫌な空気が流れてきた。

「私たちが楽しそうだからよ」

足早に更衣室を離れると、欣子が苛立った口調で言ってくる。

「え、どういうこと？」

「深瀬さん、私たちがバスケ部を立ち上げて楽しそうにしているのが、おもしろくないのよ」

「ああ……そういうことか。ほっといてくれたらいいのに」

欣子が前に、深瀬とは関わらないほうがいい、と忠告してきた意味がようやくわかった。彼女は今日、本気でリモを陥《おとしい》れようとしていた。それもあんな茶番のようなやり方で。でもこれまでにもきっと、こうしたことは何度も繰り返されてきたのだろう。人が人を貶《おとし》めるストーリーはいつも白々《しらじら》しく、虐《いじ》める理由なんてどうでもいいのだ。あのままリモが携帯を盗んだことになり、嘘が事実として周囲に広まったらと思うと、暁は心底恐ろしくなった。

「リモ、気にしちゃだめよ」

「そうだよ、あたしたちがついてるから」

背を丸め、体を硬くして歩くリモの腕を暁はそっとつかむ。

この一件をいまから中林に報告しに行こうかと相談していると、どこからか男の罵声《ばせい》が聞こえてきた。思わずその場で足を止め、三人で顔を見合わせる。グラウンドからも校舎からも見えづらい体育館裏の死角で、男が誰かを怒鳴りつけている。

「おい、顔を上げろ。何度言ったらわかるんだ？　おまえの耳は飾りなのか、だったらこんな耳いらねえなぁ、いますぐ剃り落としてやろうか」

足音を消して声のするほうへと近づいていくと、樹木の陰に生徒らしき背中が見えた。その後ろ姿には見覚えがある。黒い短パンから伸びる細く長い本田の脚が、粗暴な言葉に打ち負かされないようしっかりと土を踏みしめていた。

「ああっ」

男が思いきり、手に持っていたなにかを地面に叩きつけ、暁の喉から引きつれたような声が出た。鉄製のものがコンクリートを打つ嫌な音が、背筋を冷たくする。

「あの男、陸上部の外部のコーチよ。うちの学校の陸上部に指導に来てる」

「どうしよう、先生呼びに行こうか」

「そうね、こんな、誰も見てないところで生徒を怒鳴るなんて悪質よ」

暁たちが踵を返して職員室に向かおうとしたちょうどその時、樹々の枝葉に隠れていた本田がゆらりと出てきた。顔を伏せたままグラウンドのほうへと走っていく。暁たちには走り去る彼女の後ろ姿しか見えず、どんな表情をしているかはわからなかった。

今日一日でいろんなことがありすぎて疲れてしまい、家に戻るとTシャツとバスパンのまま倒れ込むように六畳間の自室で眠りこけていた。外はすっかり暗くなっていて、月明かりが窓に滲んでいる。布団も敷かず畳の上で寝そべっていた暁の体に、水色のタオルケットが掛けられていた。

「お、起きたのか」

ゆらりと立ち上がり、襖《ふすま》を開けた。明るい電灯の光が暗闇に慣れた目に眩しい。

「……いま何時？」

「八時前だ」

「お腹すいた」

「なんだいきなり」

「お父さんはなんか食べたの？」

「卵。卵を焼いて食べた」

外に食べに行くかと父が言ってきたので、気乗りはしなかったものの「いいよ」と頷く。中学二年にもなると、父と二人で外食するのは少し気恥ずかしい。

前庭に停めてある軽自動車に乗って向かったのは、駅前の繁華街だった。父は丸大スーパーの駐車場に車を停めると、どこでもいいから暁の好きな店に入ろうと言ってくる。

「車、あそこに停めちゃっていいの？　あの駐車場は丸大スーパーの買い物客用だよ」

「そう固いこと言うなって。帰りに丸大で買い物して帰ればいいだろ。あそこ十時まで開いてるしな」

それにしても田舎はいいな、駐車場もたいてい無料だしな、と父が機嫌よく歩いていく。夜の駅前通りは昼間とは少し違った感じがする。電飾の光があちらこちらで灯り、町全体がぎゅっと縮まり人口密度が急に高まったような息苦しさを感じる。

「お父さん、ちょっと」

タクシーやバスがひしめき合う路上に知った顔を見つけ、半歩前を歩く父の半袖シャツをつかんだ。雑踏《ざっとう》に消えていく背中を目で追いながら、「こっち来て、こっち」とシャツの裾を引っ張る。

暁の視線の先にあるのは、本田の背中だった。間違いない。制服姿の本田が、夜の町を歩いていた。彼女を見失わないよう駆け足で横断歩道を渡り、人の波をかき分けてその後をついていく。父が「なんだなんだ？」と訝《いぶか》しげに訊《き》いてくるので「同じクラスの子がいるんだよ」とだけ返しておく。なにを勘違いしたのか父は急にニヤニヤし始め、「なんだ、もう好きな奴ができたのか」と口にしている。

丸大スーパーで買い物をしてきたのか、本田は肩に大きなエコバッグを掛け、左右の手にめいっぱい膨らんだ半透明のレジ袋を提げていた。

「お、あれか。暁の片想いの相手は」

駅前から少し離れると、喧噪が徐々に静まってくる。早足で先を急ぐ本田の後ろ姿がはっきりと視界に入り、父の上機嫌に拍車がかかっていく。スラックスを穿いた本田を男子と見間違うのはしかたがないが、父はなんの疑いもなく暁をひやかしてくる。

「どうした、声をかけるのにおれが邪魔なんだったら隠れてるぞ」

どこまで行くのだろう。そう思いながら本田を追っていると、大通りを右に曲がり細い路地に入っていくのが見えた。暁はやけにそわそわしている父を置き去りにして、本田を追って走った。彼女が曲がった角を同じように右へ折れると、荷物を携えた本田が古家の裏手にある木戸を手で押し開けている姿が目に入った。

ここが本田さんの家……。

近づいてよく見れば、本田が入っていった古家の正面玄関側に、小さな看板が置かれていた。白く光る電飾看板に黒い太字で、『酒処　黒兵衛』と書かれている。

あ、クロベエだ――。何人かの男子たちが本田のことをそう呼んでいたなと思い出す。彼らは彼女の自宅が店を出していることを知っていたのだ。

「どうしたんだ暁、急に走り出したりして」

父がようやく追いついてきて、息を切らしながら暁と白い電飾看板を交互に見つめてくる。

「なんだ、ここがあの男子の自宅か」

父は苦しそうに何度か咳《せ》き込んだ後、「よし、晩飯はここで食べるか」と暁が止める間もなくすりガラスに格子が嵌め込まれた扉を開けた。

「らっしゃーい」

と中から威勢の良い声がかかる。店は奥行のある縦長になっていて、カウンター席と四人掛けのテーブル席が奥に二つ設けてあった。父はためらいもなく入口に一番近いカウンター席に腰掛けると、戸惑う暁に座るよう促《うなが》してくる。

「なんでも好きなものを頼めよ」

お品書き、と表紙に書かれたメニューを父が手渡してくる。上目遣いでこっそりとカウンターに目を向ければ、父と同年代の男がねじり鉢巻きをして忙しそうに立ち働いている。

「決まったか？」

「え、あ、まだ。……なんでもいい。お父さん決めて」

客に「大将」と呼ばれる店主らしき男を、メニューを眺めるふりしてちらちらと見た。背が高く細身で、端整《たんせい》ではあるが頑固そうな顔をしている。カウンターの奥、紺地《こんじ》の暖簾《のれん》がかかった厨房らしき場所に、もうひとり従業員がいるようだが姿は見えない。

「出汁《だし》巻き、揚げ出し豆腐、軟骨のから揚げ、それから大根サラダに焼き鳥の盛り合わせ。とりあえずそれだけください」

メニューに目をやりながら父がカウンターの中に向かって声をかけると、「あい、了解」と野太い声が返ってくる。店は繁盛《はんじょう》している様子で、暁たちが入店して三十分もしないうちに、ほとんどの席が埋まっていた。

暁が軟骨のから揚げを奥歯で砕いている時だった。紺地の暖簾がふわりと揺れ、中から本田が顔を出した。半袖シャツに黒と白の千鳥格子柄の制服のスラックスを穿き、大将と同じ黒のエプロンをつけている。だが本田はガラスの器に盛り合わせたサラダを大将の手元に置くと、すぐに暖簾の奥に引っ込んでしまう。

「どうした、食べないのか」

この大根サラダは本田が作ったのだろうか。半分に切られたラディッシュの赤を見つめながら、陸上のコーチに烈しく叱責されていた後ろ姿を思い出す。本田はあの後ずっと、部活終了のチャイムが鳴ってもまだ、たったひとりだけグラウンドの周りを走り続けていた。

店主がひとりで切り盛りする黒兵衛はその後もずっと盛況で、客はひっきりなしに現れた。たいていはひとりか少人数でやって来て、気安い態度で店主と話を交わしていく。店主は「キュウリ」「冷ややっこ」と時折暖簾の奥に向かって声を飛ばし、その時だけ本田が出来上がった料理を皿に載せて顔をのぞかせた。

「おまえの想い人は偉いな。学校から帰って、それでまた店の手伝いしてるなんてな」

暁も、同じことを思っていた。部活で疲れているはずなのに家の仕事まで手伝って。本田はなんて偉いのだろう。丸大スーパーで食材を大量に買い込んでいたのも、おそらく店の買い出しに来ていたのだ。

背後で大きな笑い声がして振り返ると、すでに酔いが回った様子のサラリーマン客が扉を開けて入ってくるのが見えた。店主に向かって男が「大将、六人っ」とほとんどわめくように声をかける。テーブル席とカウンターに分かれて座ってもらえるならと店主が愛想よく返すと、男ばかりのグループが店を占領する。

「おいっ。おい薫《かおる》、付き出し」

暖簾の奥に向かって店主が怒鳴りつけ、のろのろとした動作で本田が現れた。暁は父の肩で自分の顔を隠すようにして、働く姿を盗み見る。円形のトレーに付き出しを並べ、新しく入ってきた客たちの前に置いているが、その間にこりとも笑わない。

「大将、えらく若い子雇ってんね。十八歳未満じゃねえの」

「これ、うちのガキなんすよ。カカアが出ていっちまったんで忙しい時は手伝わしてるんです」

「きれいな顔してるじゃない」

「いやあ、頭悪いし、この通り無愛想《ぶあいそう》で。なんの取柄もないしょうもないガキですよ」

「いやいや。そっち方面なら稼げるんじゃない？　新宿二丁目辺りに立たせたらモノになるよ。なんならおれが口利いてやるけど」

こういうのを酒の肴《さかな》、というのだろうか。酔客《すいきゃく》たちが本田を話題に酒を酌《く》み交わす。失礼な物言いも、侮辱《ぶじょく》めいた言葉も、こうした飲み屋では許されることなのだろうか。

「暁、お勘定するから店の前で待ってろ」

いたたまれない気持ちになって下を向いていたら、父が突然立ち上がった。皿にはつくねもレバーもまだ残っていたが、暁はなにも言わずに椅子から滑り降りた。顔を伏せていたのは本田に気づかれたくなかったからだ。もしいま暁がこの場所にいることを知れば、彼女はきっと不快な気持ちになるだろう。本田は客と店主の軽口になにひとつ応じることなく、黙々と働いている。

父より先に店を出て、深呼吸した。店内では呼吸がしづらくて、体の中の酸素が不足している。どうしてこの店に入ったのだろう。好奇心……。そうだ、『黒兵衛』という看板に単純に興味をそそられたのだ。本田の実家が居酒屋を営んでいるという発見に、うわついた気分になっていた。ばかだなと思う。この店に入りたい素振《そぶ》りを見せたのは暁だ。父はその雰囲気をくみとっただけだ。こんな時間まで本田が働いている姿を見たくはなかったし、彼女も自分なんかに見られたくなかったはずだ。

「おまたせ」

暁が暗い表情をしているせいか、父が陽気な声を出す。

「美味かったな」

「うん。……残しちゃったけどね」

本田はもう、夕ご飯をすませたのだろうか。残したりせずに注文したものは最後まで食べればよかった。

大通りまでの細道に人通りはなく、父と暁の足音だけが響いていた。駅前は騒がしいのに少し離れただけでこんなに静かなんて……。知らず知らずのうちにため息を吐いていた。店内にいる間ずっと緊張していたからかもしれない。

「なあ、暁。こうやって歩いていると、いろんな家があるだろう。ほらたとえばこの家とか」

通りを歩きながら、父がすぐ目の前に建つ家を指さした。一階が車庫になった縦に長い家だった。玄関先に古い原付バイクが停めてある。

「世の中にはいろんな家庭があっていろんな親がいて、いろんな子供がいる。どの家も決して同じではない。それは当たり前のことなんだ」

細長い家の一階の窓には灯りが点いていた。お笑い番組でも観ているのか、波のようなリズムで人工的な笑い声が聞こえてくる。

店で働いていた本田は、いつもと同じ顔をしていた。教室にいる時と同じ。グラウンドで走っている時と同じ。感情がまるで見えない顔。そんな表情を、暁も時々鏡の中で見ることがある。

「お父さん、親ってそんなに偉いの？　子供がなんでも言うことをきかなきゃならないほど立派なの」

たいていの親は、子供は自分たちの言うことをきくべきだと考えている。事実、子供は親がいなくては生きていけない。

「いや、そんなことはない。やるべきことをきちんとやっているなら、あとは自由にしていいとおれは思ってる」

でも親は子供に我慢ばかりさせるじゃん、あたしだってほんとは……。そう言いかけて口をつぐんだ。

「さっきのあの子、本田さんっていうんだけど、陸上部なんだ。短距離の選手で全国大会でも上位入賞してるらしいよ」

傍らを歩く父が、ほっとした表情で「それはすごいな」と頷く。

「あの子にとっての陸上はきっと、暁のバスケットのようなものなんだろう。好きなことは生きる支えになるからな」

能天気《のうてんき》な父のコメントに首を振り、「だから違うんだって」ときつく返す。「強いからっていいことばかりじゃないんだよ。本田さん、今日、陸上部のコーチに酷く叱られてたんだよ。あんなの指導じゃない……支配下におくための恫喝《どうかつ》だよ」

走っている時も店の手伝いをしている時も、本田は無表情だ。唇を固く引き結び、目の奥を空洞にして大人に言われた通りに動いている。

「それからお父さん。誤解してるからはっきり言っとくけど、本田さんは女子だから。あたし、さっきから『本田さん』って言ってるよね。『本田くん』じゃなくて」

「え、そうなのか。でもズボン……あの子、ズボン穿いてたぞ」

「いま時の中学はスカートとスラックス、どちらでも選択できるんだよ。そんなことも知らないなんて、完全に時代に取り残されてるね」

父が悪いわけでもないのに無性《むしょう》に腹が立ってきて、暁は感じの悪い声を出した。言葉にできないもやもやが蕁麻疹《じんましん》のように全身に広がってきて、口調が刺々《とげとげ》しくなるのを抑えられない。父は「そうか。最近の事情はわからないな」なんて言いながら隣で笑っていた。

8

グラウンドの西側には側面に灰色のブリキ板を張り付けただけのような、プレハブが建っている。通常その建物は女子更衣室として使われているのだが、放課後は女子ソフトボール部とテニス部の部室になっていた。

「おじゃまします。今日からここを使わせてもらうことになった女バスです」

建て付けの悪い引き戸を開き、暁は元気よく挨拶した。でも中は空っぽで、まだ誰も来ていないようだ。

「一番乗りだったね」

「うん、誰もいない」

やる気に満ちた暁とリモの隣で、欣子が腑《ふ》に落ちないといった顔をしている。実はバレー部から苦情があり、体育館裏の更衣室を使えなくなった。欣子はそのことに腹を立てているのだ。

「どうして私たちが追い出されなきゃいけないの」

「でもあそこはもともとバレー部の部室だったじゃん。それに揉めちゃったしね」

「昨日の騒動が原因だとしたら、出ていくのは深瀬さんたちのほうじゃないの」

憤る欣子をなだめつつ、暁とリモは制服を脱いでTシャツとバスパンに着替えた。リモには自分のバスパンを貸したが、Lサイズなのにひざ上丈になってしまう。

「リモって身長何センチあるの」

顎を突き出すようにして、リモを見上げた。

「前に測った時は一七二センチだったけど？」

「一七二？　嘘、嘘。そんなものじゃないわよ」

欣子が目を見開いて首を振った。

「前に測ったのって、いつ？」

「憶えてない。たぶん小学生の時」

「だとしたら、それから優に一〇センチは伸びてるわね」

暁が以前通っていた中学校で一番背の高い女子は、一七五センチだった。その子はバレー部だったが、彼女よりリモのほうが高い気がする。

時間をかけてゆっくりと着替える欣子を待って、暁たちは揃って部室を出ていく。今日も女バスが使えるのはグラウンドの隅だけだ。それでも、と暁は駆け足でプレハブを飛び出した。それでも、大好きなバスケができるのだ。

「とりあえず走ろっか。グラウンド十周を各々のペースで走ろう」

夕方四時前とはいえ、初夏の明るい日射しがまだ人影もまばらなグラウンドを照らしていた。石灰で引かれた楕円形《だえんけい》のトラックが、太陽を反射する土の上で白く光っている。暁は三人の先頭に立って眩いグラウンドに向かって走り出した。

多くのスポーツがそうであるように、バスケットはとにかく体力の要るスポーツだ。質の良いランニングが体力の素地を作る。自分の影のすぐ隣に、長い影が並んできた。かなりのスピードで走っているというのに、リモは長いストライドで平然と併走《へいそう》してくる。長い手足と引き締まった筋肉を持つリモが隣に並ぶと、草原にいる美しい獣と競っているかのように昂ってくる。振り返れば欣子が一〇メートルほど遅れてついてきていた。欣子の数メートル後ろには本田がいて、陸上部の練習はまだ始まっていないのに、アップなのだろうかまっすぐに前を向き黙々と走っていた。

「ねえっ……もう無理なん……だけど」

十周を走り終えグラウンドの隅でリモにハンドリングの基礎を教えていると、ランニング途中の欣子が苦しげな表情で声をかけてきた。欣子は何周か遅れて走っているので、まだゴールはしていない。

「欣子、いま何周目？」

「……八週目。心臓が……痛い。心筋梗塞《しんきんこうそく》の予兆……かもしれないわ」

「ゆっくりでいいから、頑張れ」

「酷い。私、これまで真剣に運動したことなんて一度もないのに……」

欣子がフルマラソンを走り終えたランナーのような足取りで、ふらつきながら通り過ぎていく。暁は「ファイト」と口にし、リモも「ラスト二周」と励ました。欣子を何度も追い越し、本田はまだ黙々と走り続けている。

「じゃあリモ、もう一度さっきと同じように強くドリブルをついてみて。そう、真下に。正確に。ああ、それはだめ。ボールをお手玉することをファンブルっていって、ドリブルの動作の後にそれをするとダブルドリブルという反則を取られるよ」

　暁が教わったミニバスの監督からは「バスケットはハンドリングがすべてだ」と言われ続けた。ボールをさばく技術を身につけずして上達はない、と繰り返し練習させられた。暁は感覚でプレーをするタイプなので、人に技術を教えるのは苦手だ。だが幸いリモは運動神経が良く、暁の動作をすぐに真似できる。前後のドリブル。左右のドリブル。リズムチェンジの技に繋がる高低のあるドリブル。最初は右手で練習し、ある程度上手くなったら左手でもやってみる。初心者にありがちな、ミスを恐れて弱いバウンドでつくようなこともしないので、リモは順調に上達していく。

「リモすごい。できるね。手のひらにボールをくっつけることを『タメ』っていうんだけど、それもきっと、すぐにできるようになるよ」

　暁が褒《ほ》めると、リモが親指を立てて嬉しそうに笑う。

「オッケー。じゃあいま止まってやってたドリブルを、今度は動きながらやってみるよ。あたしの後ろについてきて」

　靴の先で土を引っかいて即席のコートを作り、そのサイドラインからサイドラインまで、暁は軽く走りながらドリブルをしてみせた。リモが一メートルほど後ろをついてくる。ボールコントロールはできている。動きながらの前後のドリブル、左右のドリブル、高低のドリブル。まだぎこちなさはあるけれど、それでも懸命についてきて、少しずつ形になってくる。

「リモ、いい感じだよ。じゃあ次これね」

ボールを左右の手に一つずつ持ち、左右同時の前後ドリブルをリモに教えている時、欣子がようやく十周を走り終えた。肩を烈しく上下させ、左胸を押さえながらこっちに向かって歩いてくる。

「お疲れさま」

体の芯《しん》が折られたかのようにしゃがみこんだ欣子に、暁は水筒を差し出す。

「疲れた……。とんでもなく、疲れたわ。私、今日はもう……これで終わりにするわ」

心の芯は強いのに、体の芯はすぐ折れる。蹲《うずくま》る欣子の頭頂《とうちょう》を見下ろしていると、自然と頬が緩んできた。

「なに笑ってるの」

「え。笑ってないよ」

「嘘よ、絶対にいま笑ってた」

「笑ってないって。被害妄想《ひがいもうそう》だよ。はい、立って立って」

手を差し出し欣子を立ち上がらせようとしたところに、「見て見て」とリモが駆け寄ってきた。リモが暁たちの目の前でボール二個を使ってのドリブルを披露してみせる。左右の手で同時にボールをつくドリブルをした後、左右交互に太鼓を叩くようなドリブルまで。ちょっと目を離した隙に教えていないことまで習得している。

「なによリモ、すごく上達してるじゃない」

欣子が目を剝きながら立ち上がり、リモに拍手を送る。欣子の顔にも、自分がさっき感じたのと同じ感動が浮かんでいる。

「リモ、ちょっとボール貸して」

さすがにこれはできないだろう、とリモからボールを二個受け取り、体の前でクロスさせる左右ドリブルをしてみせた。ボールの動きがWを描く、ジャグリングのような動きをする技だ。その後は左手で低いドリブルをつきながら右手でも高いドリブルをつき、低いドリブルの上を通す技も披露し、リモと欣子から拍手喝采《はくしゅかっさい》を浴びた。

「ハンドリングはバスケの基本だし、家でもできるから続けて練習してね。ドリブルは前後、左右、高低の三種類の動きを身につければいいんだよ。その三つの動きを組み合わせればほとんどの技ができるようになるから」

「あ、ちょっと待って、メモ帳取ってくる」

欣子はメモとペンを練習場所まで持ってきていて、暁の言ったことを丁寧に書きつけていく。さすがPアカ生は違う。

欣子がメモしている間、暁はグラウンドに目を向けていた。バットが軟球を打つ高い音、スパイクが砂を掻く音、生徒たちのかけ声が風に乗って聞こえてくる。三年生はあと二か月で引退だからか、ことさら気合を入れて練習に打ち込んでいた。太陽の下で仲間と一緒にボールを投げたり笑ったり、こういう昂揚感《こうようかん》はずいぶん久しぶりだった。

「あの、ちょっと……」

部活終了のチャイムが鳴り、三人でゴールポストを元の位置まで引きずっているところに、野本と倉田がやって来た。もう部活は終わったのか二人とも制服に着替えている。

「なんの用？」

欣子が冷たい声を出し、さりげなくリモのそばに立つ。

「あの……昨日……ブミリアさんのバッグの中に、早苗の携帯があったっていう……。あれね、本当は早苗が一年生にやらせたことなの」

言いながら野本が倉田に目配せすると、「本当にごめんなさい」と二人がそろって頭を下げた。

「急にどうしたの」

なぜこの二人が謝りに来たのかがわからず、暁は首を傾げる。

「早苗って、時々ああいうことをする人で……。公開処刑っていうか、物を盗ったとか自分の悪口を言いふらしてたとか、そういう嘘を吐いて気にいらない人を外していくような……」

深瀬早苗は誰かを標的にして攻撃するのが好きなのだと、野本が顔を歪める。

「じゃああなたたち、昨日の一件は深瀬さんの虚言だって初めからわかってたの？　信じられない。どうして一緒になってあんなことができるの」

欣子が怒りを滲ませ言い放つと、野本は視線を逸らし、倉田は目にうっすらと涙を浮かべた。

「……吉田さん、私たちしょうがなく早苗と一緒にいるだけなの。ブミリアさんのことも本当に申し訳ないと思って……だから」

耳を真っ赤にして訴える倉田を、欣子が強い視線で見つめている。

「とにかく、いまは二人でリモに謝りに来てくれたってことなんだよね」

暁は三人の間に割って入った。部活を終えてグラウンドを出ていく生徒たちが、なにを揉《も》めているのかとこっちのほうをちらちらと見ていく。完全下校は六時なので自分たちもそれまでには着替えて帰らなくてはいけない。

「リモ、野本さんと倉田さんが昨日のことを謝りたいんだって」

「あ、うん」

戸惑いながらもリモが二人に向き合うと、野本と倉田がもう一度「ごめんなさい」と頭を下げた。リモは体を少し反らし、緊張した面持ちで「大丈夫、いいよいいよ」と胸の前で手を振る。欣子が二人から顔を背け、「リモ、後片付けの続きしよ」とボールの入ったカゴに手をかけた。

「じゃあそういうことで。わざわざありがとうね」

暁も欣子とリモについて歩き出すと、「あの、ちょっと待って」と野本が焦った様子で背後から声をかけてきた。

「あのさ、うちらをバスケ部に入れてくれないかな」

思いもかけない野本の言葉に、暁たちの足がぴたりと止まる。

「実はうちら、小学校の時に地元のミニバスチームに入ってたの。中学では女バスがなかったからしかたなくバレー部に入ったんだけど、でも本当はずっとバスケットをした……」

野本の言葉が最後まで終わらないうちに、

「バレー部をやめるってこと？　やめられるの」

と欣子が切り込んでいく。さっきからかなり機嫌が悪い。

「バレー部は……やめる。やめるつもり」

野本はちらりと隣を見て、倉田と視線を合わせて頷いた。

「入部希望者は大歓迎だよ。あたしは入ってほしいけど……」

「でも野本さんと倉田さん、本当にバレー部をやめられるの？　いま深瀬さんと同じクラスなのに無理でしょう」

欣子に睨まれ、二人が肩をすぼめて下を向く。リモは気の毒そうに二人を見つめ、でもなにも言わずにただやりとりを眺めていた。

「早苗とは……いたくて一緒にいるわけじゃないから」

「それはわかるわよ。誰もあんな人と本気で仲良くしたいなんて思わない。でもあの人とつるんでいるかぎりあなたたちも彼女と同類よ。昨日、リモがどれほど傷ついたかわかる？　勇気を出して一年ぶりにやっと学校に来たのよ。それなのにあんな酷いことされて……。私はどうやっても許す気にはなれない」

早口でまくしたてると、欣子はリモの腕をつかんで歩き始めた。

「ごめん、あたしも行くね」

まだなにか言いたそうにしている野本と倉田を残し、暁は二人の後を追った。新入部員は心底欲しかったが、欣子の言っていることは筋が通っている。欣子が二人の入部を認めないなら、無理に入ってもらおうとは思わない。

「欣子、リモ、ちょっと待ってよ」

体育倉庫の中にボールを片付ける二人に、やっと追いついた。ふと気になって後ろを振り返れば、野本と倉田が誰もいなくなったグラウンドに、肩を落として立っていた。


家に帰ると父はどこかに出かけていて、暁はまっすぐ奥の和室に向かった。二部屋ある六畳の和室は暁と父がそれぞれ使っていて、奥のほうが父の部屋になっている。暁の部屋はずいぶん片付いたのだが、この部屋はいまだに未開封の段ボールが積み上げられ、埃っぽい。

部屋でパソコンの電源を入れた。気の抜けた電子音が静まりかえった部屋に響き、画面が立ち上がる。暁は何度かクリックボタンを押してインターネットを開き、「いじめ　対策法」と打ち込んだ。

「そっか。いじめの被害者は裁判で訴えることも……できるんだ」

検索して出てきた膨大な数の回答を順番に読んでいると、この世にはいじめで苦しんでいる人が大勢いることがわかる。たまたまこれまで自分はそうした被害に遭《あ》わなかっただけで、でもその幸運がこの先もずっと続くとは限らない。いじめは子供の世界だけではなく、大人の世界にも存在する。このまえは欣子がその場にいたからリモを守ってくれたけれど、もし自分ひとりだったら深瀬とやり合えたかどうか……。いや、たぶん無理だ。このままなんの知識も、言い返す勇気もない自分のままなら、大事な友達はもちろん、自分すら守ることはできない。暁はパソコンの画面を凝視《ぎようし》しながら、いじめに対する具体的な対策をノートに書き留めていった。

「なにしてんだ?」

背後から声が聞こえ、振り返ると父が立っていた。玄関の扉が開く音も、廊下を歩く音も聞こえなかったから、心臓が跳ねる。

「びっくりした……。『ただいま』くらい言ってよね」

「言ったぞ。おまえが聞いてなかっただけだ」

なにをやってるんだ、と父がパソコンを覗いてきたので、慌てて右上のバッテンをクリックして画面を閉じる。

「なんだ……おまえ、新しい学校でいじめられてるのか」

「違うって。あたしは大丈夫だよ。欣子もいるし」

「じゃあいじめてるほうか」

「なに言ってんの、あたしはそんなことしないよ。ただ……新しくできた友達がちょっとね」

暁は問われるがままに、更衣室での出来事を父に話した。リモが携帯を盗んだ犯人に仕立て上げられそうになったことを伝えると、父は「なんだそりゃ」と顔をしかめた。

「その深瀬って子は人をいじめて愉《たの》しんでるのか」

「野本さんと倉田さんによるとそういう話だった。欣子はその女子のことを『普通じゃない』って言うし」

「それは……やっかいだな。まあその手の奴はどんな組織にもいるんだけどな、一番大事なのはとにかく関わらないことだ」

父の言葉に頷きながら、でもどうしてリモが標的になったのかがわからない、と告げた。深瀬と関わったわけでもないし、彼女を刺激するようなことをしたわけでもないのに。

「あのな暁、その手のやつらにいじめる理由なんてないんだ。ただおまえの友達が攻撃しやすかったんだろう。どこかわかりやすい弱点があるとか、そういうことじゃないのか」

「うん……リモはね、ああ、その友達の名前がリモって言うんだけど、中学に入ってからずっと不登校だったんだ」

「なんでだ」

「授業が理解できないから、って。でも先生たちはそんなリモのことを放っておいたというか、見捨ててたというか……。あたしがそう感じてるだけかもしれないけど、なんか冷たいんだよね」

リモが登校したことを、奥村は喜んでいた。だが一年以上も不登校を続けていたリモに対して、奥村を含めた他の教師が積極的に働きかけることはなかったらしい。

「いろいろあるからな。複雑なんだろう」

「複雑ってなにが？」

「まあそれは……」

父はほんの数秒なにか考えるように黙りこんだが、「いや、なんでもない。生きるということは難しいな」と強引に話を終わらせて、部屋に散らばるバインダーやら本やらコピー用紙の束をわざとらしく片付け始めた。腹減ったな、なにか作ろうか、晩飯になるものなにかあったかかな。そう言いながら父が部屋から出ていったので、暁は検索していたサイトを再び開き、いじめの対処法についてのいろいろをプリンターで印刷する。

テーブルで父と向き合ってインスタントラーメンと野菜炒めを食べた。調理したのは暁で、父は冷蔵庫から卵を二個出してきただけだ。

「そういえばバスケ部の様子はどうなんだ？　練習は順調なのか」

「練習っていってもまだ部員が三人だからね。なにができるわけでもないよ」

「なんだ、部員集まりそうにないのか」

「まあ、まだ立ち上げたばっかだし」

一年生の中にもバスケをやりたいと思っている生徒がいるかもしれない。まだ二年生の女子にしか声をかけていないから、これから徐々《じょじょ》に勧誘してみるつもりなのだと父に話す。

「それでね、お父さん」

暁は野本と倉田が女バスに入部したいと言ってきた話をした。だが欣子が大反対している。欣子には転校当初から世話になっているので、彼女の意見を無視して受け入れるわけにもいかないのだと説明する。

「つまり欣子って子は、その入部希望者二人を信用できないんだな」

「うん、そうだと思う。その子たちも深瀬さんの嫌がらせに加担したから」

二人が入部してきたら面倒なことになる、いま揉め事を起こしたらせっかく立ち上げた女バスの存続に関わる、というのが欣子の考えだった。

「おまえも、その二人が入部してきたら面倒なことになると思うのか」

父は丼を持ち上げ、最後の一滴までスープを飲み干す。

「そんなこと……わからないよ。たしかに二人はリモを傷つけたんだけど、でもちゃんと謝りに来たんだよね。それでその場でバスケ部に入れてくれって……」

「そうか。だったらその二人がバスケットボール部に入りたいっていうのは、本当なんじゃないか。その深瀬って子を敵に回す覚悟でバレー部をやめてくるんだろうから、その勇気は認めてもいいんじゃないか」

暁はいつしかラーメンを食べる手を止めて、父の話に聞き入っていた。そうだ。勇気のいることなのだ。野本と倉田は今日、勇気を出してリモに謝りに来たのだ。なのに自分はあんな形で彼女たちの話を断ち切ってしまった。グラウンドに立ち尽くし、寂しげにこっちを見ていた二人の姿が胸に迫ってくる。

「でも欣子が……欣子ってとてつもなく賢い子なんだけどね。お父さん、桜明館中学って知ってる？　東京の女子校で」

「もちろん知ってるさ。偏差値が七十五ほどあるところだろ」

「偏差値ってなに？」

「簡単にいえば学校の難易度がわかる数値だ。七十を超える学校はそうそうない。たしか桜明館は都内では女子の御三家といわれる難関校だ」

「へえ、そうなんだ……。欣子はその桜明館を受験して、まあ落ちちゃったんだけど、そこを狙うくらい頭のいい人なんだよ。そんな賢い人にあたしなんかが意見するのもどうかなって思っちゃうんだよね」

　自分は欣子に対して引け目がある。彼女のほうが世の中のことをわかっていて、時々一緒にいると恥ずかしいような感覚に陥ることがあるのだと、打ち明ける。

「おまえが引け目を感じる必要はないいんじゃないか」

「でも……欣子は本当に色んなことを知ってるんだよ。小一からバスケしかしてないあたしとは違う」

「バスケしか、じゃない。おまえはバスケを、頑張ってきたんだ。恥ずかしく思うことなんてない」

　暁もその友達も、一点の重みを知る人間だ。二人とも、たった一点が勝敗を決める世界で生きてきた。一点で負けないために暁はコートを走り、友達は机に向かってきた。フィールドは違っても闘ってきたという七年間に違いはない。だから二人はきっとわかりあえる、と父が話す。

「一点の重み……」

父の言葉を聞きながら、なぜか本田のことが頭に浮かんだ。本田もまた〇・一秒の重みを背負って走っている。

「友達っていうのは対等な存在だぞ、暁。だから、自分の言葉できちんと気持ちを伝えればいい。説得するんだ。とにかく話し合うことだ」

父はそう言うと、風呂を沸かしてくるな、と立ち上がった。暁は残っていたラーメンを食べ、空になった丼《どんぶり》を流しに持っていきスポンジで洗う。

「欣子を説得する」

口に出してみると、できるかもしれないと思えてきた。蛇口《じゃぐち》から出る勢いのある水が食器に当たって水飛沫《みずしぶき》が顔と胸に飛び散ったけれど、気にはならなかった。


翌朝、ホームルームが始まる寸前に教室に入っていくと妙な違和感があった。耳にわんわん響いてくる女子たちの話し声も、机に座ってじゃれ合う男子たちの様子もいつもと変わらないのに、なんともいえない不穏《ふおん》な空気が流れている。

その違和感の正体がわかったのは、四限目が終了し昼休みに入ってからだった。四限を担当していた社会科の先生が教室を出ていくなり、野本がすくっと立ち上がり、

「すぐに消してよっ」

と悲鳴に近い大声を上げたのだ。なんだなんだ、と男子たちがざわめく中で、深瀬の周りにいる女子たちはむっつりと黙り込んでいる。

「これ、早苗がやったんでしょっ」

野本がスカートのポケットから携帯を取り出し、深瀬の目の前に掲げた。

「なにこれ」

「うちの店の悪口、早苗が書き込んだんだよね」

野本の訴えを聞いているうちに、彼女の実家が営むコンビニの悪評が、ネットに書き込まれているのだとわかった。「接客最悪」「おでん鍋の上で殺虫剤をまいてた」「ゴミ出しをした手を洗わないまま食べ物に触っている」「廃棄商品が駄々並び」「未成年でも酒買える」といった悪意のあるコメントがわずか一日の間に十件以上入っていたのだと野本が声を荒らげる。

「私がやったっていう証拠でもあんの?」

昼休み終わっちゃう、早くお弁当食べよー、と深瀬が周りにいる女子たちに声をかける。周りの子たちは無言のまままいつものように椅子を丸く並べ、それぞれの弁当を膝に載せる。

「だって早苗、いつもネットに酷いこと書き込んでるじゃん。うち、早苗が掲示板に悪質な投稿してるの、これまでに何度も見てるし」

野本は繰り返し訴えるが、深瀬は完全に無視し、大口を開けていかにも楽しそうにお喋りを始めた。

「だっておかしいじゃんっ。突然こんな書き込みされるなんて、絶対におかしいって。うちと七美がブミリアさんに謝りに行ったこと怒ってんでしょ？　女バレやめるって言ったからむかついてんでしょ？　そんなのわかってるし。でもだったら面と向かってはっきり言ってよ、うちの店の悪口書き込むなんて卑怯《ひきよう》すぎるってっ」

野本の金切り声が教室中に響きわたり、一部の男子たちが「うえっ、野本こえーっ」と囃《はや》し立てた。

「亜利子……もう行こ」

まだなにか言おうと体を震わせる野本の背を、隣にいた倉田がそっと押し出す。顔を歪ませる野本の隣で、倉田は悲しげに眉をひそめている。

「あの、あのさ、深瀬さん」

暁がそう声を上げると、一緒に弁当を食べていた欣子とリモが何事かと視線を上げた。暁は一度大きく息を吸い込み、背筋を張った。

「いま野本さんが言ってた話って、本当なの？　深瀬さんがネットに酷いことを書き込んでるって」

深瀬は笑いながら周りの女子たちと弁当を食べ、暁のほうを見ようともしない。

「深瀬さんは知ってる？　いじめの被害者は加害者を、法律で訴えることができるんだよ。もし被害者がネットに悪質な書き込みをされたら、書いた人を法的に追跡することも可能なんだって。ネット上に文章を書くという行為は公の場で発言するのと同じだから、名誉棄損《めいよきそん》や侮辱罪といった犯罪にも問われるってこと、深瀬さんはわかってる？」

そこでようやく深瀬が暁に視線を向けた。胸が冷えるような嫌な目つきで自分を睨んでくる。でもここで怯んだら負けだと、その目を強く見つめ返した。

「深瀬さんがもしこれ以上誰かを傷つけるなら、あたし、深瀬さんのこと訴えるから。学校の先生に言うだけじゃなくて、法律で裁いてもらうつもりだから」

両膝を震わせそこまで言い切ると、深瀬がいつもの甲高い声で大笑いした。

「名誉棄損？　侮辱罪？　法律で裁く？　あんたさぁ、なにドラマの主人公やってんの。中学生がそんなのできるわけないじゃん、クソだねー」

深瀬が目配せすると、歪んだ輪の中にいる女子たちがくすくすと意地の悪い顔で笑い出す。

「あたしは本気だよ。もしこれ以上深瀬さんが誰かに対して嫌がらせを続けるんだったら、もう黙ってはいない。やられっぱなしではいないから」

「『あたしは本気だよ。もしこれ以上深瀬さんが誰かに対して嫌がらせを続けるんだったら、もう黙ってはいない。やられっぱなしではいないから』」

深瀬が暁の言葉をそっくりそのまま真似して口にすると、歪んだ輪からさらに大きな笑い声が起こった。

なにも……変わらない。やっぱりなにも……。自分なんかが勇気を出して声を上げてもどうすることもできないのかと、涙がこぼれそうになる。

暁が黙ってしまうと、

「ねえ深瀬さん、山田夕貴《やまだゆうき》さんって人、憶えてる？」

カレーを食べていた欣子が、手に持っていたスプーンを置いた。

「もちろん憶えているわよね。深瀬さんと同じ小学校だった人も、山田夕貴さんの名前は知ってるでしょう」

いつそんなことを調べていたのか、欣子が山田夕貴という女子生徒の話を、みんなの前で語り始めた。山田は六年生の時に深瀬から執拗《しつよう》ないじめを受け、自殺未遂をしたという。遮断機が下りた踏切の中にふらふらと入っていくところを、近くにいた男子高校生に助けられ、一命をとりとめた。その時、少女が背負っていたランドセルの中にはキャラクターの便箋《びんせん》に記された遺書が入っていて、そこで深瀬を中心とする女子数人のいじめの現状が明るみに出た。

「山田夕貴さんはその一件の後も人間不信に陥ったままで、いまなお不登校の状態だって聞いてるわ。彼女さえ気持ちがあれば、暁がいま言ったようにあなたをいじめの加害者として裁判に訴えることも可能だと思う。リモに対する行為にしても、野本さんや倉田さんに真実を証言してもらって、事件として白日のもとに晒すこともできる。どう？　へらへら笑っている場合じゃないと思うけど」

欣子が深瀬を見据えた。

「なにそれ。そんな小学校時代の話されても、ねえ？」

深瀬が促すと、周りにいる女子たちが「山田夕貴なんて子いたっけ？」とわざとらしく首を傾げる。

「とにかくこれ以上人を攻撃するのはやめて。そんなことしても意味ないよ。みんなで仲良くとは言わないけど、あたしたちのことは放っておいて」

深瀬は押し黙っていたが、いまにも嚙《か》みつきそうな顔をして暁を睨みつけてきた。

「そうね。暁の言う通り、私たちのことは放っておいて。でももし闘いたいのであれば、こっちも全力で受けて立つわ。私の母は弁護士をしているの。子供の喧嘩に大人を登場させるなんてちょっと卑怯だけど、あなたたちも卑怯だからそれも仕方がない。損害賠償を支払うのはあなたたちのご両親だから、最後は大人と大人の対決をしてもらいましょう」

欣子の言葉が刺さったのか深瀬の表情がとたんに強張り、

「亜利子と七美のことは、あんたたちには関係ないでしょ」

と言ってくる。自分は二人が突然退部したことに腹を立てているだけだ。バレー部に迷惑をかけた二人に対して制裁《せいさい》を下すのは当然で、これは部内のことだから部外者が口を出すな、と言い返してくる。

「関係あるよ」

暁はきっぱりと口にする。「だって野本さんと倉田さんは、女バスに入部するから。だからこれ以上なにか文句があるなら、キャプテンのあたしを通して言ってきて」

ひと息にまくしたてた後、そっと欣子を見た。勝手にこんなことを口にして怒っているかと思ったが、欣子は笑みを浮かべていた。

9

「あの辺にパスちょうだいっ」

亜利子が叫ぶのと同時に、暁はセンターラインの少し先にパスを出した。ボールをキャッチした亜利子が低く速いドリブルでゴール下へと走り込み、ディフェンスに入っていた七美と正面から向き合う。一拍、二拍、三拍……ドリブルで亜利子が七美のマークをかわし、いったんボールをパスすると見せかけるフェイクを入れた後、ジャンプシュートを決めた。

「ナイッシュ、亜利子」

七美のディフェンスも決して悪くはないが、それ以上に亜利子のテクニックが上回っている。

「ねぇ暁、いまと同じ場所にもう一度パス出して。今度はうちがパスを受けてから、ディフェンスの七美にスクリーンかけながら暁にボール戻す練習しよ」

「了解」

亜利子と七美が入部してからというもの、グラウンドの隅に作ったかりそめの練習場が本格的なバスケットコートに変わった。亜利子は小学二年生、七美は三年生でミニバスを始めたという。小学校を卒業してからは一度もボールに触っていないと言っていたが、すぐに感覚を取り戻し、キレのある動きを見せた。

亜利子と七美が女バスに入部してきて、今日でちょうど二週間になる。季節は梅雨《つゆ》に入り、毎日のように厚い灰色の雲が空を覆っていた。

「じゃあ次はあたしがディフェンスに入るから、チェンジオブペースの練習しようよ。亜利子のドリブルはたしかに速いけど、それだけじゃ相手も慣れてくるし。あたしがプレッシャーかけたら亜利子はいったん下がって、そこからダッシュしてドライブで抜いてって。七美、サイドラインからパス出してくれる?」

ボール運びをするのに大切なのは、スピードに緩急《かんきゅう》をつけることだ。常に100のスピードで突破するのではなく、ゼロから100まで幅のある速度を自由自在にコントロールできなくてはいけない。ディフェンスがぴったりついてきている時に減速し、自分の速さに相手が合わせてきたところに突如ダッシュをかけるような、相手のタイミングを崩す駆け引きを常に仕掛けていかなくてはいけない。

「七美、じゃあパスお願い」

暁がボールを七美に向かって放り投げた時、ホイッスルの音が鳴り響いた。驚いて音のするほうに顔を向けると、両手を腰に当て仁王立ちする欣子が、頰を膨らませてこっちを睨んでいる。

「ちょっと、キャプテン。初心者の練習もちゃんと見てよ。私とリモのこと忘れてるんじゃないの？　私たち、さっきから三十分以上もハンドリングの練習ばかりしてるんですけど」

怒る欣子の隣で、リモがリズム良くレッグスルーの練習を続けていた。長い足の間をボールがすり抜けていく。リモはこの二週間でボールを手のひらに吸収させる技術を身につけた。彼女は目にした動きを模写《もしゃ》する能力が優れていて、すぐに自分のものにしてしまう。そんなリモとは違い、欣子はちょっと気の毒なくらい不器用で、何度教えても思うように動けず本人も苛立っている。

「ごめんごめん。忘れてたわけじゃないよ」

「まあ私は適当に休んでるけど、リモは暁がストップって言うまでやめないわよ。そのうち手のひらの皮が破れてしまうわ」

首に掛けたホイッスルの紐を指先に巻き付け、欣子が口を尖《とが》らせる。

「じゃあいったん休憩にしようか。もう二時間近くぶっ続けだもんね」

暁は亜利子と七美を振り返り、「休憩しよ」と声をかける。

「それにしても暑いね。まだ六月なのに」

木陰になったグラウンドの隅で円陣になって座り、水筒のお茶を飲んだ。夜中のうちに冷凍庫で凍らせていたので半分が氷、半分が液体になっている。リモは水筒を持ってこないので水飲み場まで走っていって、Tシャツを濡らしながら蛇口から噴き出す水をがぶ飲みしていた。

「ちょっと見てよ。本田さん、今日もまたひとりで走ってるし」

亜利子がグラウンドの端に視線を伸ばしながら、Tシャツの裾から手を入れて汗を拭いている。

「私たちの練習が始まる前から走ってるから……もう二時間以上ね」

大丈夫かしら、と欣子が眉根を寄せる。いつもは淡々と走る本田が、苦しげに口を開いていた。足取りは辛うじてしっかりしているものの、肩を上下させて胸を開き、懸命に酸素を取り込んでいるのがわかる。

「本田さんだけ別メニューなのかなぁ、他の陸上部の子は走ってないよね」

おとなしい性格の七美もいまではすっかり打ち解け、互いに気負わず話せるようになった。バレー部を退部した直後はクラスの女子たちの間で嫌な空気が流れていたが、それもしだいに落ち着いた。深瀬とはあの時やり合って以来、目も合わせていない。

「じゃあそろそろ再開しよっか」

十五分の休憩を終え、暁は立ち上がった。朝の九時から始め、いまちょうど十一時になったところで、ここからあと一時間ほどは練習を続けるつもりだった。コートに戻ろうとする暁を、亜利子が走って追い抜いていく。本当はずっとバスケットをやりたかった。そんな亜利子の言葉は本心だったようで、気の短い性格とは逆に、粘り強く練習に取り組んでいる。

「ねえ、暁」

コートの外から欣子が訊いてくる。

「なに？　どしたの」

「私とリモはまたドリブルの練習？　いいかげん飽きてきたんだけど」

欣子が恨めしそうに言ってくる。

「飽きちゃったか……。でもハンドリングは基本だし、まず一番に習得しないといけないと思うんだよね」

バスケには三歩以上歩いてはいけないというルールがあるので、ドリブルはなによりもまず初めに習得すべき技術だった。体を敵に向けたままボールを右手から左手へ、左手から右手へと高速で移すフロントチェンジ。ドリブルをしている側の手でボールを巻き込み、自分の体ごと回転させるロールターン。ボールを足の間でドリブルさせることで敵に盗られにくくするレッグスルー。敵が正面から被《かぶ》さってきた時に有効な、自分の背後でボールを保持するバッグビハインド。ドリブルといってもその種類はいくつもあり、そしてその一つ一つを確実に習得していかなくてはいけない。

「そうは言うけど飽きるのよ、実際。ねえ、リモ。私たちも他のこともやりたいわよね」

欣子の傍らでリモがうんうん、と頷いている。

「レイアップシュートを教えちゃえば？」

亜利子が右手の人差し指を立て、指先でボールを地球儀のように回してみせる。

「レイアップシュートか……」

なるほどと思い、暁はリモのほうをちらりと見た。リモくらい身長があれば、ゴール下ではほぼ敵無しになる。ボールを片手でリングに置いてくるレイアップシュートを習得すれば、確実に得点源になるだろう。

「オッケー。だったら欣子とリモで、いまからレイアップシュートの練習をしようか。まずあたしがやってみるから、ちょっと見ててね。亜利子、ボール出してくれる?」

亜利子から速いパスでボールを受け取ると、暁はリング下までドリブルで走り込んでいった。「右足を踏み込んで、次の左足でジャンプ」と声をかけながら跳び上がり、同時に右手を高い位置に持ち上げ、シュートを決める。

「いまの感じわかる? 左足で地面を蹴《け》ってジャンプするのと同時に、右足を大きく振り上げるんだよ。そうすると高く跳べるから」

リモがすぐに立ち上がり、亜利子に向かってパスをくれというジェスチャーをする。亜利子がリモの胸の辺りにパスを出すと、暁がやったのと同じように速いドリブルでゴール下まで走り、「右足を踏み込んで、次の左足でジャンプっ」と口にしながら高いジャンプを見せた。ただタイミングがずれてしまったのかシュートはリングに弾かれ、勢いのまま転がっていく。

あからさまにがっかりするリモに、「できてるよ。大丈夫」と声をかけ、暁はもう一度、手本を見せた。レイアップはリングに直接入れるよりも、バックボードに当てて跳ね返りをリングに通したほうが簡単なので、次はそれを教えてみる。リングの右側からレイアップを狙うのであればバックボードに引かれている白い線の右上の角を狙うのがいい。

「いいよリモ。そんな感じ」

　何度か練習を繰り返しているうちに、リモのレイアップシュートが決まり始めた。いま気づいたのだがリモは左利きで、だからボールを右手ではなく左手で持ち、左側から回り込んだほうがよく決まる。

「欣子もやってみて。『右足、左足でジャンプ』のタイミングだからね。できるだけ高く跳んで、ボールはリングにそっと置いてくる感じ」

　欣子にもパスを出し、ゴール下までドリブルでいくように伝える。ボールを手に吸いつける感覚がまだわからない欣子は、ドリブルに全神経を集中しすぎてリング下まで来ると足が止まってしまう。何度か繰り返してみたが、どうしてもタイミングをつかめない。

「……だめね、私は。やっぱりもう少しドリブルの練習をしないと」

　両肩を下げ大きなため息を吐く欣子を励ましながら、リモ、暁、亜利子、七美、欣子の順でゴール下まで走り込み、「右足、左足でジャンプ」を続けた。長身で腕も長いリモは、練習を続けているうちにボールをバックボードの枠に確実に当てることができるようになり、シュートの成功率も格段に上がった。

「リモ、余裕があればシュート直前にボールを手のひらで転がしてから最後に指に引っ掛けて、回転をかけてみて。こんなふうに。そうすれば相手にブロックされてゴール下まで行けない時でも、ボールを遠くに飛ばすことができるから」

　そうアドバイスすると、リモは何十本目かのシュート練習でできるようになった。

暁は、自分の前に立つリモの骨ばった背中を見つめた。汗の粒が褐色の首筋から滴《したた》っている。リモの全身には自分たちとは違う機能が生まれながらに備わっているのだろう。長い足の筋肉はコイルばねの弾力を持ち、大きな手のひらはグローブのようにつかんだボールを離さない。

「おお、やってるな」

野太い声がコートの外から聞こえてきて、振り向くと真っ赤なジャージが太陽光に照らされていた。逆光だけれど、それが奥村だとすぐにわかる。

「なんだおまえら、ちゃんとバスケになってるじゃないか。なかなかさまになってる。いい感じだ」

自分の影を追いかけるように、奥村が大股で歩いてくる。

「キャプテン、きちんと水分取ってるか？　六月とはいえこれだけ暑いと熱中症になるからな。水分はまめに補給しろよ」

奥村のほうこそ、もう初夏なのに長袖、長ズボンのジャージで平気なのだろうか。絶対に暑いはずだ。

「集合」

と声をかけ、みんなに整列するよう促した。奥村は時々こうしてコートにやって来ては、女バスのことを気にかけてくれる。

「実はこの新チームで『東京都中学校バスケットボール選手権大会』に出場登録しようと思

ってな」

奥村がなんの前置きもなく切り出す。

「先生、それって夏季大会のことですか」

訊ねながら、暁は奥村の肩越しにまだ走り続けている本田の姿を目で追った。気のせいかペースダウンしている気がする。

「そうだ。七月下旬に始まる夏季大会だ」

「試合なんて無理無理無理。初心者が二人もいるし、顧問の中林先生もルールすら憶えてないのにさ」

亜利子が不機嫌な声で突っぱねる。

「野本、そんなこと言うな。それで、だ。今日はおまえらに重大発表がある」

奥村が鼻から大きく息を吸い、胸を膨らませた。この溜めになんの意味があるのだろうと思いつつ、暁たちは神妙に次の言葉を待つ。

「この奥村佳子《よしこ》が、女バスの副顧問になることにした」

鼻息とともに出た言葉に、啞然とする。

「男バスはどうするんですか」

欣子が即座に切り込んだ。

「男バスと兼任するんだ。一昨日、職員会議があったんだが、副顧問を引き受けてくれる教師がいなくてな。誰もやらないというなら、この奥村が両部とも面倒をみようじゃないかということになったんだ」

　ジャージの袖を引き上げ、奥村が腕まくりをする。

「よし、じゃあいまから女バスの副顧問として話をするからな。七月の公式戦までにポジションを決めておくように。わかったな、キャプテン」

　奥村はそれだけをひと息に言うと、リモ、欣子、七美、亜利子、そして暁の目の奥をのぞき込むようにして視線を合わせ、「おまえらはきっといいチームになる。期待してるぞ。頑張れ」と一本締めをするかのように手のひらをパンと打ち合わせた。


「いきなり公式戦って……」

　奥村が立ち去ると、七美が暗い声を出した。

「たった五人、交代選手もいないのに試合になんて出られるわけ？」

　亜利子が唇を尖らせる。

「まあ出ろと言われるのであれば、やってみましょうよ。命までとられるわけじゃなし」

　さすがPアカ生は肝《きも》が据《す》わっている。リモはただただ大きな目を瞬かせながらみんなの話を聞いていた。

　練習を終えて更衣室に戻ると、プレハブ内の気温は恐ろしいほど上昇していた。六月でこれなら真夏になったらどうなるのか。

「ねぇ、この後、駅前のマック行かない？」

シャツの裾をふわりと持ち上げ、七美が汗拭《あせふ》きシートで体を拭いていた。リモにも「使ってね」とシートを数枚渡している。

「魅力的な誘いだけど、今日は帰るよ。金欠《きんけつ》だから」

暁が力なく首を振ると、隣でリモが「私も金欠」と頷く。

「私も今日はやめておくわ。練習で疲れちゃって余力がないの」

欣子も断ると、七美は「そっか。じゃまた今度」と亜利子と連れ立って、先に更衣室を出ていった。

七美たちに遅れてプレハブを出て、鍵を閉める。室内から出ると蒸し暑さは少しましになったがそれでもまだ気温は高く、体中の水分を絞りだしたせいか全身がだるい。

「プールで泳いだ後みたい」

欣子が万歳をするように両手を空に突き出し、大きく伸びをした。

「そういえばもうじき体育が水泳になるよね。やだなー。あたし泳げないんだよね。リモは泳げるの？」

「うん。ママに教えてもらったから」

練習後、心地よい疲れの中でみんなとたわいもない会話をする。こうした時間が、暁は好きだった。三人でゆっくりとグラウンドと校舎を繋ぐスロープを歩いていく。

「リモ？　どうしたの」

スロープの途中でリモが突然足を止めた。顎を引き、真剣な顔つきで辺りを窺《うかが》っている。

「忘れ物？」

暁がもう一度訊ねると、リモは人差し指を唇の前に立て、「いまなにか……あっちのほうで」とその指で体育館の方角を指し示した。

「体育館？　体育館がどうしたの」

欣子が首を傾げ、リモの指先に視線を向ける。「どうしたのリモ」と欣子は声をかけたが、それよりも早くリモが体育館に向かって走り出した。

「リモ、ちょっと待ってよ」

弾かれたように駆け出したリモの背を、暁は追った。欣子は少し走り、すぐに諦めて「後から行く」と言ってくる。いったいどうしたというのか。全力で追いかけてもリモとの距離はなかなか縮まらず、必死でその背を追った。正面の入口を素通りし、リモがコンクリートの壁をつたって体育館の裏側へと回っていく。

「どうしたのリモ。ねえ、ちょっと待ってってば」

体育館の裏側で、ようやくリモに追いついた。といっても、リモがその場で立ち止まっていたからだ。風がリモの半袖シャツの裾をふわりと持ち上げる。

「どうしたの、急に走り出し……」

風が樹木の葉を揺らす音に交じって、人の声がした。暁は辺りを見渡し、その声の正体をつかもうとしたがどこから聞こえてくるのかわからない。

「なんか……聞こえるね」

暁が耳に手を当てると、リモがこっちを見て小さく頷く。リモの目の焦点が、どこか遠くでカチリと合う。リモは全神経を両耳に集中させ、声の出所を手繰《たぐ》っていた。

全身に緊張感を走らせながら、リモが再びゆっくりと足を前に出した。伸びた草を踏みしめ、鬱蒼《うっそう》と樹木の生い茂った体育館の裏手へと進んでいけば、いまはもう使っていない錆びついた焼却炉《しょうきゃくろ》が見えてくる。リモが急に足を止めたので、暁は勢いのままその背に額をぶつけた。

リモの背中越しに目に入ったのは、グリーンのポロシャツを身に着けた大柄な男の後ろ姿だった。シャツの袖から丸太のような筋肉質の腕が伸びている。

「おまえ、頭悪いのか、何度言ったらわかんの。黙ってないでなんとか言えよぉ、顔上げてそのバカ面見せてみろって」

なに……。目を凝らせば、男は背中を揺らしながら、地面に向かって足を蹴り降ろしていた。盛り上がった土を踏み固めるような動作で、繰り返し地面を蹴り続ける。

「あ……」

声が漏れ出てしまい、暁は両手で口を塞いだ。背中を向けた男には見覚えがある。

かさり、と背後で草を踏む音がした。振り向くと青ざめた顔をした欣子が立っていた。欣子は肩で息をしながらも自分の気配を抑え、目の前の光景を凝視している。欣子がスカートのポケットから携帯を取り出す。その手が震えていた。

恐る恐るという感じで、リモが足を一歩前に踏み出す。なにをしているのかはわからないが、体育館周りの掃除、あるいは樹木の手入れ……男がそんな平和な作業をしているのではないことはわかる。

五メートルほど離れた場所からリモを先頭に暁、欣子と縦に並び、少しずつ男との距離を縮めていった。欣子は携帯のカメラを男の背に向け録画している。リモが振り返り無言で目を合わせてきた。もし危険が迫ってきたら逃げよう、リモの目がそう伝えてくる。

男は近づいていく暁たちの動きに気づくことなく、「このクソが」「ばかやろう」とがなり立てている。足音を消してさらに近寄れば、男の足元に蹲る丸みを帯びた黒っぽい塊《かたまり》が目に入った。

本田さ……ん？

「おいこらあっ、顔を上げろって言ってるだろうがっ」

唾《つば》の絡んだダミ声でがなり立て、男が黒いスポーツシューズを蹴り降ろした。汚らしい男の靴が本田の耳をかすめる。

「本田さんっ」

周囲に響き渡る声で暁は叫んだ。鳩尾《みぞおち》あたりが焼かれたように熱くなる。

「やめてっ。なにしてんのっ」

暁は、叫びながらまっすぐに駆け出していた。「やめてっ」もう一度叫ぶと、男は肩越しに振り返り、両目を剝いた。

「こんなところでなにしてるんですか」

欣子の声に、男がわざとゆっくりとした動作で体を正面に向ける。胸を反らせ、肉厚のもともと大柄な体をさらに大きく見せながら「なんだ、おまえら」としゃがれた声を出す。

「質問に答えて。あなたは、ここで、なにをしているんですか」

欣子が手の中の携帯を、鞄の後ろに隠した。だがレンズは男に向けられたままだ。

「指導してるだけだ」

男がちらりと欣子に視線を投げ、また自分の足元に目を戻す。本田は両手を地面につき、頭を深く垂らしたまま微動だにしない。暁たちの声にも顔を上げることはない。

「指導？　土下座《どげざ》させるのが指導なんですかっ」

暁の言葉に、男が嫌な笑いを返してくる。

「生徒に暴言を吐くことを、指導とは言いません」

暁は両手を固く握りしめ、男と睨み合った。

「本田さん、立てる？」

わきから手を差し込み、リモと二人で本田の体を支えた。顔を地面に伏せていたからか、彼女の額や頰に湿った土がべっとりとついている。わき腹や背中部分にまで土が撥《は》ね、黒いTシャツを汚していた。

「行こう、本田さん」

本田をその場で立たせると、そのまま男のわきを通り過ぎていく。どこか痛むのか、足を前に出すたびに本田が辛そうに顔を歪めた。

「本田、話はまだ終わってない」

男の声に、本田の全身が強張るのがわかった。

「無視か、本田」

リモが振り返り、自分たちにはわからない、おそらく母親の国の言葉で怒鳴り返す。

「なんだおまえ？　日本に住みたいなら日本語を話せよ」

暁は目の前の男を殴ってやりたい衝動《しょうどう》にかられた。この拳で、思いきり殴ってやりたい。

暁は歯を食いしばり、日に焼けた古い岩のような男の顔をじっと見つめる。

「もう一度念のために言っとくが、おれは暴力なんてふるってない。これは指導だ。なんだ？　その顔は。殴りたかったら、殴ってもいいぞ！」

笑いを含んだ声で男が煽ってくる。

「行こう」

男を無視して、踵を返した。足に力が入らないのか本田の体が重い。

「なんだ、逃げるのか。それより本田、おまえわかってんのか。まだ指導の途中だぞ。帰っていいなんておれは言ってないぞ」

懸命に顔を上げようとする本田の目に、怯えのようなものが混じっていた。暁のわきからも冷たい汗が噴き出してくる。

「あなたずいぶん上からですけど、大丈夫ですか」

欣子が暁たちに、先に行け、と目配せをしてくる。

「これが、あなたがいま本田さんにしていた指導です」

欣子が携帯を持つ手をまっすぐに前に伸ばし、画面を男に向けた。男の眉が大きく動く。

「おまえ、なに勝手に撮ってんだっ」

携帯を奪おうと男が近寄ってきたと同時に、欣子が後ずさる。

「いまここで携帯を取り上げても無駄ですよ。私の母に動画は送りました」

弱者には弱者なりの声の上げ方がある、そう言って欣子が男を睨みつけた。男はしばらく押し黙っていたが「本田おまえ、わかってんだろうな」と言ってきた。だがその声にさっきまでの勢いはない。

本田に肩を貸しながら、ゆっくりと体育館の正面まで歩いていく。いまから動画を持って職員室に行こうという相談をしていると、「悪いけど、外部に漏らすのはやめてほしい」と本田が暁の肩に回していた手を下ろした。

「助けてもらって悪いんだけど、いろいろ事情があって……。今日のことが外部に漏れると困るの」

「え、でも……」

「お願い。本当に困るの」

本田の切実な訴えに、暁は頷くしかなかった。

「じゃあ本田さんの家まで送ってもいい？　心配だし、それだけならいいでしょ」

いいとも嫌だとも言わないまま、本田が歩き出した。右足を軽く引きずる本田に合わせて、学校前の坂道をゆっくりと上がっていく。本田はさっきから黙ったままだが、暁たちがついて来るのを嫌がっている様子でもない。暁たちは坂道を上りきると左に折れ、駅の方面へと向かった。

駅前の丸大スーパーを通り過ぎ、そのまま大通りに出てしばらく歩く。父とこの辺りを歩いた時は夜だったので、景色が違う。通り沿いには企業の入ったビルや保育園があり、夜とは違う賑わいを見せていた。本田が大通りを右に曲がり、細い路地へと入っていく。暁たちもその後について曲がると、まだ電気が点いてない「酒処　黒兵衛」と書かれた電飾看板が見えてきた。

「ここが私の家。寄ってく?」

店の入口まで来ると、それまで無言で歩いていた本田が振り返った。

一瞬、聞き違えたのかと思った。まさか自分たちを家に上げてくれるとは考えてもいなかったので、三人で顔を見合わせる。本田は塀をつたって家の裏側に回り、幅一間《いっけん》ほどの木戸をそろりと開けた。この前彼女が入っていったのと同じ扉。

「ここ裏口。よかったら入って」

言われるままに中に入れば、小さな裏庭に空いたビール瓶が並ぶコンテナや発泡スチロールの空箱がうずたかく積まれていた。冷凍室の扉が外れた小型冷蔵庫なども放置してあり、どこか物置のようだった。

「どうぞ、汚いけど」

合板のドアを開け、本田が家の中に入っていく。すぐ後ろにリモ、欣子が続き、暁は一番最後に入った。窓が少ないからか家の中はほの暗く、本田はまだ昼間なのに電気を点けた。蛍光灯の褪《あ》せた白い灯《あか》りに満ちた室内は、ずいぶん古びて見える。玄関を入るとすぐ右手に階段があった。

「階段、急だから気をつけて」

本田が手すりをつかみ、階段を上っていく。木製のその階段は幅が極端に狭く、たしかに急で、踏むときしきしと音が鳴った。階段を上がった先はすぐ部屋になっていて、二階が居住スペースになっているのか、テーブルが置かれた六畳ほどの洋間に小さなキッチンがある。台所のすぐ隣にテレビが置かれた四畳半ほどの和室があった。それ以外に奥にも扉が見えるので、外観より奥行があるのかもしれない。

「そこにいて。いまお茶淹《い》れるから」

本田が四畳半の和室を指さし、暁たちに座るよう告げてくる。

「本田さん、どうして?」

暁は思わず訊ねた。なぜ自分たちを家の中に招いてくれたのだろう。

「どうしてって、なにが?」

「あ、だから、どうしてあたしたちを家にまで上げてくれたのかな……って」

「親切にしてくれたから」

にこりともせずに、本田が答える。

「本田さん、手伝うよ」

リモが本田の隣に歩み寄った。長身の二人が小ぶりのキッチンに並ぶと妙な迫力がある。

「親切にしてもらったお礼と、あと……あなたたちに頼みがあって」

コップを載せた丸盆を手にしたまま、本田が切り出す。

「頼み？」

暁がそう訊き返した時、「ただいまー。お姉ちゃん、帰ってるのー」と明るい声が階下から聞こえてきた。小太鼓のようなトントンと軽い足音が階段を踏み近づいてくる。

「ああヒナ、おかえり」

本田が盆を丸テーブルに置いてから階段まで出迎えに行く。階段に視線を向けると、水筒を肩から斜めに提げた小さな女の子が顔を出す。手に持っているバッグはプールバッグだろうか。透明なので中に入っている水中ゴーグルやバスタオルが透けて見える。

「この子は妹の陽向《ひなた》。小学二年生」

ヒナと呼ばれた少女は恥ずかしそうに両膝をすり合わせ、暁たちを見つめていた。リモが気になるのかちらちら見ている。「こんにちは。私、お姉ちゃんのお友達だよ。日本語話せるよー」とリモが笑顔で手を振ると、ヒナが初めて笑った。

「ヒナ、お姉ちゃんたちいま大事な話してるからあっちの部屋で遊んでて。アイス食べていいから」

陽向は素直に頷き、冷蔵庫にアイスキャンディーを取りに行く。色白で整った目鼻立ちは本田によく似ていた。

「ごめん。話の続きなんだけど」

本田の低く硬い声に、暁は笑っていた顔をひきしめた。陽向の帰宅によって和んだ空気がとたんに張りつめる。

「今日見たことを全部、忘れてほしい」

動画も消去してほしい、と本田が言ってくる。

「でもあんな酷いことされたんだよ。それを黙ってるってこと？　それじゃあまた同じ目にあうじゃん」

まさか本田がそんなことを言い出すとは思ってもみず、暁は動揺した。

「暁の言う通りよ。あんなふうに口汚く罵られて、土下座までさせられて、悔しくないの？それに本田さん、最近ずっとグラウンドを走ってるでしょう。どうみても質の高い走り込みには思えないんだけど、あれもあのコーチに言われたからなんでしょう？　おかしいわよ、あんなの指導でもなんでもない、ただのいじめよ」

動画を消すわけにはいかない、と欣子は強く首を振った。

「今日叱られてたのは、私がコーチの言うようにフォームを直せてなかったからなの。グラウンドの周回は筋力をつけるためのトレーニングだから。それに……今日のことが世間に広まったら、私が困るの」

「報復《ほうふく》を恐れているんだったら心配ないわ。いまどきあんなパワハラめいた指導は社会的に問題になるはずよ。そうしたらあの男は間違いなく辞めさせられる。怖がることなんてない」

本田は口を閉ざし、視線を下に向けたまま欣子の言葉を聞いていた。言葉の間に、階下の音が聞こえてくる。本田の父親が開店の準備を始めたのかもしれない。包丁をまな板に打ちつけているような、小気味の良い音がリズミカルに響いてくる。

「そうじゃなくて……報復を怖れているんじゃなくて、宇梶《うかじ》コーチが辞めたら、私が困るの」

しばらく黙って欣子の話を聞いていた本田が、切実な声を出す。

「どうして困るの？　本田さん、自分がされてること、おかしいと思わない？　もしかして宇梶っていうコーチを庇っているの？　あんな人は社会的制裁を受けてしかるべきだと思うけど」

欣子が声を荒らげると、奥の部屋の襖がそろりと開き、陽向が顔半分をのぞかせた。不安そうにこっちを見ている。リモがすぐに気がつき、四つ這いで床を進み、「こっちおいでヒナちゃん」と手招きする。

「私、中一女子100メートルの大会新記録を持ってるの。十二秒〇一っていう」

「うん、欣子から聞いたよ。すごいね」

「日本中学記録は十一秒六一だから、あと〇・四秒でその記録に届くの。いまは調子を落としてるけど、卒業までには必ず日本新を出すつもりで……」

本田が陽向のほうを見ながら、ぽつりぽつりと自分の話を始めた。東京都の強化指定推薦《すいせん》選手に選ばれていることや、強化指定を受けるには推薦標準記録というものをクリアしなければならないことを説明してくれる。

「それで、強化選手に選ばれるには顧問の推薦が必要なの。私の場合は宇梶コーチに推薦してもらわなくてはいけない」

「だからあの男には逆らえないってこと？　強化選手に推薦してもらうために？」

欣子が怒りの滲んだ声を出し、強い目で本田を見つめる。本田は苦笑いしながら「前から思ってたけど、やっぱり吉田さんって怖いな」と小さく呟く。

「別に宇梶コーチじゃなくてもいいじゃん。推薦が必要なら別の先生に顧問になってもらって、それで本田さんを推薦してもらえば」

暁には、本田があの男に執着する理由がさっぱりわからない。

「でも、私は宇梶コーチの指導で速くなったの。中学に入ってから記録が伸びたのは、あの人のおかげで……」

陸上を始めたのは、小学六年生の時だった。学校のクラブ活動に陸上部があり、部活に入れば陽向を保育園に迎えに行く時間まで家に帰らなくてもいいと思って入部した。他にもいろいろ部活はあったけれど、陸上を選んだのは高価な道具を揃えなくていいからだと、本田が話す。

入部一か月後に小さな大会で優勝した。それからも短距離と中距離の競技では必ず上位に入賞し、いつしか「スーパー小学生」などと呼ばれるようになった。平川中学に進学してからは宇梶が外部コーチとして陸上部に招かれ、さらに本格的な練習をするようになった。

「宇梶コーチが平川中学のコーチに招へいされたのは、私のためだって聞いてる。教育委員会が動いたって。だから私は記録を出さなくてはいけないの」

「そんな勝手な期待、背負わなくてもいいのに」

欣子が眉に深い皺を刻み、大袈裟なため息を吐く。本田は軽く笑っただけでなにも言わず、陽向を自分の膝に座らせる。

「私の母親は、陽向が五歳になってすぐに家を出たの。私が小学五年生の時だった。ある日学校から帰って来ると母親がいなくて、夜遅くなっても帰って来ないからおかしいと思って父親に問いただしたら、離婚したって突然言われて」

自分が生まれる前からずっと、両親は「黒兵衛」で働いていた。その頃はまだ店には別のオーナーがいて、両親は従業員という立場で店を切り盛りしていた。でも自分が小学校に上がると同時にオーナーから店を買い取り、店主となった。多額の借金はあったけれど小さなアパートから店の二階に引っ越すこともでき、両親は本当に幸せそうだったのだと本田が話す。

「なのにお母さま、どうして?」

「よくわからないけど、たぶん、きつかったんだと思う。家事と育児、それから店のこと。母はほとんど寝る間もなく働いていたから。バイトを雇うと利益が出なくなるからって、どんなに忙しくても二人きりで店を回してたの。うちの父親は自分勝手な性格でなにかにつけ怒鳴る人だし、手も出るから、母親は耐えられなくなったんだと思う」

陽向は生まれた時からほとんど母親と一緒にいなかった。朝七時半から午後七時まで保育園に預けられていたから。でもそれでよかったのだと、本田が陽向の髪を撫《な》でる。

「お母さんと一緒にいられないことが、どうしていいの?」

リモが目を潤《うる》ませる。

「母親と過ごした記憶が少ないから、恨《うら》まずにすんでる。うちね、まだかなりの借金が残ってるの。共働きならなんとか返す目途《めど》も立ったんだろうけど、母親が出てったからなにかと大変で」

父親は本来こつこつと地道に頑張れる人間ではない。だから父親も母親と同じように、いつか自分たち姉妹を捨てていくかもしれない。そう覚悟しながら生きているのだ、と本田が薄く笑った。

「宇梶コーチが約束してくれたの。私を都内有数の陸上強豪校に入学させてやるって。それも学費が免除《めんじょ》になる特待生で」

そこで結果を出して有名大学の推薦をもらう。そして大学を卒業したら陸上に力を入れている実業団、それも一流企業に就職する。それが自分の望む進路なのだ、と本田が暗く光る目で暁たちを見据える。陽向が本田の膝から立ち上がり、奥の部屋から小さな段ボール箱を持ってきた。箱の中にはこれまで本田が勝ち獲ってきた数々の勲章が入っていた。畳の上にトロフィーやメダルを並べる陽向の頭に、リモがそっと手を添える。

「本田さん、いま約束って言ったわよね。宇梶コーチと約束した、って。そんな口約束、本当に信じてるの？　中学生に土下座させるような男との約束を、どうして信じられるの」

「欣子、やめなよ。なにもそんなきつい言い方しなくても……」

本田の表情から感情が消えていく。教室にいる時と同じ、樹の幹に穿《うが》った穴のような空っぽの目になる。陽向が不安げに顔を歪め、「お姉ちゃん」と本田のそばに寄っていく。

「じゃあ……どうすればいい」

掠《かす》れた声で本田が呟いた。「じゃあ私は、どうすればいい？」

空洞の目で欣子を一度見つめた後、本田がうな垂《だ》れた。陽向が彼女の膝に頬を擦《す》り寄せ、下から顔をのぞき込む。

「私に訊かれてもわからない。だって私は本田さんじゃないから。ただ私にはあなたが陸上を好きでやっているようには思えないだけよ」

「……好きじゃないとだめなの？」

「いつか必ず限界がくるわ」

「限界まで……やればいいんじゃないの」

「もう限界よ。あんなふうに罵詈《ばり》雑言《ぞうごん》を浴びせられて、私から見ればもうとっくに耐える時期は過ぎている。これ以上頑張り続けたらきっと、体も心も壊れてしまう」

リモが欣子の腕に手をかけ、それ以上本田を責めるなと首を振る。

「限界だなん……言え……」

喉の奥から絞り出す本田の声が、うまく聞き取れない。

「限界だなんて……言えるわけがない」

他に見つからないのだと、本田が吐くように言葉を繋げる。いまの自分にできることが、陸上以外に見つからないのだ、と。

「そんなことないよ、本田さん。あたしたちまだ十四歳だよ。これからいくらでも」

「春野さんたちと私は……違う。他のことを見つけてる時間なんて、そんな余裕なんてどこにもないから。私にはヒナもいて……」

父親も宇梶との約束にすがっている。本田が陸上で成功したら、自分も楽ができると信じている。いまなんとかこの暮らしが成り立っているのは、宇梶との約束があるからだと本田は力無く首を振った。

「その約束は、あなたの未来をどこまで保証してくれるの？　高校、大学の推薦入学？　就職先まで？　でも私たちの人生は、それからまだまだ先があるのよ。その約束はどこまで有効なの？　あなたが走れなくなったらどうなるの？」

欣子の烈《はげ》しい口調に、本田が顔を上げた。その目が引きつっている。

「もういいよ欣子。これ以上、本田さんに酷いこと言わないで」

「酷いことなんて言ってない。私はね、本田薫って人が好きだったの。ずっと好きだった。一年生の時から同じクラスで、一度もまともに話したことなんてなかったけれど、あなたが大好きだった。群れずに、自分の目標に向かって、誰にも真似できない努力をしていて。好きなんだろうなって、思ってた。この人は陸上が好きでたまらないんだろうって。素敵だって思ってた。好きな競技にまっすぐ打ち込むあなたのこと、格好良くて羨ましかった。だから悔しかったの。宇梶に踏みにじられてるあなたを見て、泣き叫びたいくらいに悔しかった。私の大好きな本田薫になにをするのよって、あの男を殴ってやりたかった。あなたがやられたのと同じように、土下座させてやりたかった。でも動画を撮ることしか私にはできなくて……。これまでいくつもの金色のメダルを手にしてきたあなたが、金色の羽根を生やして生まれてきたようなあなたが、辛そうな顔をして陸上を続けていることが私は嫌なだけなの。大好きな本田薫のこんな苦しそうな姿を、私は見たくないのよ」

欣子はそれだけ言ってしまうと、そばに置いていた学生鞄を手に取って階段を下りていった。その場にいた四人、烈しく責められた本田までもが口を半開きにして呆然としている。

「帰っちゃったね。愛の告白だけ残して」

暁が苦笑すると、本田は俯き、息だけで笑った。

「本田さん、大丈夫?」

心配そうに訊くリモに、本田が小さく頷き返す。

「欣子に乗じてあたしも告白すると……」

転校して間もない頃、丸大スーパーで本田が買い物をしている姿を見かけたのだと暁は話した。その時は男子だとばかり思っていたから本気で胸をときめかせていた、という話。

「あたしがそそっかしいだけの話なんだけど」

「こんな格好してるから、そう勘違いされてもしかたない」

「だよね。あたし、女子が制服のボトムをスカートとスラックスで選べるってこと知らなかったんだ。前の中学にはスラックスを穿いてる女子がいなかったし」

髪を刈り上げ、スラックスを穿くには理由があるのだと本田が微笑む。母親がいなくなってからは自分が店の手伝いをするようになった。平日は後片付けくらいだが、週末は客も多く、簡単な料理を作ったり、レジを任されることもある。酔客相手の仕事だからいろいろ面倒なこともあり、男に見られたほうがストレスが少ないというのがその理由だった。

「なんかしっかりしてるね。大人だね」

同じ年齢とはとても思えない。いろいろなことを引き受け、自分なりにトラブルを回避して。中学生の女子が制服のスカートを穿かずにスラックスを選ぶということは、生きるか死ぬかくらい重大なことのように自分なら思える。

「大人なのかな……。でも本当は吉田さんの言う通りかもしれない」

「欣子の？」

「限界がきたのかもしれない。だっていま、ほっとしてる。私いま、ほっとしてるから……」

本当はもう走りたくない。もうずっと前から。本田はそう言って、表情を隠すように俯いた。でも自分に陸上をやめる選択肢などないと思ってた。怖かった。宇梶の逆上が、父親の落胆が、自分の未来が閉ざされることが怖かった。他になんの取柄《とりえ》もないから、だから耐えるしかないと思っていた、ずっと、これからも。でもこのままだとなにもかもが嫌になりそうで怖い。生きることさえも嫌になりかけている……。声を震わせ苦しそうに喘《あえ》ぐ本田を見て、陽向が声を上げて泣き出した。「お姉ちゃん、お姉ちゃん」としゃくり上げながら、か細い腕で力いっぱい本田を抱きしめていた。

10

徐々に薄暗くなっていく景色の中に見覚えのある黒瓦の邸宅が見えてくると、暁はほっと息を吐いた。本田の家を出てリモと別れた後、うろ覚えの欣子の家を一時間近く探し歩いた。

「よかった、ここだ」

石造りの表札を見つめ、呼び鈴を押す。すると一分ほど待ってから玄関の格子戸が開いた。

「欣子……」

欣子の顔が電灯の下に見えると同時に名前を呼んで、でもその後は言葉が続かなかった。なにをどう話せばいいかわからない。なにかを伝えたくてここまで来たのに、そのなにかはもやもやと胸の内にあるだけで形を成さない。

「どうぞ、入って」

欣子が格子戸を全開にしてから、背を向けて家の中に入っていく。暁は「ありがとう」と鉄製の門扉を押し開き、敷石をたどって玄関までたどり着いた。

「スリッパ、よかったら使って」

「あ、ありがと」

「リモは？」

「ああ、リモなら先帰った。今日はママが休みで家にいるからって、ダッシュで帰ったよ」

「そう……なんか悪いことしちゃった。本田さんの家までつき合わせたあげく、あんな姿を見せてしまって」

玄関わきに嵌め込まれたステンドガラスからうっすらと西日が差し込み、欣子の頬を濃い藍色《あいいろ》に染めている。

「紅茶でも飲む？」

「うん、ありがとう」

「ダージリンとアールグレイがあるけど、どっちがいい」

「その違いがわからないから美味しいほうで」

「わかった。ちょっと待っててね」

この前と同じサンルームに、欣子は暁を通してくれた。ビロード生地の肘つき椅子に腰掛け、室内をぐるりと見回す。エアコンはかかっておらず、庭に続くガラス窓が開きっぱなしになっていた。なんとなく気になって椅子から立ち上がり窓の外をのぞけば、庭にバスケットのゴールポストが設置されていた。

「ああ、それ、いいでしょ。ネットで買ったの」

いつの間にかサンルームに戻ってきていた欣子が、トレーにカップを載せて立っている。

「すごい。本格的じゃん」

「ええ。私は運動神経がいまひとつだから、せめてシュートの確率だけでも上げておかないとね。でもほんとは……あ、これはいま言わなくてもいいわね」

なにかを言いかけて、欣子が首を横に振る。暁が「なになに？」と訊いてみても、「まあじきじきに」と曖昧に返されてしまった。

「それよりどうしたの、わざわざ家にまで来るなんて。文句でも言いに来たの？」

「文句なんてないよ。ただあの後、欣子が帰ってから本田さんと少し話をしてね。そのことを伝えに来ただけだよ」

欣子が淹れてくれた紅茶は特別な味がした。スーパーや自販機で買うペットボトルに入った紅茶とは違う。口に含むと、花のように甘い香りがふわっと広がる。

「本田さんがね、『吉田さんの言う通りかもしれない』って。欣子が帰った後、そんなことを言ってたの」

本当はもう走りたくない――。彼女がそう打ち明けたことを欣子に伝えた。

「本田さんが……ほんとにそう言ったの」

「うん。陽向ちゃんは泣いちゃうし、リモもつられて泣き出しそうな顔をしてたし、なんともいたたまれない雰囲気だったよ。でも欣子の言葉は本田さんにちゃんと響いてた」

できるだけ明るく話したつもりが、欣子は暗鬱《あんうつ》な表情でカップの縁《ふち》をなぞっていた。暁の言葉を聞いてなにかを深く考えている。あいかわらず欣子の家は物音ひとつしない静けさで、隣の家の生活音まで聞こえてきそうだった。

「暁、ちょっと来てくれる？」

おもむろに立ち上がると、欣子がドアに向かって歩いていく。慌てて手に持っていたカップをテーブルの上に置くと、勢い余って紅茶が零《こぼ》れる。

小走りでついていく暁を振り返ることなく、欣子はいったん廊下に出て、向かい側にあるドアを開いた。ドアの向こうには十畳くらいの洋間が広がり、黒く光るアップライトのピアノと、座り心地のよさそうな革張りの茶色いソファが向き合って置かれている。

「わ、素敵な部屋。ここでピアノ弾いたりしてるの？」

サンルーム以外の部屋を見せてくれたのだと思い首を巡らせ見回していると、欣子は無言のまま身を翻《ひるがえ》し、また廊下に出ていった。そしていったいなにがしたいのか、片っ端から家中のドアや襖を開けていく。水墨画の掛け軸や陶製の唐獅子《からじし》が置物として飾ってある、八畳間の和室。立派な机と壁一面の書棚が設えてある書斎。フラワーアレンジメントで埋め尽くされた花畑のような洋間。物置になっているのかクリアボックスが積み上げられた小部屋。他にも台所、洗面所、風呂場……。一階にある部屋をすべて暁に見せると、今度は階段を上がって二階に行き、同じように次々にドアを開けて部屋の中を見せていく。一番大きな十二畳の洋室。ここが彼女の部屋なのかベッドや勉強机、二人掛けソファや本棚などが整然と配置されている。二階には四部屋あって、残り三部屋のうち、ツインベッドが置かれたホテルの客室のような一室を除いた二部屋は、空き部屋になっていた。

「この部屋で最後よ」

欣子は廊下の端にあった空き部屋を示すと、ドアの前で小さく笑った。

「豪邸見学、堪能《たんのう》しました」

暁は冗談めかして口にした。だが内心では欣子のやっていることの意味が、さっぱりわからなかった。これまでにも友達の家に遊びに行った経験はある。でも家の中をすべて見せられたことなど一度もない。もちろんこんな豪邸で暮らす友達は皆無だけれど。

欣子は最後の一室を暁に見せると階段を下り、足早にサンルームに入っていった。暁は引っ越しを終えた時のような軽い疲労を感じつつ欣子の後ろをついて歩き、肘つき椅子に腰を掛ける。

「ねえ、この家を見て歩いて、なにか気づかなかった?」

欣子が真面目な顔つきで、暁を見つめる。

「べつに……」

なにか大事なことを見落としたのかと焦ったが、特になにも思いつかない。

「この家、生活感がないでしょう」

「ああ、そういうこと。うん、まあ」

言われてみればそうかもしれない。朝起きた時のまま膨らんでいる布団や、開けっぱなしのクローゼットなど、生活の匂いがあったのは欣子の部屋だけかもしれない。たしかに彼女以外の家族が暮らしている形跡《けいせき》はひとつもなかった。

「実は私ね、この家にひとりで住んでいるの」

意を決したように欣子が口にする。

「それってどういう……家族がいま旅行中とか？」

「違うの。この家はもともと母方の祖母の持ち物でね、でも二年前から祖母は都内の施設に入所してるのよ。私は中学一年の四月から、ひとりでここに住んでるの」

「ひとりでって……冗談？」

スカートのポケットから水色のハンカチを取り出し、欣子がテーブルの上を拭いてくれる。さっき暁が零してしまった紅茶。花の刺繍《ししゅう》がしてあるとてもきれいなハンカチに、茶色の染みが滲んでいく。

「私、前に中学受験に失敗した話をしたでしょう、憶えてる？」

「もちろん憶えてるよ」

「あの話には続きがあってね。私、地元の公立中学に通うのが嫌で、どこでもいいから別の中学校に行きたくて、祖母の家があるこの土地に引っ越したの。母親の許可を得てね」

地元の中学に行くのが嫌だから家を出ようと思う。自分がそう口にした時の母の顔がいまでも忘れられない、と欣子が苦く笑う。母親は虚《きょ》を衝《つ》かれたような、でもどこかほっとしたような表情で「それもいいわね」とあっさり許可を出した。

「地元の学校に行きたくないって……たったそれだけの理由で一人暮らしをしてるの？」

「そう。わざわざこっちに住民票を移してね。祖母は施設に入ってるけれど、先生には二人で暮らしてるって言ってある」

逃げてきたのだと欣子は頬を強張らせた。

それからしばらくの間、欣子は口をつぐみ、汚れたハンカチを見つめていた。

暁はカップに残っていた冷めた紅茶を一口、また一口とゆっくり飲みながら言葉を探す。

庭側から入ってくる生ぬるい風が、繊細な模様をしたレースのカーテンを揺らしていた。

「金色の角が生えてるの」

「え？」

「Ｐアカのトップクラスにいた時、その中でも際立って成績のいい女子がいてね。国語、算数、理科、社会。どの教科も常にぶっちぎりのトップで、模試の順位は全国で一桁のレベル。どれだけ勉強しても私、その子には絶対に勝てなかった。私が一晩中考えても解けなかった算数の難問を、その女子は十分かそこらで解いちゃうわけ。『打ちのめされる』という単語の意味を弱冠十二歳で嚙みしめたわ。Ｐアカの先生たちは彼女のことを『あの子の頭には金色の角が生えてるから』って言ってた。選ばれた人間だけが戴《いただ》く金色の角。そんな角を持って生まれてくる子供が、ごくごく稀にいるんだって……」

その女子が自分の第一志望の桜明館にトップ合格したと聞いた時、なにに対してかわからないけれど怒りが湧いた。自分がやっていたのは無謀《むぼう》な闘いではないか。人間は不平等だ。

初めから勝てない相手がいるなら、努力なんてなんの意味ももたない。そんなことばかり考えて世の中全部が嫌になった。それで自分は塾の友達から、先生から、欣子の合格を微塵も疑っていなかった母親から、努力から、逃げることにした。不合格が決まった日から今日まで、自分はずっと逃げ続けているのだと欣子は笑う。笑っているその顔は酷く寂しそうで、泣いているようにも見えた。

「私のように卑怯な人間が本田さんにあんなことを言う資格なんて、本当はないの。彼女は逃げずに頑張り続けている。なのに私みたいな人間がわかったふうなことを口にして、彼女を傷つけてしまった……」

「欣子は本田さんを傷つけたかったわけじゃないでしょう？　本田さんもそれはわかってるよ。それに、欣子は卑怯じゃないから」

慰めの言葉をかけられることを、この人は嫌がるだろう。だから暁はそれ以上なにも言わずに黙っていた。

「暁が決めて」

「決めるって、なにを」

「私と友達でいるかどうか」

出逢ってすぐの頃、自分は暁に「私、嘘は吐かないって決めてるから」と伝えた。でも本当はとても大きな嘘を吐いていた。出逢った時からずっと……。だから暁が決めてほしいと欣子が言ってくる。

「そんなの最初から決まってるよ。友達でいるに決まってる。欣子はあたしにとっていなくてはならない人だから、考えるまでもない」

迷いなくそう宣言すると、欣子は暁に背を向けて、しばらくじっと俯いていた。


いつの間にか外が真っ暗になっていたので、欣子に携帯を借りて父に電話をかけた。父は駅前の電気店で買い物をしていたらしく、いまから家に車を取りに戻ってから迎えに行く、と言ってくれる。これまで父が友達の家まで迎えに来てくれたことなど一度もない。でもいまはこうして暁のＳＯＳにすぐ応じてくれるので、田舎での新生活も悪くないと思う。

「お父さんがいらっしゃるまで練習する？　ボールもあるから」

欣子がいったん二階に上がり、真新しいバスケットボールを持ってくる。驚くことに庭に夜間照明があるのだという。ゴルフ好きだったおじいさんが、日が暮れても練習できるように設置したものらしい。

「初めて使うんだけど大丈夫かな……見てててね暁、スイッチ入れるわよ」

サンルームにある電源をオンにすると、庭の四隅に立つ照明ポールに強烈な光が灯った。暗くてなにも見えなかった裏庭がいっきに白く浮かび上がる。

「なにこれ。まるで昼間じゃん。欣子のおじいちゃんって、こんな立派な装置をゴルフ練習のためだけに設置したの？」

「たぶんそうだと思うけど」

「金持ちのお金の使い方って、想像を超えるね」

「雨ざらしにしてたから使えるかどうか不安だったけど、問題ないみたいでよかった」

四基すべてに光が灯ったことを確認し、欣子が庭に出た。芝生が伸びていてボールは弾まないけれど、シュート練習くらいはできそうだった。

「私、最近毎日ＮＢＡの試合を観て勉強しているのよ。ほら、こんなシュートがあるでしょう？　敵と敵の間をすり抜けるようにしてゴール下までボールをドリブルしていって、そこからシュートするやつ。ああいうの、やってみたいわよね」

欣子がボールを胸の前で抱え、右へ左へ体を動かす。

「ああ、ドライブプレーね。ドライブは結構難易度《なんいど》が高いよ。スピード、ボールコントロール、パワーの三つが揃ってないとできないプレーだから」

ディフェンスを抜き去りゴール下まで切り込んでいくドライブは、ボールを自分の懐に入れたままドリブルをする技術や、相手に押し潰《つぶ》されない体の強さなどが必要とされる。

「欣子は身長も低いし華奢《きゃしゃ》だから、まずは外角からのジャンピングシュートを先に習得したほうがいいと思うよ。インサイドに攻め込んでのドライブシュートは、それができるようになってからだね」

あからさまに残念そうな顔を見せた欣子に、３点シュートの効用を説明する。ある一定のラインより離れて打てば、１ゴールで３得点が入るスリーポイントシュート。３点シュートが得意な選手は試合の流れを変えることができる。

「試合の流れを変えられるの？　なるほど、スリーポイントの名手というのもそれはそれで格好いいわね」

案外単純なのか欣子は徐々に元気を取り戻して、それならジャンピングシュートを教えてくれと言ってきた。

「いいよ。まずはフォームから作ろう。基本がきちんとできていれば、あとは反復練習でボールがゴールに入る感覚を体に覚え込ませるんだよ」

「そう、なんとなくわかる。数学でもまずは基礎となる公式を完璧に頭に入れて、それを応用に使えるよう演習という形でより多くの問題に当たるものね」

「……それと同じかはよくわかんないけど。でもまあやってみようか」

暁は欣子の体に触れながら、正しいシュートフォームを作っていく。両手でボールを持ち、額の上辺りで構える。その時の手首や肘の角度は重要で、基本となる独自の角度を体に憶えさせるのだ。さらに全身をバネにするため腰は少し落とし、膝や足首は軽く曲げ、柔軟に伸縮できるような形を保っておく。

「うん、そんな感じかな。その姿勢を崩さずにシュートを打ってみて。何度も練習していくうちにどれくらいの力をかければいいか、どのタイミングでボールを放せばいいか、そういう細かなことが感覚でわかってくるから」

暁はゴールポストの横に立ち、欣子が放ったボールを拾った。初めのうちは何度やってもシュートが短くてゴールまで届かなかった。欣子はもっと近くからシュートを打ちたがったが、フォームを固めるには一定の距離が必要で、まずはフリースローの距離からの練習を提案する。筋力のない欣子にとって、六〇〇グラム前後ある6号ボールは投げるだけでも難しい。それでも五回に一回、三回に一回、二回に一回とバックボードに当たるようになり、練習を始めて三十分ほど経《た》った頃にはようやく一本、シュートが決まった。

「やった、入ったわ、暁」

欣子がその場で跳び上がる。

「うん、いいシュートだった。フォームも良かったよ」

それから立て続けに三本、シュートが決まった。決して運動能力が高いわけではないのだけれど、欣子には並外れた根気があった。手首や肘を曲げる角度。腰を落とす位置。膝や足首を曲げる微妙な感覚。成功したシュートと同じ軌道を描けるようフォームを体に記憶させ、毎回確認しながら何本も何本も、欣子がシュートを繰り返す。

「欣子のフォーム、かなり安定してきたよ」

「そうね。一投一投、頭の中でフォームを描きながら打ってるからだと思う。でも実際の試合ではそんな余裕もないでしょ？　こんなに落ち着いた状況でシュートを打てるわけもないし」

「大丈夫。そこは慣れだよ。練習を重ねて場数を踏めば、どんな状況でも自分だけの無音の世界に入ることができるから。たとえ敵に囲まれても集中できるようになる。努力を積み上げるということは自信を積み上げるってことだよ。雑音に惑わされない、強い自分を作り上げることなんだ」

照明の白い光に、欣子の驚いた顔が浮かび上がる。暁は自分の背後になにかあるのかと振り返ったが暗闇があるだけだ。

「どしたの？」

「ううん、暁にしてはいいこと言うなと思って」

「なんだよ、それ。どんだけあたしのことを底の浅い薄っぺら人間だと思ってんの。まあいまの言葉はミニバスの監督の受け売りだけどね」

欣子はそれからも黙々とシュートを打ち続けた。いつしか二人とも無言になっていて、息遣い、ボールが空を切る音、ポストに当たって跳ね返る音、そして芝生で弾む足音だけで世界がいっぱいになる。ゴールポストからどの辺りまで下がれば3点シュートになるのかと訊かれたので、おおよその位置を示すと、欣子はその場所に石を置き「私、スリーポイントの名手になる」と笑った。


父の車が到着すると手を振って欣子と別れ、助手席に乗り込んだ。冷房の効いた車のシートに身を沈めるといっきに疲れが全身に広がり、眠気が襲ってくる。

「なんだ、えらく疲れてるじゃないか」

本当は会話などせずに両目を閉じて眠りたかったが、「いろいろあってね」と手短に返しておく。

「いろいろってなんだ？」

「別にいいじゃん」

素っ気なく返して、暁は窓の外に視線を向けた。住居から漏れ出る光が、狭い夜道をまだらに照らしている。

「ねえお父さん、十四歳はひとりで生きていける年齢かな」

周りには畑しかなく、窓を少し開けて風を入れると夏草の匂いがする。

「自活できるかどうかという点では無理だろう。金を稼ぐ手段がないからな。でも自立ならできるんじゃないか。自分の頭で物事を考え、行動する。経済的な面では援助が必要だろうけど、十四歳なら自分自身で生き方を決めることはできるはずだ」

しばらく考えた後、父が真面目に応えてくれる。

「どうした？　友達となにかあったのか」

「なんでわかるの」

「おまえがそんなことを口にするなんて珍しいからな」

「なんだよ、お父さんまであたしを薄っぺらい紙人間扱いして。でもほんと、そうかもしれない。みんないろんなことを考えてて、正直びっくりしてる。あたしはあたしなりに苦労してきたって思ってたけど」

暁は昼間の一件を父に話した。本田が体育館の裏で宇梶に罵《のの》しられていたことや、フォームが直っていないという理由でグラウンドを二時間以上も周回させられていたことを興奮気味に打ち明けた。話しているうちに宇梶と対峙した時の恐怖が蘇《よみがえ》り、最後は声が上ずってしまった。

「本田さん、いろんなことを全部ひとりで背負ってて、見てると辛いんだ」

「辛いといってもな、他人ができることはそうは多くないんだ。欣子ちゃんも動画を使ってその男を追い詰めるような真似はしないほうがいい。後で恨みを買うと厄介《やっかい》だからな。そのコーチの処遇は大人に任せたほうがいい。おまえたち子供が出る幕じゃない」

「そんなことわかってるよ」

頷くと同時に、暁は両目を閉じた。ここに引っ越してきてからまだわずかな時間しか経っていないのに、ずいぶんいろんなことがあった。

「ねえお父さん、いまからちょっと寄りたいところがあるんだけど」

「いまから？　もう九時前だぞ」

「明日から三日間、あたしがご飯作るから。買い物も行くよ。だからお願い」

行き先を告げると、父は渋々という感じでスピードを緩め、数メートル先の草むらで車を方向転換した。暁は「オーライオーライ」と窓から顔を出し、夜風を感じながらさっきの父の言葉を頭の中で反芻《はんすう》してみる。暁から見れば、欣子も本田も自立して生きている。自分も二人のように自分の頭で考え、行動できるような人間になりたかった。

11

駅から少し離れたコインパーキングに車を停め、父と並んで大通りを歩いていく。駅とは反対方向に進み、通りから一本奥の路地に入っていけば、『黒兵衛』と黒字で書かれた電飾看板が光っていた。

「ほんとに入るのか？」

「うん。お腹もすいてるし、ちょうどいいじゃん」

覚悟を決めて玄関の引き戸を開けると、店の中から「いらっしゃい」と低い声が響いてくる。紺地の暖簾をくぐって顔を上げ、さっと店内を見渡したが、本田の姿はなさそうだった。

父は前回来た時と同じ入口に近いカウンター席の隅に座ると、メニューを広げて焼き鳥や冷ややっこ、枝豆なんかを注文していく。

「はじめまして。私、春野暁といいます。薫さんの同級生です」

最後まで残っていた男性二人が店を出て他にお客がいなくなると、暁は本田の父親に向かって自己紹介をした。流しで手を洗っていた本田の父親が両目を見開き、「そうだったんですか」と愛想笑いを浮かべる。

「すみません、私が今日ここに来たのは、本田さんのお父さんに聞いてほしいことがあるからなんです」

暁が唐突に口にすると、隣に座る父が「おい」と慌てた。

「話？　なんすかね」

本田の父親が蛇口を捻って水を止める。

暁は父の制止を無視して、今日、学校で起こった宇梶コーチの一件について話した。

それまで半笑いを浮かべていた本田の父親の顔から徐々に表情が消えていき、話が終わる頃には不機嫌そうに煙草に火を点け、カウンターの中で吸い始めた。

「それで、おたくはなにが言いたいの。おれに文句言いに行けってか、宇梶コーチに？」

本田の父親は煙草を咥えたままカウンターから出てくると、緩慢な足取りで店の玄関扉を開けた。店先の暖簾を下ろしたり電飾看板のコードを引き抜いたり、店じまいを始める。

「文句を言うとかじゃなくって、本田さんの気持ちを聴いてあげてほしいんです。このまま放っておいたら宇梶コーチに潰されてしまいます」

「ないない。あいつが潰れるなんて、絶対ない」

唾を吐くように笑い、本田の父親が首をくねくねと揺らす。

「たしかに本田さんは強いかもしれないけど、でも……でもそれは我慢してるだけです。誰よりも強い心で耐えてるだけです。怖いとか辛いとか……そういう気持ち、本田さんもあたしたちと同じように感じています」

本田の父親が面倒くさそうな表情で暁と父を交互に見てきた。頭に巻いていた白いタオルを荒っぽい仕草で外し、カウンターの上に放り投げる。

「あのさあ、スポーツで上にいこうと思ったらそれくらいの仕打ち、しかたねえんじゃないの？　最近さ、よくニュースになってんじゃん。選手に対するコーチや監督のパワハラってやつ。あれって氷山の一角なわけで、普通にみんな殴られたり蹴られたりしてんだよ。そうしねえと上にいけないからやってんだ。薫にしたって土下座させられたくらいでうだうだ文句言ってたら、そこで終わりじゃねえの？」

　店内の照明の、半分が落とされた。客席側の灯りが消えると、カウンターで洗い物をする本田の父親の姿だけが浮かび上がる。

「オリンピックでメダル取ってるやつらなんて、薫の何十倍も何百倍も殴られたり蹴られたりしてんですよ、きっと。実際、中学に入ってからあいつの記録は伸びてるし。高校も特待生でいいとこ行かせてやるって言われてんだから、従うしかないっしょ」

　天井がみしみしと鳴った気がした。もしかすると自分たちの声が二階にいる本田や陽向に届いているのかもしれない。

（暁、欣子ちゃんに電話して、昼間撮った動画を携帯に送ってもらってくれ）

　父が暁に耳打ちしてくる。本田の父親はちらりとこちらに目を向けたが、無言で洗い物を続けている。暁はいったん店の外に出て欣子に電話をかけ、昼間の動画をいますぐ送信してくれるように伝えた。

「妻が昨年の十二月に長患いの末、亡くなったんですよ。それでまいっちゃって、私、この春に会社を退職してしまいましてね。いまは恥ずかしながら無職ですよ、失業保険もらってましてね……」

　欣子との電話をすませて店に戻ると、話が変わっていた。なぜか父が、うちの話をしていた。暁は携帯をテーブルに置き、カウンター内に視線を向ける。

「じゃあいまは二人暮らし？」

「ええ。急な引っ越しや転校で娘にはずいぶん迷惑をかけてしまって。これまでも娘に家のことを任せっぱなしにしてたのに、また余分な負担をかけてしまいました」

「しょうがねえんじゃないの。子供が親の言うことをきくのは当たり前だし、お客さんもこれまではまともに会社勤めをしてたわけでしょう？」

「まあそうですね。平日は十時より早く帰れることはありませんでした。娘がちょうど布団に入る時間に顔を合わせるという毎日で、娘にとって自分は月のような存在だなと思ったこともありました。夜しか現れない月です」

「父親なんて、どこもそんなもんでしょ」

「そうですね。父親ができることは少ない」

　話が宇梶の一件から逸れたせいか、本田の父親の態度が少しだけ和らいでいた。妻を亡くしたうえに会社も辞めてしまったという父の境遇を憐《あわ》れんでいるのかもしれない。

「私は大学で生物サークルに入ってたんです」

「生物？　モテなさそうなサークルだな、それ」

「モテませんでした。でも男女のいろいろがなかったぶん、日々の部活動には集中できました」

なにを思ったのか、父はいきなり海ガメの産卵を記録観察した時の話を始めた。徳島県にある大浜《おおはま》海岸という場所で泊まりがけで産卵を見守った話だ。本田の父親は興味なさそうに、後片付けをしながら聞き流している。

「海ガメの上陸シーズンは、五月下旬から八月下旬にかけてのおよそ三か月間でしてね。夜の十時くらいになると一匹、また一匹と母ガメが海から砂浜に上がってくるんですよ」

二時間ほどの産卵時間の中、ピンポン玉大の卵が百個前後産み落とされる。卵は二か月から三か月後に孵化《ふか》するのだと、父は当時見た光景を思い出しているのか、とても楽しそうに話している。

「私たちのサークルには男ばかり二十人ほどが在籍してましてね。その二十人が交代で現地に通い続け、毎日欠かさず観察を続けたんです。そしていよいよ孵化が始まる時期になると学校を休んで海岸沿いの民宿に泊まりこむんですよ。二週間くらいは休んだかな」

「大学生ってのは暇なんだな」

「ええ。いま思えばずいぶん暇でしたね。私は関東の大学に通っていたので、わざわざ夜行バスに乗って徳島まで行ってたんですからね」

夜になり、孵化した子ガメたちがいっせいに海に向かう姿を目にした時は、涙が溢れた。あの時に流した涙がなんだったのかいまでもうまく説明できないが、自然に対する畏怖《いふ》や命が誕生する喜び、子ガメが懸命に海に向かっていく姿に、同じ生き物として純粋に心を打たれたのかもしれないと父は続けた。

「本田さんは生まれたばかりの子ガメが、どうしてまっすぐ海に向かって進めるか、知ってますか」

「そんなの知るわけないでしょう」

「暁は知ってるか？」

「潮の匂いがするとか、波の音が聞こえるから……とか？」

「いい答えだな。でもちょっと違うんだ」

布巾を手にカウンターを拭いていた本田の父親が動作を止めて、父を見た。その整った顔はやはり薫に似ている。切れ長で奥二重の目元に筋の通った鼻梁《びりょう》、尖った耳。なにかもの言いたげで、少し寂しそうな薄い唇もそっくりだった。

「子ガメは、海面に映る月の光を頼りに、進んでいくんです」

「月の光？」

漆黒の海に届く淡い光を思い浮かべ、暁は訊き返した。

「そうだ。月の光だ」

「じゃあ月の無い夜はどうなるの？　雨降りや月が雲に隠れている夜にも孵化はするでしょう？」

「月の光が無い日は、子ガメたちは海とは違う方向に歩き出す。海に辿《たど》り着くことはできない」

近くに自動販売機など別の光がある場合も、子ガメたちは間違った方向へと進み、そして途中で力尽きて命を落とすことがあるのだと父は言った。

「本田さん、父親というのは、孵化したばかりの子ガメにとっての月のような存在かと私は思ってるんです。おまえの進む道はこっちだと、生きるべき海を教える光でなくてはならない。私はそう考えているんです」

子供が安全に生きていける場所を与える。それが父親の数少ない役割だと父は話す。無言で片付けを続けている本田の父親は、父が話し終えてもしばらくずっと黙っていた。

「本田さん、これを観てください」

カウンターの上にあった携帯を、父が指さした。欣子から送られてきた動画が音声とともに再生される。音声といっても宇梶の怒鳴り声しか聞き取れない。だが画面いっぱいに、宇梶の暴言に体を縮こめる本田の姿が映し出されていた。

「あなたの娘さんにとって、ここは安全な場所ですか」

本田の父親は面倒くさそうに、だが途中から大きく目を見開き、食い入るように画面を見つめていた。

「この動画を観てもまだあなたは、土下座くらいでうだうだ文句言ってたらだめだ、などと口にできますか」

実は私もいま初めて観ました、と父が言葉を詰まらせる。

「もし私だったら……もし私の娘がこんな目に遭わされたら、相手を殴ってやりますよ」

父は独り言のように呟くと、「お勘定《かんじょう》はここに置いていきます」と財布から五千円札を一枚抜き取り、カウンターに置いた。そして再生を終えた携帯をつかみ、「暁、行こう」と椅子から立ち上がった。

「お父さん」

店を出ると、暁は父の背に声をかけた。父が早足で先へ先へと歩いていく。

「なんだ」

「怒ってるの?」

「ああ、怒ってる。正直、驚いた。あの動画を観て、おれはいま、ものすごくショックを受けている」

「そう。……ごめん」

「なんでおまえが謝るんだ」

「なんか、結局お父さんに全部言わせちゃったみたいで」

「当たり前だ。こんな大事なこと、大人が対処しないでどうする」

海ガメの話、ちょっとよかった。あんなふうに自分の思いを語れるお父さんのこと、すごいと思った。そう言いたかったがうまく言葉にすることができず、暁は父の背中に向かって、「ありがとう」と告げた。

翌朝、本田は登校してこなかった。教室にいても特になにを話すわけでもないのに、彼女の不在は圧倒的に教室の風景を変えた。教室がどこか別の場所のように思える。

欣子は朝に顔を合わせるなり「昨夜なにがあったの」と訊いてきた。あんな時間に突然「いますぐ動画を送って」と急かしたのだから、訝しく思うのも無理はない。昼休みになると暁の席に欣子をはじめ、リモや亜利子、七美が集まってきたので、父と一緒に本田の自宅を訪ねたことを隠さずに話した。

「え、まじ。本田さんのお父さんって、こっち系の人なんじゃないの」

人差し指の爪で頬を斜めに引っかき、亜利子が顔をしかめる。

「違うよ。駅近くにある居酒屋の経営者だよ」

「私、知ってる。黒兵衛でしょ？　小学校の時に保護者の間で問題になったの。酒を出す店で小学生の女の子を深夜まで働かせるのはおかしい、って本田さんのお父さんにＰＴＡの代表が言いに行ったの。そしたら本田さんのお父さんがめちゃくちゃ怒っちゃって。ほっといてくれ、うちの問題だ、だったらおまえらが無償《むしょう》で働けって。それからよねぇ、本田さんのお父さんがやくざだとかなんとか言われるようになったのって」

本田が肩まで伸ばしていた髪を耳の上で切ってきたのも、たしか同じ時期だった気がすると七美は言った。雰囲気をがらりと変えた彼女の周りからひとり、またひとりと人が離れていき、やがて誰も口をきかなくなった。

「そんな父親のことだから、今日も学校に行くなとかなんとか、本田さんを家に閉じ込めてるんじゃないの。暁がよけいなことするから」

亜利子が空席に目をやりながら、意地悪く口を歪める。

「よけいなことじゃないよ。暁は親切でやったんだから」

庇ってくれるリモに弱々しい笑みを返しながら、本田の欠席の理由が自分だったらどうしようと、胸が塞《ふさ》いだ。

「ほっとけばいいのに。うちら、あの人と同じ小学校出身だし、家がやばいってこと知ってるから。ね、七美」

「まあ……」

肯定はしなくとも、七美は亜利子の言葉を否定しなかった。

昼休みに入っても、六限目が終わりホームルームの時間になっても本田が現れることはなかった。彼女が今日学校に来なかったのは自分のせいだ。暁と父が、本田の父親に直接話をしに行ったことが原因だ。間違いない。

「あたし、いまから本田さんの家に行ってくる」

ホームルームが終わると同時に席から立ち上がり、暁は欣子とリモに伝えた。

「暁が？　なんで」

斜め前の席にいる亜利子が聞きつけ、すぐさま振り返る。

「気になるから……」

「部活は？　あんたキャプテンなんだから、無責任なことしないでよ。奥村先生が夏の大会にエントリーするって言ってたじゃん。練習はどうすんの」

「そうね。私たちが行ったところでできることはないと思うわ。家庭の問題だもの」

欣子にまで諭され、暁はしかたなく頷き、机のフックに掛けておいたシューズバッグを手に取った。

今日から体育館を使えることになっている。週に二回、月曜日と金曜日だけ男バスが体育館を譲ってくれたのだ。練習試合で男バスが他校に遠征している週末も使用していいと奥村からは言われている。

「夏の大会まであと一か月しかないんだからね。うちと七美はミニバス時代の知り合いと会場で会わなきゃなんないの。無様《ぶざま》な姿を見せるのは絶対に嫌だからね」

亜利子の言う通り、来月には初の公式戦が控えている。キャプテンとしてすべきことは山積みで、いまは練習に集中しなくてはいけない。


体育館入口で下靴をバッシュに履き替え、暁たちはコート内に入っていく。今日体育館を使えるのは女バスと女バレで、半分に仕切られた向こう側では女バレの一年生がポールを立てネットを張っている最中だった。

「よし、急いで準備しよ。これ倉庫の鍵。ボールと……いちおう得点板も出しとこっか」

練習メニューは暁が組み立ててきた。欣子とリモは別メニューが多いが、それでも試合に出るとなると、少しずつセットプレーを合わせていかなくてはいけない。

「キャプテン」

円陣を組んでいたところに、向かい側に立っていた欣子が律儀に挙手する。

「はい？」

「試合を前に、ポジションもきちんと決めておいたほうがいいと思うの。暁と亜利子と七美はミニバス時代のポジションがあるから経験に基づいて動けると思うけど、私やリモはなにをどうすればいいか、まったくわからないでしょう？　でもポジションを与えられたらなんとなくイメージできるもの。ねえ、リモ」

欣子にふられ、リモが力強く頷く。

「たしかにそうだね。じゃあ練習前にポジションを決めておこうか。でもこれはあくまでも仮のもので、練習していくうちに変わることもあるから柔軟に考えよう」

円陣のままその場で腰を下ろし、緊急ミーティングを開く。

「うちはポイントガードしたい。ミニバスの時からずっとそうだったし」

誰よりも早く希望を口にしたのは亜利子だった。ポイントガードは主にボールを運んだり、パスを担う。攻撃の起点となる司令塔でもある。

「そうよね。亜利子は二年生からポイントガードだったからねぇ」

ポイントガードは外回りのプレーが多いので、小柄でドリブルが上手い選手が担うことが多い。暁も身長が低かった頃、四年生の途中くらいまでは上級生のチームの中でガードを任されていた。プレーを組み立てる楽しさもあるので本当はこのチームでもガードをやりたかったのだが、亜利子とポジション争いをするほどではない。

「了解、じゃあ亜利子はポイントガードで。七美はどこのポジションだったの？」

バスケットボールは球技でありながら格闘技に近い当たりの強さを必要とする。バレーボールならネット越しに敵と向き合うが、バスケットボールは常に相手と接触しているからだ。審判の目の届かないところで相手を押したり、ユニフォームを引っ張ったりといったラフプレーも時にはある。気が弱く、体格も華奢な七美はどのポジションについていたのだろうか。

「私は別にどこでもいいの。みんなが入らないところで。これといった特徴のないプレーヤーだもん」

みんなが先に決めてくれればいい、と七美が首を横に振る。

「なに言ってんの。暁、七美はシューティングガードで」

シューティングガードはジャンプシュートやスリーポイントシュートが上手い選手が担《にな》うポジションだった。ポイントガード同様に外回りの仕事が多いので、身長が低くても充分に通用する。

「暁、ほんとにどこでもいいのよ、私は。みんな先に決めて」

「シューティングガードだって。七美って背は低いけど、シュートの成功率はミニバスのチームでも常に上位だったから。私が怪我で出られない時はポイントガードもやってたし」

シューティングガードにはポイントガードを補佐する役割もあり、時には司令塔となってチームを指揮することもある。七美と亜利子がこれまでこの二つのポジションをやってきているのならそのままの連携を保つのは有意義かもしれない。

「じゃあ七美はシューティングガードに決まりね」

暁がそう言うと、欣子とリモが拍手で賛成する。七美もちょっと嬉しそうだ。

「あとは……どうしよっかな」

問題は初心者の二人だが、身長が一八五センチあるリモには、体格を生かしたパワーフォワードかセンターについてもらいたかった。暁がそう伝えると、欣子がすかさず、

「パワーフォワードといえばインサイドでプレーすることが多いのよね。リバウンドを取るという重要な役割があって、あとミドルシュートやリング下の密集からシュートを打ったりパワーが必要になってくる。そしてセンターはゴール下の要と呼ばれるポジション。攻撃でも防御でもとにかく体を張ってゴール下を守るっていう」

とやたらに詳しい説明を加えてくる。

「すごいね欣子。よく勉強してるね」

「まあね。最近はバスケット関連の雑誌をかたっぱしから読んでるから」

「あたしも、リモは高身長を生かしてゴール下で闘ってほしいと思ってる。でもいかんせん初心者だからなぁ……。シュートの成功率はまだ高くないからパワーフォワードとしては相手も怖くないだろうし、かといってセンターだと敵を力でインサイドに押し込んでシュートを打たなくちゃならない。格闘技のようなパワープレーが必要とされるんだよ」

心優しいリモが体を張って敵にぶつかっていけるとは思えず、暁は首を傾げる。

「できるわよね、リモ」

欣子が言うと、リモはその場で立ち上がり、軽く膝を曲げたと思ったらその場で跳躍した。

「ど、どしたの、リモ」

「暁、私やれるよ。大丈夫」

「ほらね。リモなら絶対できるわよ。ねえ暁、リモはセンターでいきましょう。亜利子と七美もそれでいいわよね？」

暁はリモと初めて会った日のことを思い出していた。暁が落とした鍵を手に、自分を追いかけてきた運命的な出逢い。リモにはなんといっても高さがある。跳躍力も忍耐力も。その資質は縁の下の力持ちと呼ばれるセンターには不可欠なものだ。一八五センチのリモが手を伸ばしたなら、もうそこは彼女しか届かない空域になる。リモ以外にゴール下を守れる選手はいない。いまはまだ線が細くて当たり負けするかもしれないが、力ならこれからいくらでもつけられる。

「リモ」

「はい」

「リモにセンターを任せるよ」

「オッケー」

残るは暁と欣子。暁がスモールフォワードとパワーフォワードのどちらに入るか、だ。一五五センチと身長も低く、ドリブルやシュートの技術もまだまだの欣子には、残ったポジションについてもらうしかない。

「暁がスモールフォワードをやったらどう？　初心者の私が意見するのもなんだけど、スモールフォワードといえばエース選手が多いポジションでしょう？　身長がそこそこある人が適任だし、ドライブで切り込めたりリバウンドを取ったりの、いわゆるオールラウンダーだから点を取れる選手じゃないと」

欣子の言葉に、亜利子と七美が頷く。暁もこの数年はスモールフォワードをやっていたので異存はないのだが、そうなるとパワーフォワードを欣子に任せることになる。主にリバウンドの要となるパワーフォワードが弱いと、外したシュートがすべて敵ボールになり試合運びが不利になる。背と腰を使って相手を押し出し、力でねじ伏せる必要があるこのポジションは、小柄な欣子には荷が重い。

「ごめんね。私に運動神経があればよかったんだけど」

自信なげに欣子が声を落とし、「あとひとり、運動が得意な人が入部してくれたらよかったのに」と眉を寄せた。部員を集めるため、中林に許可をもらって校内の至る所に「女子バスケットボール部　部員募集」のチラシを貼った。放送部に頼み込んで校内放送でも呼びかけてもらった。でも結局、応募はひとりもなかったのだ。

「まだバスケを始めて一か月だよ。これから上手くなるって」

「弱気なんて欣子ちゃんらしくないよぉ」

平気平気、とリモと七美が口々に慰め、励ましの言葉をかけていたその時、円陣の中心がふっと翳った。背後に気配を感じて五人いっせいに振り向くと、肩に重そうな黒色のリュックを掛けた本田が真面目な顔をして立っている。

「本田さん、学校に来たのっ」

暁は声を上ずらせ、叫んだ。

「うん。ほんとは朝からいたんだけど、校長や宇梶コーチと話をしてたらこんな時間になってしまって。午後からは教育委員会の偉い人まで入ってきたから」

いままで父親と一緒だったのだと、本田は暁たちの目線に合わせるようにしゃがみこむ。宇梶コーチからこれまで受けた暴言や暴力行為について学校側に話をしに来たのだと言い、暁に向かって「昨日はありがとう」と頭を下げてきた。

「うちの父親、吉田さんが送ってくれた動画を観て頭に血が上ったらしくてね。あとは喧嘩《けんか》上等《じょうとう》、夜露死苦《よろしく》の世界」

宇梶の行為を言葉で伝えられただけでは、父親は動かなかったと思う。だが映像を観せられると、さすがに憎しみが湧いたらしいと本田が苦笑する。「元ヤンだから、いったん火が点いたらどうしようもないの。自分の子供がどうのというより、やられっぱなしが許せなかっただけだと思うんだけど」

本田の笑顔を見て、彼女自身、納得のいく話し合いがもてたのだろうと暁は思った。

「で、宇梶の処分はどうなった？　宇梶って、陸上やりすぎて陸上以外は全部ダメ、みたいな残念なおっさんだよね」

亜利子が鼻に皺を寄せ、顔をしかめる。

「宇梶コーチはいままで通り。今日の一件は厳重注意だけで処分もなし」

「え、どうして」

欣子が落胆の声を上げる。

「宇梶コーチが謝罪したから、今回だけは大目に見ることになったの。学校側も大ごとにしたくないらしくて」

「でもこれ以上あの男のもとで練習するなんて、本田さん、きつくない？」

自分を守るための謝罪なんて、誰にだってできる。今後はもっと陰湿な、決して外に漏れないやり方で宇梶が本田を賤しめるのではと、暁の胸が冷えた。

「うん、だから私が陸上部を辞めてきた。やっと覚悟を決められた」

陸上部を退部して、たったいま女子バスケットボール部への入部届を中林先生に出してきた、と本田が口にする。暁は言葉を聞き違えたのかと、彼女の目をのぞき込む。

「じょ……冗談？」

「もちろん本気」

今日から自分を仲間に加えてほしい。バスケは初めてだけど体力には自信がある。ボール拾いから始めるんでよろしくお願いします、と本田がいったん立ち上がり、深々と腰を折った。

「パワーフォワードの重要な仕事はリバウンドを取ること」

欣子が呪文でも唱えるかのように早口で話し出す。「パワーフォワードには身長やジャンプ力が求められるのはもちろんのこと、落下してくるボールに誰よりも速く跳びついていく俊敏さ、密集で相手と押し合う心身の強靭《きょうじん》さも必要不可欠。本田さん、平川中の女バスはパワーフォワードが不在だったの。ねえ、キャプテン、そうでしょ？　探してたのよね」

　暁は動いてもいないのに体温が上がっていくのを感じつつ、

「うん。うちのパワーフォワードは本田薫さん。みんな、それでいいかな」

と五人の顔を見渡した。

　欣子がまず最初に、すぐに本田以外の全員が拍手をする。

「よかった。じゃあ今日から私はマネージャーに転向するわ。実は少し前から決めていたの、部員が六人集まったら私はマネージャーをするって」

　欣子が立ち上がり、それを合図に暁たちも腰を上げ、改めて円陣を組む。隣に立つ薫の肩に手を回すと、泣きそうになった。でもこんなに嬉しい時に涙なんて見せてはいけない。暁が「平中ファイトっ」と腹の底からめいっぱい大声を張り上げると、「おうっ」というそれ以上に大きな声が返ってきた。

12

暗幕ですべての窓を覆われた体育館には、むせ返るような熱気がこもっていた。七月下旬に行われた東京都中学校バスケットボール選手権大会、いわゆる夏季大会に平川中学女子バスケットボール部は部員六人で挑んでいた。

「わが部にとって、今日は記念すべき公式戦初試合です。ゼロから立ち上げたばかりのこのチームでこうして夏季大会に出場できることが、ぼくはとにかく素晴らしいと思います。今日はとにかく悔いのないよう、いま君たちが持っている力すべてを発揮してください」

ベンチの前で円陣を組むと、中林がもう試合を終えたかのようなしみじみとした口調で、語りかけてくる。中林の隣では赤いジャージを着た奥村が作戦ボードを手に「とにかく楽しんでいけ」と微笑んでいる。

審判から集合の声がかかると、暁は仲間の肩に回した腕に力をこめ、

「はじめの第一歩。とにかく、全力でいこうっ」

ほとんど叫ぶように、腹の底から声を出した。

コートに立つと大きく息を吸い、体育館を見渡した。天井の照明が眩しい。向かい側のベンチにいる相手チーム、東台《ひがしだい》中学の選手の人数は、全学年を合わせてざっと二十人くらいだろうか。身長のある選手は三人くらい。といっても一七〇センチを超える選手は見当たらな

いので、高さだけならうちが有利だ。

「リラックスしていこっ」

当たり前だが初めての試合ということで、みんなかなり緊張していた。経験者とはいえ一年以上もブランクのある亜利子や七美。バスケを始めてまだ二か月のリモ。最近はマネージャー業に比重を置いている欣子。それぞれがどこかぎこちなく、でもそんな中で薫だけはいつもと同じ、落ち着いた様子で動いている。

「薫は緊張してないの？」

この人にはプレッシャーというものがないのだろうか。

「まさか」

薫は首を振り、真顔で「私だってもちろん緊張してる」と返してきた。ただ、いつもの試合とは全然違う雰囲気が楽しい、と言いながら目を閉じてみせる。「どの方向からも風が吹いてこない。土の匂いも草の匂いも太陽の匂いもしない。こんな試合は初めて」

陸上競技では自然のコンディションを考慮し、自分なりに作戦を立てる。でも今日はそんなことはしなくていい。それに独りではなくチーム六人で闘うのだから、プレッシャーも六等分。そういうのがちょっと嬉しい、と薫が笑う。

いまから一か月前、

「先生、二年一組の本田薫さんが女バスに入部しました」

そう報告しに行った時の奥村の反応を、自分は一生忘れないだろう。

「ほんとか春野……本田がバスケ部に？」

どんな状況でも動じない奥村が声を上ずらせ、明らかに動揺していた。そしてこっちが引いてしまうくらいあからさまに喜び、興奮した。

「本田にはオールラウンド、すべてのポジションの技術を教えろ。たとえいまは入らなくても、あいつは絶対にシューターとして使う。リバウンドも取らせる。陸上であれだけの結果を残しているんだ、本田には天性の勘がある。一年あればものになる」

薫には指導者を熱狂させるなにかがあるのだろう。薫が入部してからというもの、奥村は男バスと同じくらい、あるいはそれ以上の比重で女バスに目をかけてくれるようになったのだ。

リモに対しても「おまえはリバウンドを取ることと、ゴール下からのシュートをマスターするんだ」と熱心な指導を繰り返し、二人はわずか一か月の特訓で見違えるほどの動きをするようになった。いまではリバウンドだけなら高さのあるリモや薫に、暁たち経験者もかなわないことがある。バスケットが身長を必要とするスポーツであることを、この二人には日々思い知らされている。

「ジャンプボール」

審判の声に、リモが両肩をびくりと持ち上げる。

「リモ、落ち着いて」

欣子の声がベンチから聞こえてくる。センターラインに向かっていくリモの背中を見ていると、痺れるような感覚が暁の全身を突き抜けていく。熱い昂ぶりが、体の中で渦巻《うずま》いていた。

センターラインを挟んで、リモと東台中の6番が向き合った。相手ジャンパーも高身長ではあったけれど、一八五センチのリモには及ばない。頭一つぶん、いやそれ以上、リモのほうが高い。

ピッという笛の音とともにボールが空中に浮かび上がり、二人のジャンパーが跳び上がった。

明らかにリモのほうが高く跳んだ。だがタイミングがずれてしまい、ボールは相手ジャンパーの手で床に叩きつけられた。瞬く間に相手側にパスが渡り、定規《じょうぎ》で線を引いたような直線の速いパスが通る。

0―2
あっけなく先制点を許してしまう。

「どんまい。さあ落ち着いていくよっ」

肩をすぼめその場で立ち尽くしているリモの背中を、暁は軽く叩いた。リモがはっとして顔を上げる。「ごめん」と呟いたので、「平気平気」と返す。無理もない。練習でできていても、試合ではできないなんてことはしょっちゅうある。実戦経験が一度もないリモが、試合でいつも通りのプレーをできるわけがない。

「リモ、ペイントゾーンに戻って」

リモの動揺を欣子も察知したのか、ベンチから明るい声を投げてくる。リモは頷きながら、自分の持ち場に戻っていく。

審判が試合再開の笛を吹き、七美がエンドラインからボールをコートに入れた。先制点を許したけれど、試合はまだ始まったばかりだ。七美からボールを受け取った亜利子が腰を落とし、体でボールを包み込むような巧みなドリブルで一人、二人とディフェンスをかわしていく。暁は亜利子の動きを横目で見ながら、センターライン付近からいっきに自陣ゴール下に回りこんだ。亜利子から七美へ。そして暁へ。矢のようなパスが通り、そのまま間髪《かんはつ》を入れずにジャンプシュートを放った。

シュートはゴールネットを揺らし、同点に追いつく。

2―2

ゲームはまた振り出しに戻る、だ。

試合が始まってまだ五分も経っていないのに、背中や胸からじっとりと汗が噴き出してくる。息が上がる。熱くなっていく頭の中で、暁は亜利子と七美のことを考えていた。この二人、思っていたよりずっと巧い。練習より試合のほうが数倍いい動きをする。試合勘、あるいは経験値。亜利子の微《かす》かな黒目の動き、ちょっとした仕草で七美は亜利子の次の動作を瞬時に察知した。そして動く。ミニバス時代から同じチームでやってきたという二人のコンビネーションは本物だった。

「暁、マーク外れたら亜利子がD出すって」

すれ違いざまに七美が耳元で囁《ささや》いてくる。D——ダイアゴナルパスは、対角線に入れる長いパスのことだ。ロングパスはカットされる危険もあるが、うまく通ればディフェンスに揺さぶりをかけられる。

亜利子が右足で大きく右へジャブステップを踏んだ。

相手5番が幅の広いステップにつられて同じ方向へ動いた瞬間、亜利子はインサイドで左に切り返し、ディフェンスを抜いた。ナイスフェイク。暁が心の中でそう叫ぶと同時に、亜利子と目が合った。

「暁ーっ」

亜利子が暁に向かってロングパスを出してきた。全速力で自陣《じじん》ゴール下にダッシュする。暁の動きに気づいた相手のディフェンスが、遅れて追ってくる。

よし、もらった——。

亜利子からの長いパスを、暁はジャンプしながら空中でキャッチした。4番と5番が、暁を止めようと走ってくるのが視界に入った。その時だ。庇うように、暁のすぐ前に立ちはだかる選手がいた。薫だった。薫が体を差し入れ、盾《たて》になってくれる。スクリーンの技術なんていつの間に覚えたのか、バスケを始めてまもない薫が怯むことなく敵と対峙していた。

薫にスクリーンをかけてもらい、暁は敵に潰されることなくそのままドライブでリング下まで切り込み、シュートを決めた。

4—2

試合開始六分三十二秒。試合開始後初のリードだった。

第1クオーターは暁が4ゴールを決め8得点、亜利子と七美がそれぞれ1ゴール2得点ずつを決めて、12点を取った。上々の滑り出しだ。

第2クオーターの途中には東台中がタイムアウトを要求し、暁たちもその間ベンチに戻った。

「みんな、いいわよ。落ち着いてる」

ベンチに座りこむと、欣子が素早い手つきで水筒を手渡してくれる。呼吸を整えながら、暁たちは時間を惜しんで水分を喉に流し込んでいく。試合が始まって十三分と少し。体温はいっきに上がっている。

「この調子でいいんじゃない。相手は手も足も出ないって感じだもの」

欣子の言う通り、たしかに東台中は先制の1ゴールを決めたきり、得点がなかった。このままうちのペースで試合を進めれば逃げ切れるかもしれない。他のメンバーも同じことを考えているのか、その表情に余裕が浮かんでいる。

「おい、おまえら。調子に乗るなよ」

だが暁たちの浮ついた気分は、奥村の低い声でかき消された。

「野本、バスケットは何人でするスポーツだ」

「は?」

「バスケットのチームは何人で作るのか、と訊いてるんだ」

「五人……ですけど？」

亜利子が首筋を濡れたタオルで冷やしながら、上目遣いで奥村を見つめる。

「そうだ。五人だ。なのにおまえはどうして春野と倉田にしかパスを出さないんだ」

欣子が首から提げているタイマーに目をやった。欣子はさっきから暁たちの襟足に凍らせておいたタオルを当てたり、水筒を手渡したりと休むことなく動き回っている。

「攻撃が単調になってる。どうすればいいか自分の頭で考えろ」

奥村に厳しく言われ、亜利子から表情が消えた。両目がすっと細くなる、ふてくされた時の顔つきだ。

「そんなこと言われても……」

亜利子がぼそりと呟いたところで、一分間のタイムアウトが終了する。不満顔の亜利子の肩を抱くようにして、暁は再びコート内に戻る。

「さあ一本。丁寧にいこ」

亜利子に向かって声をかけたが、返事はなかった。

タイムアウト直後のプレーから、急に相手の当たりが強くなったのを暁は感じた。それまで暁のマークについていたのは4番だけだったはずが、6番まで暁にぴたりとついてくる。さすがに二人にマークされるときつい。右へ動こうにも左へ動こうにも4番と6番が張りついてくるので突破するスペースが見いだせない。七美をマークしているのは5番ひとりだが、それでも執拗なディフェンスに、振り払うだけで精一杯だ。

パスを出す場所がなくなった亜利子が、焦れ始めた。

ひとりでゴール下までボールを運び、そのまま強引にシュートしようとして密集で潰される。そんなプレーが二、三度続き、相手側にボールが渡る時間が圧倒的に増えていった。薫とリモが必死でディフェンスするが抜き去られ、そのままシュートまで持ち込まれる。

12―18
10点あったリードは第2クオーターの途中で逆転され、終盤には6点差をつけられてしまった。

「あんたたち、なにやってんのっ。あんなマークくらい外しなよっ」

第2クオーターが終了し、十分のハーフタイムに入るなり亜利子がキレた。中林が必死でなだめようとするが亜利子は目を合わそうともしない。奥村は無言のまま胸の前で腕組みをしている。

「外せって言われても……そんな簡単じゃないよ。ね、暁」

七美の息が上がっていた。毛先に汗の粒が溜《た》まり、欣子が扇ぐ団扇《うちわ》の風でぽたぽたと滴り落ちてくる。

「そうだよ亜利子。あれだけべったりやられたら、相当きついって」

暁も胸を開き、必死で酸素を取り込みながら返す。ディフェンスとやり合うだけでどれほど体力が奪われるか。

「あんたたちの足が止まったら、こっちもやりようがないじゃん。もっとスペースとってくれないとっ」

ハーフタイムまでに連続8ゴールを決められ、亜利子の顔は怒りで引きつっていた。

「亜利子、どうして薫やリモにパス出さないの？」

これみよがしなため息を吐いた後、ベンチに座って下を向いたままの亜利子に、欣子が訊いた。亜利子はなにも答えず、俯いたままだ。

「みんな聞いて。さっき奥村先生が言ったように、相手にうちの攻撃のパターンを完全に読まれてる。亜利子がボールを持って、暁か七美のどちらかにパスを出す。それでそのままゴール下まで持ち込んでシュート。そのパターンに気づいて、相手は暁と七美を抑え込んでくるのよ。それは亜利子にもわかるでしょう？　だから薫やリモにもボールを回して……」

「簡単に言うけど、リモも薫もシュートは入らないじゃん。無駄打ちして相手側にボール取られるくらいなら、打たせても意味ない」

亜利子が顔を上げて欣子を睨みつける。リモは傷ついた表情をしたが、薫は亜利子を見つめたまま眉ひとつ動かさない。

「亜利子、欣子が正しいよ。リモや薫がシュートを打ちにいったら、相手もこの二人をノーマークにはできない。そしたらディフェンスが分散されてあたしや七美もフリーになるチャンスができるだろうし」

「だからあー。さっきから何度も言ってるけど、リモや薫がゴール下でボール持ったところで怖くないんだって。どうせ入らないって、相手はわかってるんだからさぁ」

亜利子は上気した頰をさらに赤らめ、乱暴に言い放つ。言い合っているうちにハーフタイムは終了し、後半の作戦を練る時間などなかった。

後半戦、第3クオーターが始まった。

暁は再び円陣を組み、「頑張ろうっ」と声を出す。

後半戦に入ると、東台中のメンバーがめまぐるしくポジションを変えてきた。試合が止まるたびに相手側の選手が入ったり出たりするので、暁たちは自分がマークする相手を見失い混乱した。まるで奇襲攻撃を仕掛けられているような錯覚《さっかく》に陥り、隙が生まれる。

「みんな落ち着いてっ」

浮き足立っているのに気づいた欣子が、ベンチから叫んでくる。

前半を終了した時点で6点離されていた点差が、さらに開いていく。

12―24
肩で息をしながら敵陣のゴール下でディフェンスをしていたら、背中を強く叩かれた。ファウルされたのかと目を吊り上げ振り返ると、薫が暁の耳元に口を近づけてくる。

「暁」

低い声で薫が囁く。

「なに?」

「弱気が滲んでる」

「そんなことないよ」

「いや、自分にはわかる。陸上ってのは弱気と闘う競技だから」

薫はそれだけを言うと、初心者とはとても思えない強気なチェックを、ボールを持つ4番に仕掛けていく。相手との距離をぎりぎりまで縮め、体に張り付くように両手を伸ばし、動きを完全に封じこめようとしている。それ以上ドリブルで進めなくなった4番の足が止まり、苦し紛《まぎ》れのパスが出された。薫は完全にその動きを予測していたのかすかさず左手を伸ばし、自分の手にボールを当てる。

「ナイスカットっ」

欣子の叫び声が聞こえると同時に、薫が床に転がったボールを追いかけマイボールにした。暁が一歩も前に進まない間に、薫は何倍速もの動きを見せる。薫がそのままドリブルで、自陣ゴールに突っ込んでいく。速い。練習を始めてまだほんのひと月という動きではない。暁はようやくわれに返り、薫の後を追う。薫は腰の低い、スピードに乗ったドリブルで3点シュートラインまでボールを運んだ。そしてぴたりと足を止め、速いリリースからシュートを放った。

まさか、という顔で亜利子が暁を見た。

七美も、リモも、ベンチの欣子も放心したかのような表情を浮かべている。きっと暁もみんなと同じ顔をしているのだろう。

完璧なフォームから放たれたシュートは、美しい弧を描いてリングに入っていく。

審判の手が上がり、3点シュートが成功したことを示す。

シュートを決めた薫は猛ダッシュで暁の隣に戻ってきて、

「勝ちたいなら強気でいくしかない」

とさっきのように耳元で囁いた。

3点シュートを決めた後も、薫は目を見張る俊敏《しゅんびん》さでコート内を走り続けた。その後も立て続けにジャンプシュートを放ち、リングには入らなかったが攻め続け、停滞していた流れをいっきに変える。後半に入ってからの薫の運動量は、暁たちはもちろん、交替で休息を取りながらコートに出てくる東台中の選手をも凌《しの》ぐもので、その場にいる全員が彼女のスピードとタフな当たりに目を奪われていた。

違うんだ。

こんなにも……違う。

全国を相手に戦うアスリートというのは、同じ十四歳であっても自分たちとはまったく違う。同じレベルにはいない。本田薫の本当の凄さを、自分はなにも知らなかった。知らずに「一緒にバスケットをやれる」と無邪気《むじゃき》に浮かれていた自分を恥ずかしく思った。だめだ、いまこんなことを考えてる時間はない。薫の動きを視界の隅に置きながら、暁は必死で自分のプレーに集中する。でも一秒、一分、十分ごとにバスケットという競技を自分のものにしていく薫の身体能力に、心の震えが止まらない。

「暁、ぼやっとすんなっ」

亜利子の舌打ちがすぐ後ろで聞こえた。ボールをドリブルでキープしながら、亜利子が小声で話しかけてくる。

「いまディフェンスが薫に寄ってるっしょ」

薫へのマークがきつくなったぶん、暁が動きやすくなっている。薫にボールを集めるふりをして、暁にパスを出すからと亜利子が伝えてくる。

亜利子がいったん右へ進むフェイクステップを踏んだ後、速さのあるドリブルでディフェンスをかわしていく。亜利子に並走していた6番が、フェイクに惑わされ後方に置きざりにされたのを見て、暁は自陣ゴール下に走り込んだ。

ゴール下、右サイドに立つと、

「ここっ」

暁は右手を挙げて亜利子に合図した。だが相手ディフェンスの反応も速く、暁は二人がかりで囲まれる。亜利子は暁にパスが出せないとわかると、ジャンプした体勢で腰を捻《ひね》り、左サイドにいたリモにパスを出した。だがリモは自分にパスがくるとは思っていなかったのか手を出すのが遅れ、左肩に当たって弾かれたボールはコートの外へと転がっていった。

試合終了のホイッスルが鳴ると、暁たちは力なくうな垂れたままコート中央に集まった。

21—88

得点板には無残な数字が並んでいた。

第1クオーターで12得点を上げたところまではよかったが、その後は薫の3点シュートを含めた4ゴールしか得点できず、結果的には大差で負けてしまった。

試合後、中林は「最後まで頑張った」「健闘した」と励ましてくれたが、奥村からは「今日の敗因はおまえらで話し合え」とだけ告げられ、あとはなにもアドバイスをもらえなかった。

暁たちは後片付けをすませると、覇気《はき》のない挨拶を置いて、体育館を後にした。日は西に傾き始め、自分たちの濃い影を見つめながら駅へと向かう。

「ねえ、千里《せんり》の行《こう》も足下《そつか》に始まる、っていう老子《ろうし》の教えを知ってる？」

誰もなにも話さない中、欣子だけが場を盛り上げようと喋り続けている。

「遠い旅路も足下の一歩から始まる、という意味よ。うちのチームにとって、今日はまだ初めの一歩でしょう？　これからまだまだ先は長いわけで、ここで落ち込んでいたら始まらないわよ」

通りを走る車のエンジン音の中に、欣子の声がかき消される。

「……なによ。どうして無視するの」

欣子がその場で足を止める。

「ごめん。聞いてるよ。ただなんて返せばいいか……わからなくて」

暁は振り返り、欣子に謝った。欣子が怒るのも無理はない。試合会場に着いてから、ボールケースの準備や救急箱、アイシングの用意、水筒への水分の補充などすべて欣子がひとりでやってくれていたのだ。それなのに試合が終わるとみんな不機嫌に黙り込んだまま、なにも話そうとはしない。

「暗い顔してたって、なにも解決しないじゃない？　失敗に向き合って、敗因を分析して、勝つための対策を立てていかないと。それから私たち、中林先生にお礼を言うのも忘れてた。ボールを片付けたり荷物を運んでもらったり、いろいろ手伝ってもらったのに」

「うるさいっ。いまごちゃごちゃ言わないでよっ」

先頭を歩いていた亜利子が、肩に掛けていたボールバッグを地面に叩きつける。

「さっきからほんと鬱陶《うっとう》しい。失敗に向き合って分析しろって？　うちは失敗なんてしてないから。それに中林先生はバスケのことなんもわからないんだし、手伝いくらい当然でしょ、顧問なんだから」

亜利子の暴言に、薫とリモが顔をしかめる。

「ちょっとやめようよ、こんなところで喧嘩なんて。それにいまの中林先生に対する発言は失礼だよ。休日にわざわざ出てきてもらってるのに」

とりあえず亜利子を制したが、この場をどうまとめればいいかわからず語尾は頼りない。

「ねえ、このまま学校に戻らない？　そこでちょっとミーティングしようよ。ね、亜利子、ミニバスの時もミーティングは念入りにやったよねぇ」

亜利子をなだめるのは慣れているのか、七美が落ち着いた様子で「ねぇ暁。まだ四時前だもん、学校に戻ろう」と提案してきた。

学校に戻ると、暁たちはいつも練習しているグラウンドの西側の隅、石灰で引いたコートの中に腰を下ろした。グラウンドでは陸上部がまだ練習をしていて、その中の何人かが薫をちらちらと見ている。

「じゃあこれからミーティングを始めます」

暁が口を開くと、六人の視線がようやく交差する。学校までの道中や青梅線《おうめせん》の電車の中でも互いに顔を背《そむ》け、それぞれどこか違う所に焦点を合わせていたので、顔を合わせると気まずい雰囲気が流れた。

「それじゃ、まず一人ずつ今日の反省点を挙げていきたいと思います。自分自身のことでもチーム全体のことでも気づいたことなんでもいいから。じゃ、まずはキャプテンのあたしから」

六人が集まっていて、これだけ静かなのも珍しかった。話す前に暁は深く息を吸い込み、ふと空を見上げた。にわか雨でも降るのか、強い風が吹いていて雲の流れが速い。

「あたしはとにかく、この六人で初めて試合ができたことが収穫だと思ってる。勝ち負けは関係なく……もちろん勝ちたかったけど、でもうちはまだ新しいチームだから、大会に出場したことに意味があったと思ってる」

他にも言いたいことはあったけれどうまく言葉にできず、暁はそれだけを口にして隣に座るリモに続きを託した。自分の思いがうまく伝わったかどうか、みんなの表情からは読み取れない。

「今日負けたのは私が下手だったから。ルールも覚えきってなくて、試合の途中からなにがなんだかわからなくなってきて……ほんとにごめんなさい」

リモは力なくうな垂れたまま「ごめんなさい」を繰り返した。本当は時々、みんながなにを言っているのか意味がわからない時がある。これまで恥ずかしくて内緒にしていたけれど、自分は完全に日本語を理解しているわけではない。小学校の途中で不登校になり、中学にも通っていなかった。だから難しい言葉を早口で告げられた時はわかったふりをして「オッケー」と答えていた。「亜利子の指示、わからないことが何度もあって……」リモが覚悟を決めたように顔を上げ、大きく見開いた両目から大粒の涙をこぼす。浅黒い頰に涙がつたっていく。

「私、いいかな」

リモの右隣に座る薫が小さく手を挙げ、五人の視線が薫に集まる。

「自分は今日の東台戦、二人も初心者がいるチームとしては健闘したと思ってる。ただ個人的にはすごく悔しい。なにもできない自分が情けないあまりに一瞬、……たった一度だけ、陸上に戻ろうかと思ってしまった。試合中にそんなことを考えてしまったことがなによりの反省点で、みんなに謝りたい。でもいまは全然諦めてない。いつかリモと自分でゴール下を完全に制してみせる。だからもう少しだけ自分たちの成長を待っていてほしい」

泣くなリモ、頑張るしかない、とリモの頭に薫が手を載せた。頭を優しく撫で、そのままゆっくりと手を下ろし背中を擦る。

「私は、いまのチームで試合するのはまだ早かったかなぁって。薫ちゃんの言うように、二人とも初心者なのにいきなり試合なんて、奥村先生も無茶ぶりするなぁって。でも私たち、まだまだこれからよね。ここでめげちゃだめ。頑張ればなんとかなる」

七美がいつものふわりとした笑顔を見せると、欣子も理路整然と前向きな意見を口にし、具体的な練習方法をいくつか挙げた。少しずつ硬かった空気がほどけていく。リモも泣きやみ、それぞれの意見に真面目な顔で頷いていた。

「次、うちが言わせてもらう」

亜利子の尖った声が、ようやく温まってきた円陣に冷たい空気を戻す。

「今日の試合の一番の反省点は、ポイントガードのひとりよがりなプレー。試合中にキレて、周りが見えなくなって試合をぶっ潰したのは、司令塔がクソだったから。七美はわかってたよね。うちの顔を見て、なにか言いたそうにしてたから。だからみんな、ちゃんとうちを責めてよ。そうしないとうちら、強くなれないし」

リモごめん、あんたはよくやってた、ダメなのはうちのほうだから、と亜利子はリモの肩をつかみ「酷いこと言ってごめん」と頭を下げた。リモの大きな目に再び涙が溜まっていく。

「あの、えっと……そうだね」

意外な展開に、どうまとめようかと口ごもっていると、

「それから欣子」

と亜利子が言葉を遮る。

「失敗に向き合って敗因を分析して、勝つための対策を立てていく。……さっきはごめん。あんたの言う通りだと思う。うち、あんたにも酷いこと言った。お茶とか氷とか全部用意して運んでくれたの、あんたなのに……。試合会場までの道順も全部調べてきてくれて、なのにうちはお礼も言わなかった」

「別にいいわよ、気にしてないから。それに私は楽しんでマネージャー業をしてるの」

余裕たっぷりに欣子が微笑むと、亜利子も顔をしかめて笑い返す。

バスケで一つのプレーを作り上げるには、細やかな技術を積み上げていかなくてはいけない。地道な練習を繰り返し、こつこつと。それと同じでチームワークもメンバーの思いを積み重ねていかなくては成立しないのかもしれない。こつこつと、地道に。円陣の中に心地よい風が吹き抜けていく。今日負けたことで、みんながもう一度、強くなろうとしていた。

「あたしは今日いちばんの反省点は、みんなが自分の考えを口に出さないことだと思ったよ。もっと率直に、考えてることを口にしたほうがいいんじゃないかな。伝える力。聴く力。その両方がうちのチームには絶対的に欠けてるのかもしれない。うん……。それからもうひとつ、今日のあたしはキャプテンとしての言葉をなにも持たなかった。自分自身のふがいなさに苛立ってただけだった。誰よりも周りが見えてなかったのは、あたし自身だと思う」

キャプテンとしての自覚がなかった、と暁は頭を下げる。自分はキャプテンとはいえ、誰に推薦されたわけでもない。女バスを立ち上げた張本人だからという理由で任されているだけだ。正直なところチームを取り仕切れる自信など微塵《みじん》もない。自分なんてキャプテンの器ではない。適任者がいればすぐにでも代わってほしい。そんな消極的な気持ちでこの二か月間、キャプテンを務めてきたのだと、暁は打ち明ける。

「暁が辞任するんだったら、うちがキャプテンやってもいいけど？」

亜利子が小鼻を膨らませて身を乗り出してくる。

「違うの、亜利子。いまは誰かに代わってほしいと思ってるわけじゃないんだ。だからこれからの春野暁を見てほしいってことを宣言しておこうと思って」

なにをもっていいキャプテンなのか、正直なところわからない。でも練習でも試合でも、苦しい時にチームのみんなが自分を見てくれるような、そんな存在になりたいと暁は語った。

13

バッシュケースを手に提《さ》げたまま、川沿いの道をいっきに駆けていく。橋のたもとで欣子とリモと別れた後、薄暮《うすぐ》れの中をランニングをしながら家に向かった。リモも家まで走って帰ると言っていた。試合で使いきったはずの体力がまた戻ってきている。その源泉がどこにあるのかわからないが、心と体を突き動かす力が湧いてくる。

「ミーティングして、ほんとよかった」

言いたいことを互いに口にすると、靄が晴れたかのように目標が明確になった。目標が見えてくるとわけもなく楽しくなってきて、このまま練習しようか、という話になった。薫が「今日は店の手伝いがあるから」と言い出さなければ、まだ学校に残っていただろう。

「いい感じ。どこまででも走れそう」

いまから一試合は軽くできる。リュックの中の水筒がカタカタと揺れるのを背で感じながら、暁はスピードを上げた。夏の花が咲き始めたからか、いつもより景色が鮮やかに見える。川沿いの道がやがて終わると、そのままスピードを落とさず農道に飛び出していく。車はほとんど通っていない。ぐんぐんと加速しながら家に近づけば、家の背後にある山が迫ってきた。

「と、う、着っ」

さすがにふくらはぎが張っている。夏の犬のような呼吸をしながら、暁は玄関から家の中に入っていった。

あれ……。

玄関で靴を脱ごうとして、妙な違和感を覚えた。なにが違うのだろう。よく見れば、父のサンダルや暁のローファーの他に、女物の華奢なパンプスが揃えてあった。引っ越す時に母の衣類や靴は手放したので、大人の女性の履物を見るのはずいぶん久しぶりな気がする。

「ただいま……」

三和土にスニーカーを揃えて、家の中に向かって呼びかける。

「……お父さん？」

居間に続く扉を開けると、満面の笑みを浮かべた父が女の人と向き合っていた。マスカットのような淡いグリーンのスーツを着た女の人の細い背中が、すぐ目の前にある。

一瞬、お母さんかと思った。そんなことあるわけないのに、お母さんが暁に会いに来てくれたのかと……。

「達夫《たつお》くん、この子が暁ちゃん？　おかえりなさい」

女の人が振り返ると、知らないうちに強張っていた全身から力が抜けた。お母さんかもしれない、どうしてそんなことを思ったのだろう。そんなこと……あるわけないのに。

「はじめまして。私、白木《しらき》といいます。お父さまの友人なの」

呆然と立ち尽くす暁に、白木という人が話しかけてくる。微かに香ってくる化粧品の匂いに胸を衝かれ、でもすぐにお母さんの白い顔を思い出し、目を逸らした。

「あ、ども」

白木がいるだけで馴染み始めた居間が違った感じに見える。知らない場所に来たみたい。お父さんが「達夫くん」なんて呼ばれているのも初めて聞いた。

「どこ行くんだ」

ぺこりと頭を下げた後、自分の部屋に入ろうとした暁に父が話しかけてくる。

「汗でベトベトだからシャワー浴びてくる」

自室に続く襖を開けながら、振り向かずに暁は返した。

「お客さんが来てるんだから後にしなさい」

「いいのよ達夫くん、気にしないで」

「いや、でも……」

「だって今日、バスケットの試合だったんでしょう？　そりゃすぐにシャワー浴びたいわよ」

二人の会話を襖越しに聞きながら、箪笥《たんす》を開けて着替えを取り出す。話したかったのに……。お父さんに、今日の試合のことやミーティングでみんなと話したことを聴いてほしかったのに……。暁は俯いたまま部屋から出ると、父とも白木とも目を合わせずに風呂場に向かった。


結局、白木が帰ったのは夜の八時を過ぎてからだった。

父が白木を車で駅まで送っている間、暁は居間でテレビを観ていた。好きでもない芸人が、たいしておもしろくもない話をしている。

「ただいま」

玄関先で父の声がする。浮かれて聞こえるのは気のせいだろうか。

父が居間に入ってきても、暁は「おかえり」を言わず、テレビに夢中になってるふりをする。テレビの中では声の大きな芸人が、どうでもいい話をまだ喋り続けていた。

「白木まどかさんはおれの大学時代の同級生で、同じ建築学部だったんだ」

さすがに無視はできないので、「へえ」といちおうは頷いた後、声を上げて笑った。芸人のギャグにウケてるふり。テレビに集中してるから話しかけるなアピール。

「大学を卒業してからは友達の結婚式で一度会ったきりだったんだけど、突然連絡があってな。いやあ驚いた。白木さん、おれが会社を辞めてここで暮らしていること知ってたんだ。やっぱりSNSってのはすごいな。どこでどう繋がるかわからないもんだ」

暁はテレビの画面から目を離さずに、適当なタイミングで頭をふらふらと振っておく。父がはしゃぐ姿に苛立つのは、心が狭いからだろうか。さっさと風呂に入ればいいのに、父が冷蔵庫を開けてとっておきの酒を取り出してくる。福島の米農家が造ったという米焼酎。三年前の父の誕生日に、母が病院先からネット注文して贈った酒だ。焼酎は日本酒と違って古酒にはならず、時間が経っても美味しく飲めるらしく、もう三年間も冷蔵庫に守り神のように鎮座《ちんざ》している。

父がこの酒を飲むのは特別な日だけだった。

最近では引っ越し祝いに。その前は母のお葬式が終わった夜、母の遺影《いえい》の前で飲んでいた。父にとっては大切な酒だ。

「白木さんは学生の時から優秀でな、いま県の職員をしてるって言ってた」

父が東北にある県の名を口にする。まだ一度も訪れたことがない、地図でしか知らない土地だ。

「かなり出世したみたいで、いまは人事権を握ってるらしい」

「ふうん」

「実はな暁。白木さんの勤務する県庁で、災害からの復旧や防災関連の人事を強化するために土木職員を緊急募集するそうなんだ。土木関連の知識を持つ大学院生や、道路や河川工事の管理、監督ができる民間企業の出身者を採用したいらしい」

「へえ」

アルコールが入っているせいか、父はいつもよりずっと饒舌《じょうぜつ》だった。仕事のついでとはいえ、同級生の女性がわざわざ自分を訪ねて来た。それがよほど嬉しいのだろう。こんなに楽しそうな父を久しぶりに見た。

「なあ暁、どうして白木さんがおれを訪ねて来たか、わかるか」

そんなのわかるわけないじゃん、と思いつつ、「出張のついで」と適当に返しておく。

「おれの力を貸してほしいと言われたんだ」

「力？　布団でも干すの？」

「実はな、白木さんがおれを県の職員として招きたいって言ってきたんだ」

「県の……職員？　どういうこと」

「このところ豪雨や台風などの自然災害が頻発《ひんぱつ》しているだろう。その災害対応や防災の態勢《たいせい》を整えるために、専門知識のある経験者を迎えたいそうだ。彼女の話だと一九九〇年代後半に採用を抑制した影響が出ているとかで、人手が足りてないらしいんだ」

「そうじゃなくて。どうしてお父さんに声かけてきたの？　お父さんって普通の住宅を建て

「建設会社に就職したからな。でも専門は土木系の建設都市工学だったんだ。同級生には白木さんのように県庁や市役所に就職した人や、国土交通省、環境省で活躍しているやつもいる」

　募集する際の年齢制限は四十歳までだが、達夫くんなら私の推薦だから大丈夫。正職員として迎え入れることができる。そう説得されたのだと、父が話す。

「まさか心動いてるとか？」

　嫌な予感がした。

「いい話だとは、思った」

「いい話？」

「もともと興味のある分野だし、しかも県の正職員として働けるんだ。四十五歳で公務員になるなんて思ってもみなかった。ちょっと、夢のような話だな」

　それから父は白木まどかという人がいかに優秀だったかを語り出した。父が所属していた建築学科の土木系にはそもそも一割程度しか女子はおらず、その中でも彼女は群を抜いて目立っていた。教授や講師からも目をかけられ、在学中にいくつかのコンペで受賞もしている。大学院を卒業した後は国土交通省に就職し、そこで数年働いてからUターンで地元に戻り、いまは地域活性化に貢献しているのだと父が自慢げに話す。きっといまさっき白木から聞いたことなのだろう。

「入職は来年の春でどうかと言われてる」

「は？　なにが春って？」

「だから、仕事を始めるのが来年の四月ってことだ。いま七月だから、あと八か月あれば家を探したり引っ越しをする時間は、十分とれるだろう」

「どういうこと……また……転校するの？　今度は違う県に……」

「おまえには迷惑ばかりかけて、ほんとにすまないと思ってる。でもお父さん、今度はきちんと」

「あたしは……嫌だよ。引っ越すなら自分ひとりで行って。あたしは行かない」

立ち上がり、そのまま廊下に出て玄関に向かった。前につんのめるようにして靴を履き、外に飛び出す。

「暁っ」

背後で父の声が聞こえたが振り返るわけがない。

街灯のない真っ暗な農道を、暁は走った。空に浮かぶ白い月が明るくて、畑や道端の草花を照らしている。どうして大人は、子供の気持ちを考えないのだろう。自分たちの都合がいちばんで、子供をそれに従わせる。罪悪感など微塵もない。自分たちの幸せが子供の幸せにつながるなどと、身勝手な思い込みをしているのだ。「親が笑っていることが子供の幸せ」いつか誰かがそんなことを言っていた。そうとは限らない。親が笑っていても子供は泣いている。薫だって欣子だって、親の身勝手に苦しんでいる。

知らないうちに涙が出ていて、泣きながら欣子の家に向かって走った。吸い込んだ空気が喉に刺さり、立ち止まって思いきり咳き込んだ。吐きそうになりながら必死になって呼吸を整える。目尻から涙が、口端から涎《よだれ》が道路の上に滴り落ちる。最低だ。格好悪い。

欣子の家に着くと何度も繰り返し呼び鈴を押したが、中から人が出てくることはなかった。

「……留守なのかな」

窓明かりも見えないので、実家に帰ったのかもしれない。

「どうしよう……リモ、いるかな」

羽虫が飛び交う夜道を、暁は月と電灯の光だけを頼りに歩いていった。

リモのアパートの場所は朧《おぼろ》げにしか憶えていない。ただけっこう距離があったように思う。月が雲に隠れると本物の闇が視界を黒く塗りつぶし、そのたびに引き返そうかと弱気になったが、体の奥底からまだ沸々と湧き上がっている怒りが前に進ませてくれた。怒りは恐怖よりも強いのだと、今日初めて知った。

ようやくリモの家にたどり着くと、少しだけ躊躇した後、ドアの横にある呼び出しブザーを鳴らした。だが二度、三度と押してみたが反応はなく、「リモ？　こんばんは。あたし、暁だけど」とドアをノックしながら中に向かって声を張り上げる。

「いないのかな……」

リモまで留守だなんて、考えてもみなかった。またあの暗い道を戻るのか、と気持ちがすくんでいたところに隣のドアが開いた。中から細長い光とテレビの音が漏れ出てくる。

「なんだ、うるせぇな」

面倒くさそうに顔をのぞかせたのは、前にも会った男だった。唇が嫌な形に歪んでいる初老の男。前に見かけた時は作業着姿だったが、いまは襟《えり》ぐりが伸びた下着のようなTシャツに膝丈のステテコを穿いている。

「すみません。ブミリアさんは……お留守ですか」

「おれがそんなこと知るわけねえだろ。隣の家に住んでるだけだってのに」

「……すみません」

逃げるように踵を返したその時、「工場じゃねえのか」と男のだるそうな声が背後から聞こえてくる。

「工場?」

振り向くと、男がアパートの裏手にある小高い山を指さす。

「電気部品を作る工場。いま繁忙期だから残業してるんじゃねえのか」

「え……リモも?　お母さんだけじゃなくてリモも働いてるってことですか」

「そんなこと知るか」

軋《きし》んだ音を立ててドアが閉じられ、それきり男は出てこなかった。

アパートの外階段を勢いよく下り、アパートの前から続く山道を上っていく。灯りはアパートの外廊下にぶら下がる裸電球の光だけで、湿った草の上に足を踏み出すたびに蛇が出たらどうしようかと背筋が冷たくなった。

小山を上がりきり、工場の電気が見えた時はもう、全身にぐっしょりと汗をかいていた。傾斜のある山道を歩いているうちに恐怖心が膨らんできて、いつの間にか全力で斜面を駆け上がっていたのだ。体力自慢の暁とはいえ全速力で走ればさすがに息が上がる。

荒い呼吸を整えながら、工場から漏れ出る光に向かって歩いていった。周囲が山に囲まれて暗いぶん、横並びになった四角い窓が明るく感じる。こんな夜更けまで工場が稼働《かどう》しているというのも初めて知った。

どこが入口なのだろうと工場の周りを歩いていると、コンクリートの壁の一部に全開になった幅広のシャッターがあり、その向こう側から人の声が聞こえてきた。シャッターに近づき、中を覗くと、ベージュ色の作業着を身に着けた作業員たちの姿が見える。

「暁？」

いきなり自分の名前を呼ばれたので両肩が持ち上がり、その場でよろけた。体の軸がぶれたまま振り返ったせいで足首が捩《よ》じれ、尻餅《しりもち》をついてしまう。

「痛ぁ」

痛みと土の湿っぽさに顔をしかめていると、黒い影がゆっくりと近づいてくる。草を踏む音に顔を上げれば、リモが近づいてくるのが見えた。

「やっぱり暁だ」

両目を見開き、リモが驚いている。

「ごめん。ちょっといろいろあって……リモと話したくなったんだ」

「私と話したくなったの？」

リモが笑みを浮かべたので、暁も笑い返す。それだけでまた泣きそうになる。

リモが腕を引っ張り、起こしてくれた。年上の人がするように暁の尻についた土を手のひらで払ってくれる。

「リモはここでなにしてたの？」

「ママを待ってるの」

もうすぐ勤務が終わるから、とリモが教えてくれる。仕事は夜の十時までだけど、今日は残業してるみたいでちょっと遅い、と。

「暁、こっちこっち」

リモが暁の手を取って、建物の壁に沿って歩いていく。工場の裏側に回ると、ドッジボールコートくらいの小さな広場があり、工員たちの休憩場所になっていた。灰皿代わりのアルマイト製のバケツがひとつ置いてある。

「暁、ちょっと見ててね」

リモがどこからか赤いゴムボールを持ってきてドリブルをしてみせる。

「偉いね、リモ。ちゃんと自主トレしてるんだ」

暁は嬉しくなって、自分も草コートの中に入っていく。両手を大きく広げ腰を落として、ドリブルで進もうとするリモをディフェンスする。

「リモ、一対一やろ。ドリブルであたしを抜いてみて」

工場の窓から漏れる光のおかげで、ボールははっきりと見えた。ボールが弾む音は工場の機械音でかき消され、誰にも文句は言われない。互いの呼吸音が大きくなり、リモの目がしだいに鋭くなっていく。二〇センチ近くも身長差があるミスマッチ。リモに本気で当たられると暁の体は揺らいだ。

「リモ、もっと強くドリブルして。違うっ、体の重心はドリブルをついてない側に持ってくるんだよ。そうそう。そんな感じ。重心を置いている側で敵と接触するんだ。そうすれば体がぶれないからドリブルしながらディフェンスを突破できる」

いつかリモと自分でゴール下を完全に制してみせる――。リモと一対一をしながら、薫の言葉を思い出していた。バスケを始めてたった二か月しか経っていないリモが、これほど上達しているのだ。薫の言葉はただの気休めや願望なんかではないのかもしれない。楽しい。バスケは楽しい。リモと二人で体を動かしながら、暁の胸に歓《よろこ》びとしか言いようのない感情が満ちてくる。

工場の窓の明かりがひとつ、またひとつ消えていくのを合図に、出入口から従業員が外に出てきた。誰もが疲れきった顔をして、肩や首をほぐしながら歩いている。彼らもリモたちと同じ、小山の下のアパートに住んでいるのだろうか。作業着姿のまま山道を下っていく姿が連なって見える。リモと二人で出入口のほうへ歩いていくと、大柄な外国人女性がこっちに向かって手を振っていた。

「暁ちゃん、よく来ました。カリブー」

疲れているはずなのに、リモの母親は満面の笑みで暁を家に招き入れてくれた。冷凍庫から凍《こお》った食パンを出してきてトースターで焼き始める。

「暁ちゃん、食べます？」

「いえ、あたしはいいです」

「リモ、食べます？」

「私もおなかいっぱい」とリモが首を横に振ったので、リモの母親は食パン一枚とバナナを自分のために用意した。玄関を入ってすぐの四畳半の和室には小さなちゃぶ台があり、母親がその上でパンを食べ始める。リモと暁は同じ部屋の隅で、壁に凭《もた》れて座っていた。

「ありがとう。暁ちゃんおかげ。リモ、学校行きます」

「いえいえ。あたしはなにも」

母親はサラと名乗った。ブミリアサラ。ブミリアという姓を日本語に訳すと「耐える」という意味になるのだと笑いながら教えてくれる。

「サラさんはどうして日本に来たんですか」

サラさんの顔はリモとよく似ていた。アーモンド形の大きな目と尖った顎。薄い唇もまっ白な歯もそっくりだった。ただ日本語はあまりできなくて、時々はリモに通訳をしてもらわなくてはいけなかった。

「私、日本人結婚しました。その人、タンザニア旅行してました。私、外国人泊まるホテルで働いて、そして仲良くなりました」

二十歳の時に自称カメラマンの日本人男性と出逢ったのだと、サラさんが当時のことを語ってくれた。互いにとても好きになり、相手の男が日本に来ないか、一緒に暮らそうと言ってきた。そしてサラさんが二十二歳の時に二人は結婚し、その翌年にリモが生まれた。男とは数年後に別れてしまったが、それからはリモと二人、日本で暮らしているのだとサラさんが話す。部屋の隅に置かれたラックから写真の束を取り出すと、元夫が撮ったというタンザニアの写真をサラさんが見せてくれる。

「これがタンザニアかぁ……。きれいな国だね」

平原の中を走る滑走路のような一本道。白い雲が湧きたつ空、湖面からいままさに飛び立とうとするフラミンゴの群れ。象の親子が長い鼻から水を放散し、互いの体を潤《うるお》すひと時。見惚《みと》れてしまうほどに眩い風景が、写真の中に納まっていた。中にはリモとサラさんを撮ったものも交ざっていて、二人とも向日葵のような笑みをカメラに向かって浮かべている。

サラさんに作ってもらった甘いチャイを飲みながらくつろいでいると、網戸になっていた外廊下側の窓から車のエンジン音が聞こえてきた。耳を澄ませば外階段を上がる軽い足音が徐々に近づいてくるのがわかる。リモが立ち上がりそっと玄関のドアに近づいていくと、足音が部屋の前でぴたりと止まった。リモがこっちを見て怪訝な表情をする。

ブザー音が部屋に響き、リモが怯えた声で「はい?」とドア越しに声をかけた。すると、

「こんばんは、吉田です。吉田欣子です」

とドアの向こう側から欣子の声が聞こえてくる。

「欣子?」

リモが玄関の鍵を外しそろそろとドアを開けると、欣子と父が立っていた。父がなにか言いたそうな顔をして部屋の奥に座る暁を見ている。

「やっぱりここでしたね、おじさん。じゃあ今日は暁をうちに泊めますね」

欣子が傍らに立つ父を見上げて言った。

「いいわよね、暁。今日はうちに泊まるってことで」

ここから自宅までそれほど距離はありませんから、二人で歩いて帰ります。欣子がきっぱりそう告げると、父はぎこちない表情で頷き、そのまま背を向けて帰っていった。

「どういうこと? あたし、欣子の家に泊まってもいいの?」

「居場所を教える代わりに、今日は暁をうちに泊まらせてください。おじさんとそんな約束をしてたのよ」

本当は、暁の承諾なしにリモの家を教えることには躊躇《ちゅうちょ》した。でもそうしなければ、暁のお父さんは、一晩中でも捜し歩くに違いないと思った。下手をすれば警察沙汰になるかもしれない。だから条件をつけて暁の捜索に協力したのだと欣子が事情を説明する。

灯りの落ちた家々の窓を眺めながら、住宅街をのんびりと歩いていく。夕方は曇っていた空がいまはすっかり澄んでいて、「あれがデネブ」「あっちがアルタイル」と欣子が星の名前を教えてくれる。デネブ、アルタイル、ベガを直線で結んだものを夏の大三角形と呼ぶのだと聞いて指先で三つの星を繋げてみると、暁と欣子、そしてリモの家の距離感にとても似ていた。

「ごめんなさいね」

「え？　なにが」

「リモの家に行く前に私の家に来たんでしょ？」

「え、どして。なんでわかんの」

「そりゃね。祖母の施設に行ってたのよ。ゆっくりしてたら帰るのが遅くなっちゃって」

施設から祖母が肺炎になったという連絡があって、それで心配になって見舞いに行った。戻ってくると見知らぬ男性が家の前に立っていたから警察に通報しようかと思った、と欣子が笑う。

「肺炎って、大丈夫？」

「いまは落ち着いてるわ。風邪をこじらせたらしいのよ。母と連絡が取れないからって私のところに電話がきてね」

そういえば、欣子はさっきから一度も暁が家を出た理由を訊いてこない。すでに父から聞いているのだろうか。

「欣子はあたしがお父さんと喧嘩した理由、知ってるの？」

「知らないわよ。聞いてないから」

「じゃあどうして欣子の家に泊まるなんて約束、お父さんとしたの？　あたしが家に帰りたくないってこと、なんでわかったの」

角を曲がると、夜よりも黒い、欣子の家の黒瓦が見えてきた。門扉のわきに照明があって家の前の道を淡く照らしている。

「それくらいわかるわよ」

欣子が音を立てないようにそっと、門扉を押した。

「我慢強いあなたが家を飛び出すなんて、よほどのことがあったんでしょう」

敷石の上を歩き玄関扉までたどり着くと、欣子がスカートのポケットから銀色の鍵を取り出した。鍵穴に鍵を差し込み、扉を開ける。

「いいのよ、暁。嫌なことがあったら、今日みたいにはっきりと態度で示せばいいのよ。嫌なことから逃げて、隠れて、それでいいの。場を読みすぎる、人の気持ちを考えすぎるのは、暁の最大の長所であり最大の短所よ。いつもいい子でいる必要なんてない。いい子っていうのは往々にして都合のいい子なんだから」

「都合のいい子……」

「そうよ。我慢ばかりしていたらどんどん自分が小さくなって、いつか消えてなくなってしまうわよ。理不尽な仕打ちに慣れてはいけないの」

欣子の目を見つめたまま、暁は黙っていた。いつもいい子でいる必要なんてない。そんなことを言ってくれる人に初めて出会い、戸惑って、でも嬉しくて、どんな言葉を返せばいいかわからない。

「いい子じゃないと……だめだと思ってた」

「だめでもいいじゃない。自分らしく生きる。それが一番大切なことだと私は思ってる」

今日は二人でサンルームで寝ましょうよ。そう言って欣子が、二階の部屋から布団を運んできてくれた。敷布団を二つ、隙間なく並べて横になる。こんなふうに誰かと一緒に眠るのは久しぶりのことだ。小学校に上がる前から、暁は自分の部屋で一人で寝ていたから。

「欣子、もう寝た？」

「起きてるけど」

「今日の試合のことだけどね」

「うん？」

「まあ負けちゃって悔しいんだけど……。でも薫のプレーにはほんと驚いたんだ。薫ってバスケ始めてまだ一か月ちょっとじゃん。いくら奥村先生から集中特訓を受けたからといっても、今日のプレーは鳥肌ものだった。正直言うと……嫉妬した」

この短期間でここまで成長するとは思わなかった。チームにとってはありがたいし、さすがだと思う。でもやっぱり心のどこかで不公平だと思ってしまう自分もいる。このまま続けていたら、いつかの時点で必ず自分は薫に追い抜かれるだろう。それもかなり早い段階で。

「やっぱ天才っているんだなって思ったよ。たいして努力しなくても、なんでもできちゃう人っているんだなって」

「薫は努力してない？」

「う……ん、そういうわけじゃないけど……。でもさ、今日の3点シュート、欣子も見たでしょ、完璧なフォームだった。バスケを長くやってる人でも、たとえばプロの選手だったとしても試合の中で3点シュートを決めるのは難しいんだよ。薫はなんていうか、それをいとも簡単にやってのけて……。なんだかんだ言って、本田薫って人はやっぱ恵まれてるんだって思った」

月明かりしかない夜だからか、妬みや羨み、いつもなら隠しておける感情がこぽこぽと口から溢れ出してしまう。以前、ミニバスの監督が「オフェンス能力は天性のセンスだ」と言っていた。ディフェンスは努力でなんとかなる。だがシュートを決める力だけはセンスなのだ、と。センスの塊のような薫を前にすると、七年以上もバスケを続けてきたその歳月が虚しく思えた。

「私、明日五時に起きるからもう寝るわね」

暁の愚痴《ぐち》につき合いきれなくなったのか、欣子が話を遮《さえぎ》るように言ってくる。

「えらく早起きだね」

「暁も五時に起きて」

「うん、わかった。今日はありがとね」

疲れていたのだろう。おやすみ、と言い合ってすぐに規則正しい寝息が立ちのぼる。カーテン越しに窓から入ってくる月の光が欣子の顔を青白く照らしていた。

翌朝、目覚ましの音と「五時よ。起きて」という欣子の声で起こされた。まだかなり眠いのだが、欣子が「早く起きろ」と体を揺するので、必死で布団から這《は》い出た。サンルームの窓を覆うカーテンを開けながら、欣子が、「暁、こっち来て」と手招きしてくる。

欣子が窓ガラスに両手を置いて、まだ青暗い庭に目を向ける。それをまねて暁も窓に手を当て外を見ると、誰かが庭にいるのがぼんやり見えた。

「え、欣子、あれって……」

窓の向こうでは半袖シャツとバスパンを穿いた薫が、庭に置いてあるゴールに向かってシュートを放っていた。ボールは一個しかないのでポストやリングに弾かれるたびに拾いに走って、またシュートを打つ。何本も、何本も。その繰り返し。

「薫ね、女バスに入部してから、毎日うちに通ってるの。朝の五時くらいに自転車に乗ってやって来て、二時間ほどシュート練習して、いったん家に戻ってヒナちゃんに朝ごはんを食べさせて、小学校に送り出して。それから学校に行くのよ」

ボールがポストに当たるダン、ダンという音が話の合間に聞こえてくる。その音が止まることはない。

「だから私もこの一か月はずっと五時起きよ。薫には私が起きてるって、言ってないけどね」

薫から庭のゴールポストを使わせてほしいと言われた時は、まさか毎日やって来るとは思わなかった。近所迷惑になるかと心配したけれど、いまのところ苦情はきてないわ、と欣子は嬉しそうに窓の外を見つめる。

「ねえ暁。こんなに暗いのに、私には見えるの」

「え、なにが？」

「薫の背中に生えてる、金色の羽根」

欣子は笑いながらそんなことを口にし、またそっとカーテンを引き直した。

14

夏休み明けの二学期は、教室の雰囲気が少し変わる。やたら真っ黒に日焼けした人。染めた茶髪が戻りきっていない人。背が伸びた人、大人びた人。夏の間になにかあったのか、登校してこない人もいる……。夏休みの最終日まで普段通り部活に出ていたリモが、二学期に入ってから一度も学校に来ていない。中林に欠席の理由を訊きに行ったが、学校にも連絡はきていないらしい。

「ねえ暁、今日、リモのアパートに行ってみない？」

一限目の数学が終わると、欣子が暁の席までやって来た。

「うん、さすがに心配だよね。もう四日も無断欠席してるし……」

リモの家には電話がない。携帯も持っていないので、連絡手段は直接会いにいくしかなかった。

「なにかあったのかしら」

「なにかって、なに?」

「また学校に来たくなくなった、とか……」

「そんなことないって。大丈夫だよ。勉強だってあんなに頑張ってたじゃん。夏休みは毎日欣子の家に通ってたし、苦手だった数学もわかるようになったって」

一拍ぶん息を止め、無理に笑顔を作る。リモがまた不登校に……いや、絶対にない、と自分に言い聞かせる。まずは一勝——。そんな目標を掲げ、暁たちは夏休みも毎日休むことなく練習してきた。ランやハンドリングに一対一。欣子にも加わってもらっての三対三や七秒以内でシュートまで持ち込む速攻練習——。朝の九時から夕方の四時まで、集中力をもって一日七時間の練習をこなしてきた。学校が閉鎖されるお盆の間は橋のたもとに集合し、川沿いの道を一時間かけて三往復した後、欣子の家でシュート練習をした。今年も猛暑といわれる湿度の高い苦しい夏だったが、誰ひとり体調を崩すことなく乗りきったのだ。

それもこれも十一月に行われる新人戦で勝つためだった。夏休みの間にリモと薫がさらに上達したので、新人戦は夏季大会よりもずっと上までいける、みんなそう信じていた。もちろんリモも。

部活が終わり着替えをすますと、部員全員でリモのアパートに向かうことになった。欣子と二人で訪ねるつもりだったのだが、話を聞いた他の三人も一緒に行くと言ってくれる。

「そういえば暁、お父さんと和解したんだっけ」

正門を出てなだらかな坂道を上っていると、亜利子が唐突に訊いてきた。夏の終わりの夕焼けが、坂の頂きの向こうに見える。

「和解っていうか……まあその話にはお互い触れないって感じかな」

暁が家出した一件は亜利子にも話していた。というより女バスのみんなに知られている。

「なんか微妙だねぇ」

「うちはまあ、いつもそんな感じだよ」

父と言い合いになってから、もう一か月以上もまともに口をきいていない。もちろん白木まどか、という名前も出ない。白木が持ちかけてきた就職の話を断るとも、受けるとも父は言わない。

「父親ってなんか逃げるんだよねー、うちも子供には興味ないって感じだし」

亜利子の声には実感が込められている。

「あら、それならうちもよ。私の父は自分の海外赴任が決まったら、もうそのことしか考えてなかったわよ。妻や娘のことなんて、すっかり頭から抜け落ちちゃってるのよ。父は一人っ子だから祖父母の介護のことやら考えなきゃいけない案件がたくさんあるのに、誰かがなんとかするって思ってる。もちろん一概《いちがい》には言えないけれど、父親ってそういう無責任なところがあるのよね」

欣子が乗ってきて、彼女の父親の話を始める。七美の家もそうなのか、欣子の話にうん、うんと頷いていた。みんなの日焼けした肌がオレンジ色に染まり、果実のように瑞々《みずみず》しい。そのせいか暗い話題なのに不思議と明るい声で話せてしまう。振り返ると校舎も夕暮れの景色に溶け込んで見え、窓が白く光っていた。

「うちってコンビニやってるじゃん。で、どうしても人手が足りなくてお母さんが困ってても、お父さんは自分の予定を変更するなんてほぼないし」

亜利子の父親は、週末になるとゴルフ練習に出かけるらしかった。

「自分より家族を大事にする父親なんて、フィクションにしか存在しないのよ。イクメンだなんて言葉が流行ってるけど、ほんとに大変なところは人任せでしょ」

欣子の冷ややかな見解に、亜利子と七美が頷く。うちはどうなんだろう。母が長く入院していたから少し違うのかもしれない。父には面倒をみてもらったほうだと思う。でも欣子が言うように、暁よりも自分の気持ちや気分を優先させているかもしれない。

「私は、話したほうがいいと思うけど」

さっきから黙ってみんなの話を聞いていた薫が、真面目な顔で暁を見てくる。

「暁は諦めずに、自分の気持ちをきちんとお父さんに伝えて。暁のお父さんならたぶん、向き合ってくれる。もしうまくいかなくても、言わないより言ったほうがいい」

自分は早くに諦めて、だから父親とはもう埋まらないほどの距離ができてしまった。もともと自分の父親には子供を慈《いつく》しむ余裕も器もなかったのかもしれない。でもそうだったとしても、自分は父親に対してなんの努力もしてこなかった。なにも求めず、ただ嫌悪を募《つの》らせていっただけだ。でも暁のお父さんは違う。あの人なら暁の声を聴いてくれるはずだ、と薫が微笑む。

「そうそう。あんたは父子家庭なんだから、父親と話さなきゃね。肝心な話をスルーしたまま、来年の春に『はい、転校』なんてことになったら、迷惑こうむるのはうちらなんだし」

亜利子の発言は相変わらず自分中心だったが、それでも気持ちは軽くなった。友達が自分の家のことを真剣に考えてくれるなんて、初めてのことだったから。

「あ、あれだ」

学校から二十分近くは歩いただろうか。夏の間に背丈《せたけ》を伸ばした雑草の向こうに、リモのアパートが見えてきた。それまで影を踏みのんびり歩いてきた暁たちだったが自然と早足になり、建物のすぐそばまで来ると腰の辺りまで伸びた雑草の中を搔き分けて進んだ。

「リモ、いる?」

外階段を一段飛ばしに上がり、リモの部屋の前で立ち止まると、そう口にしながらドアの横についているブザーを鳴らした。アブラ蟬《ぜみ》の鳴き声のような呼び出し音が、家の中で反響している。三度ブザーを鳴らしたが反応がなく、「リモお願い、いるなら出てきて」と欣子がもう一度ドア越しに声をかける。

「いないね」

暁は首を傾げ、ドアのすぐ近くにある窓に目を向けた。前に来た時、その窓は網戸になっていたが今日は鍵がかけられている。

「あれ？」

窓の面格子になにか小さな金属が引っ掛けられているのに気づき、体をずらして窓に歩み寄った。「これって……」砂塵で汚れたステンレスの格子にぶら下がっていたのは、銀色の笛だった。審判をするために部費で買ったホイッスル。首に掛けられるように白い紐が通してある。

「そういえばこの笛、リモが預かってたっけ。でもどうしてこんな所に掛けてあるんだろ……」

これはきっと、意図的にリモがこの場所に括りつけたのだ。暁たちが自分を訪ねてくるだろうことを、リモはわかっていて……。

「そうだ、リモのお母さんの職場に行ってみよう。すぐそこにあるんだよ。もしかしたら工場がものすごく忙しくて、リモも仕事を手伝ってるのかもしれない」

中学一年の時、リモは入学式の翌日から一度も学校に通っていなかった。四日間休んだからといって、こんなに大騒ぎする必要はないのかもしれない。落ち着け落ち着け、と心の中で繰り返し、暁は外階段を駆け降りた。格子戸から外したホイッスルは、制服のスカートのポケットにしまっておく。

アパート前の空き地から草の生《お》い茂《しげ》る斜面を上って、工場に向かう。「ちょっと急だから気をつけて。あたし、前に来た時滑り落ちたんだ。滑り台を下から上るみたいだよね、こんな危険な山道をリモのお母さん、毎日よく通ってるよね」

誰もなにも話さない中で、暁だけが言葉を繋ぎ続ける。なにか話していないと、不安で胸が塗り潰されそうだ。

草に覆われた急斜面を上りきると、灰色の壁をした工場が目に入った。工場機械のモーター音が途切れなく聞こえてくる。

「こんな所に工場があったのねぇ。全然知らなかった」

自分は駅に近い住宅地に住んでいるから、と七美が工場を見上げた。

「うちは知ってた。小学生の時、親や先生から注意されたじゃん、町外れの工場地帯では遊んじゃだめだって」

亜利子と七美のやりとりを背中で聞きながら、暁は工場の出入口に向かっていく。出入口のシャッターが閉まっていたのでゆっくりと持ち上げ、でも思ったよりずっと重くて、薫が手を伸ばし手伝ってくれた。

ほんの少し隙間ができただけで、金属と金属が烈しく擦れ合うような音がさらに大きくなって耳になだれ込んでくる。暁たちが中をのぞき込んでいると、数メートルほど先に立っていた女が、

「ちょっと、なに勝手に入ってきてんのっ。危ないだろ」

と怖い顔で近づいてきた。軍手を嵌めた手を振って、三十代くらいの女が暁を睨みつけて

くる。

「すみません。人を捜してるんです」

「ええっ、なに、なんて？　ここにいたら危ないって言ってんだよ。こっちは高速切断機で鉄パイプ切ってんの。子供が入ってくる場所じゃないんだって」

女が指さす方向に火花のような光が見える。

「あの、ここで働いてるブミリアさんって知りませんか」

「ブミリア、ああ……サラのことか。知ってるけど」

ブミリアという名前を出すと、女の顔つきが少しだけ和らいだ。

「あたしたち、ブミリアリモさんの友人なんです。リモが四日も学校を休んでいるから心配になって訪ねて来たんです」

騒音にかき消されないよう声を張り、リモの母親を呼び出してもらえないかと女に頼む。工場内部からは金属を切断する音の他にも金属を削るドリル音、換気扇《かんきせん》が回る音などが入り交じり、大声を出さなければ相手の耳には届かない。暁の質問には答えず、女はいったんその場を離れ、近くにいた別の女に話しかけた。そしてまた戻ってくる。

「サラなら四日前に辞めたらしいよ」

女が頭に巻いていた紫色のバンダナを片手で外した。バンダナで額や鼻の汗を拭い、また巻き直す。

「辞めた？　どうしてですか？」

「さあ、聞いてないけど。……サラはいないからもう帰りな」

それだけを口にすると、女は踵を返して持ち場へ戻っていった。暁は女の背中に向かって
「ありがとうございました」と礼を告げ、工場を後にする。電光掲示板にノルマを示す赤い
数字が点滅していた。

「リモが学校に来なくなった日と、サラさんが仕事を辞めた日が同じ……」

それはいったいどういうことなのだろうと、薫が顔を曇らせる。

「もう一度リモの家に寄ってみようか」

上ってきた斜面を下り、再びリモのアパートへ戻ろうとした時だった。

「あんたたち、ちょっと待って」

頭上から呼び止める声が聞こえ、草の上を滑り降りてくる人影が見えた。

「あ、さっきの」

追いかけてきたのは、工場でサラさんの退職を教えてくれた女だった。ここまで走ってきたのだろう。女が苦しそうに喘いでいる。

「よかった、追い……ついた」

女は作業着のズボンのポケットに手をつっこむと、赤いビニールの財布を取り出した。そしてやにわにチャックを開けて千円札を三枚抜き取り、

「あんたらサラを捜してるんだよね。もし会えたらこれ、返しといて。あたし、加納《かのう》っていうの。『カノちゃんに貸してた三千円』って言えばわかるから」

と冷たい手で暁に金を押しつけてくる。

「え、でもあたしたちもいま捜してて……」

「頼むよ。あの子、金なくて困ってると思うから」

頬を歪めて笑顔のようなものを作ると、頼んだよ、と加納が背を向ける。

「あの、加納さん」

ベージュ色の作業着の背中を、暁は引き留める。

「なに?」

「ほんとに……サラさんが工場を辞めた理由、ほんとになにも知らないんですか」

暁の言葉に、加納は気の強そうな印象を崩し悲しげな表情を浮かべる。

「……子供に言ってもしょうがないことだって」

「子供でも……知りたいんです。あたしたちバスケ部なんです。リモも同じバスケ部で、夏休み最後の日まで一緒に練習してたんです。十一月に新人大会があって、今度はちゃんと勝ち進んでいいとこまでいこうって、絶対に強くなろうって六人で約束して。夏の間は走って走って走って、もう膝も腰もどうにかなるんじゃないかってくらい走り込みました。リモは足の裏の皮がめくれちゃって……」

途中でなにが言いたいのかわからなくなって、頭の中が混乱してくる。それでも暁はリモのことを語る自分を止められなかった。「あの子のバッシュ、新品じゃないんです。ネットで安く買った中古のやつで、だからもう滑り止めなんか擦り減っててツルツルで。外練習で履く靴もボロボロの……本当にびっくりするくらい古いやつで。でもリモはずっと頑張ってたんです。文句なんて一度も言ったことなくて、いっつも笑ってて……。だからリモが急に学校に来なくなったことあたしたち訳わかんなくて、なんでだろうって……連絡も取れないから……」

次々に言葉を繋ぎながらいつしか涙声になっていた。加納はそんな暁をしばらく黙って見ていたが、困惑顔のまま息をひとつ吐き、

「いまから話すこと、他の人には絶対に言わないって約束できる？」

と訊いてきた。

暁の代わりに欣子が「約束します」と答えると、「あんたら、海外旅行に行ったことある？」と加納が脈絡のない質問をしてくる。暁たちは互いの顔を見合わせ首を傾げ、欣子だけが「あります」と右手を挙げる。

「そう。まああたしも経験ないから詳しいことは知らないけど、海外旅行にはパスポートが必要なんだよね。それから旅行する国によってはビザってのが要る？　たしかそうだよね、メガネのお嬢ちゃん」

「はい。ビザは入国査証《にゅうこくさしょう》ともいって、要するに入国が許可されたことを証明する書類です」

「うん、それ。入国査証ね。で、海外から日本に来る外国人にもそのビザが必要なんだよね。よくわからないけどビザには何種類かあるって？」

「ええ、多くの旅行者は観光を目的とした観光ビザを取得します。日本で勉強する学生には

就学ビザ、労働をする目的の者には就労ビザが発行されます。ただ就学ビザと就労ビザを取得するには厳しい審査があって、それにパスしなければ発行してもらえません」

「どうして審査なんかあんの？」

二人のやりとりに亜利子が割り込む。

「だって居住の条件を設けないと、日本中に外国人が溢れかえるじゃない。外国人が好き勝手に日本を出入りして暮らすようになってしまったら、社会の秩序を維持できなくなってしまうから」

「お嬢ちゃん、あんた賢いねぇ。うちの息子なんて高校生だけど、あんたの半分も世の中を知らないよ」

「いえ、ささやかな知識です」

「それでね、サラは、その就労ビザってのを持ってないいんだよ。あの子は……不法滞在者なんだ」

フホウタイザイシャ。どこかで耳にした言葉だが、その意味はよくわからなかった。容疑者とか被疑者とか悪いことをした人に対して使う言葉だということはわかるが、フホウタイザイがどれくらいの罪かは知らない。世の中は知らないことだらけで、でもそれは恥ずかしいことなのだといま気づかされる。

「ごめん、うち、不法滞在者の意味がわかんないんだけど」

「不法滞在者ってのは、許可がないのに日本に滞在してる外国人のことだよ。だよね、賢いお嬢ちゃん」

「そうです。ビザで許可された滞在日数を超えて出国しないことも含まれます。日本では観光ビザで入国した外国人がそのまま日本に居残り、不法のまま就労することが問題になってるんです」

「そうそう。日本にはたくさんいるらしいんだ、その不法滞在者が。サラはこれまで職場を転々としてきたって言ってたから、きっとばれそうになったら辞めるってのを繰り返してたんじゃないかな。前にちょろっと聞いたことあるんだけどさ、いまの日本の法律では不法滞在者を発見したら通報しなくちゃいけないらしくてね。でもさあ、一緒に働いてる仲間を通報するなんて、普通の人間はできるわけないよ」

サラは真面目に働いていたのに、と加納が悔しそうに顔をしかめる。

「でもさ」

腑に落ちない、といった顔で亜利子が首を傾げた。

「サラさんが不法滞在者だったら、なんでその子供のリモが学校に通えんの？　公立の学校に通うのって住民登録とかそういう手続きが必要なんじゃないの」

「言われてみればそうだね。リモ、あんたらと同じ中学に通ってたんだよね。母親がそうならあの子も不法滞在者ってことだもんね」

亜利子と加納が顔を見合わせ、頷き合っているところに、欣子が、

「結論から言えば、公立の小中学校に外国人の子供が通うのに、なんの許可もいらないんで

す。あまり詳しくはわかりませんが、以前、そのような記事を新聞で読んだことがあります」

と説明を加える。住民登録というのは就学児童の存在と住まいを確認するためであって、就学の条件ではない。たとえば他の方法でその学区に居住していることが証明されれば、公立の小中学校で就学することは可能なのだ。つまり不法滞在者の子供であったとしても、その学区に居住していることさえ証明できれば就学は可能であるという欣子の言葉に、

「えー、なにそれ。じゃあふらっと日本に遊びに来た外国の子が『明日から学校に行きますね』とか言って、すぐ教室に来たりできるってこと？」

亜利子が納得いかないという顔を見せた。

「明日から行きますね、っていうのは無茶だけど、極端なことを言えばそうなるわ。日本には『教育を受ける権利』というものが存在するから。この権利はたとえ不法滞在者の子供であろうが守られなくてはいけないものなの。でも住民登録をしていないということは、就学通知が自宅に届くこともないわけだから、サラさんが自発的に入学許可を求めに行ったんじゃないかな。そうでなきゃ、誰もリモに『学校に来なさい』とは言ってくれないもの」

正式な実態調査がされたわけではないが、義務教育段階の在《ざい》留《りゅう》外国人で就学状況が把握できない子供は国内に二万人程度いるといわれている。中には学校に通っていない子供もかなりの数存在している。さっきも話したように、外国人の子供であっても公立小中学校へ通うことは可能だ。だが親の就労状況や言葉の問題で、子供の就学に消極的な外国人の親は多

いのだと欣子が説明を加えた。

「そういえばサラ、平川中に用事があるって言ってたことがあるよ。中学校までの道順をあたしが教えてやったからよく憶えてる」

そうか、あれはリモの入学を頼みに行ってたのかと、加納が納得したように頷く。ちょっと悲しげな表情をしているのは同じ母親としてサラさんの気持ちがわかるからだろうか。

「でもおばさんは、どうしてリモのお母さんが不法滞在者だって知ってるんですか？　本人から聞いたの？」

亜利子の問いかけに、加納は眉をひそめ、「工場長のところに、入管《にゅうかん》から電話が入ったらしいんだ」と応える。

「欣子、入管ってなに？」

「出入国在留管理局のことよ。いまは名称が変わって、出入国在留管理庁になってる。簡単に言えば、日本への出入国の手続きをする行政機関よ。サラさんとリモのような外国人の在留資格を認めるかどうかは、ここで審査されることになるの」

「じゃあサラさんとリモは入国ナントカに捕まったの？　でもなんで急に？　だってリモのお母さん、あの工場でもう二年とか三年とか働いてるんじゃなかったっけ」

ねえ暁、と亜利子がこっちを見てくる。

「うん、前に話した時は、小学校の六年生でこっちに転校してきたって言ってた。高学年になってから学校にはほとんど行ってなかったらしいけど」

「だよね。学区的にはうちゃ七美と同じだけど、見かけなかったもん。なんでいまさらその入国ナンチャラに目ぇつけられたんだろ」

加納は亜利子の言葉を真剣な表情で聞いていた。彼女自身もどうして突然こんなことになったのかと、戸惑っているのがわかる。

「誰かが通報したのかも」

加納がぼそりと低い声を出した。

「あたしが……あたしたちがリモを学校に誘ったのがよくなかったんでしょうか。部活もやって対外試合もあったから、たくさんの人がリモを知って、だから……」

通報、という言葉に暁はうろたえた。いま立っているこの場所が日本ではないどこか違う国の話のように思えてくる。

「あんたが考える通りかもしんないし、そうじゃないかもしんない。でも、これまで家の中で身を潜めるようにして暮らしてたあの子があんたらみたいな友達を作って、毎日楽しそうに学校に通うようになったことはよかったと思うよ。サラもほんと喜んでたしね。子供を持つ同じ母親としては、ありがたかったんじゃない？」

「みんなで入国ナントカにかけ合うってのはどうよ」

亜利子が拳《こぶし》を振り上げ、大きな声を出した。

「なに言ってんの、あんたら子供がどうにかできる問題じゃないよ。大人でも無理なのに」

加納にぴしゃりと言われ、「でも……」と亜利子が不満げに口ごもる。

「じゃあ誰なら助けられますか」

黙りこんでなにか考えるような顔をしていた薫が、ぽつりと口にする。「誰ならリモを助けられるんですか」

小山の上のほうから人の声が流れ落ちてきた。休憩時間に入ったのか、業務が終了したのか。加納がちらりと腕時計に目をやる。

「誰って言われても……弁護士とかそういう人なら相談に乗ってくれるんじゃないの？　あたしもよく知らないけどさ」

そろそろ戻るわ、と加納が工場に向かって歩き出し、小山の斜面を大股で上っていく。暁たちはその場に立ったまま後ろ姿を見送っていたが、作業着の背中が視界から消えてなくなると、たったいま思いついたというふうに、

「弁護士なら……私、知ってる」

欣子がぽつりと呟いた。

15

品川《しながわ》駅の港南口《こうなんぐち》から外に出ると、雨足が強くなっていた。このところ悪天候が続いている

が、今日も数メートル先が見えないくらい烈しい雨が朝からずっと降り続いている。

「酷い雨」

欣子の母、吉田翠《みどり》は苛立たしげに呟くと、傘を開き、早足でタクシー乗り場のほうへ向かっていく。暁は翠の後についていく欣子の、その斜め後ろを歩いていた。

サラさんの同僚、加納に事情を聴いてから、もう一か月が経っていた。その間に欣子は翠に頼んで、サラさんの居場所を捜してくれた。加納の言うように不法滞在で摘発されたのであれば、品川にある出入国在留管理庁に収容されているのではないか。翠はそう欣子に伝え、実際にサラさんが収容されているという情報も手に入れてくれた。

「サラさんと面会できそうなの」

そして九月の終わり、いまから一週間前、登校してくるなりに欣子が言ってきた。翠が欣子と暁を出入国在留管理庁まで連れていってくれるという。

「欣子って、お母さんと絶交状態にあるんじゃなかったっけ？　いまさらだけど」

翠のすぐ後ろを歩いていた欣子が暁の隣に並んできたので、こそっと訊いてみる。

「そうよ。中学に入学してからずっとね」

「なのに連絡したの？」

「だってそれしか方法を思いつかなかったから。自分で弁護士に依頼できるほどのお金もないし」

この方法しかない、そう思えば人はなんだってできるものよ。背に腹は代えられないってやつね、と欣子は皮肉っぽく口にしながら、肩をすくめる。

翠は一度も振り返ることなくさっさとタクシー乗り場にたどり着くと、さっと手を挙げて助手席に乗り込んだ。暁と欣子も慌てて後を追い、自動でドアが開くと同時に後部座席にお尻からスライドする。傘を差していても足元や肩先は雨で濡れていたので、車内の暖かさがありがたい。車内に持ち込んだ傘の先から水滴が滴っていた。

「入管まで行ってください」

翠が運転手に行き先を告げるが、無駄のない話し方はやっぱり欣子に似ている。

タクシーはほんの十分足らずで出入国在留管理庁の、白とグレーを基調とした近代的な大きなビルに到着した。車から降りた欣子と暁が正面玄関に向かおうとすると、翠が「面会用の入口はこっちよ」と正面の左手に向かって歩いていく。

「なんか、緊張しちゃうね」

『面会《めんかい》・物品授与許可申出書《ぶっぴんじゅよきょかもうしでしょ》』と印字された用紙に翠が必要事項を記入している間、暁は欣子と並んで立ち、周囲を見渡していた。これほどたくさんの外国人を目にするのは生まれて初めてのことだった。翠が「品川駅から入管までの都バスは、ドル箱路線らしいわよ」と教えてくれたが、それくらい日本で暮らす外国人が増えているということなのだろう。

面会時間は三十分だと聞いているので、サラさんと話すことをもう一度頭の中でまとめておく。いまリモはどこにいるのか。リモとサラさんはあの町に戻ってくるつもりはないのか。暁が訊きたいのはこの二つだけだ。

直通エレベーターで面会室のある七階まで行くと、緊張で手が震えてきた。ここまで来る途中で水溜まりを踏んでしまい、靴先が濡れているのも気になっている。

「カメラや携帯は面会室に持ち込めないの。もし持ってたらこのロッカーに入れてちょうだい」

翠が手慣れた様子でバッグに入っていたノートパソコンや携帯を部屋の端に設置されたロッカーにしまっている。欣子もスカートのポケットから携帯電話を取り出し、ロッカーに移していく。面会室に続く廊下には空港の保安検査場にあるような金属探知機も設置されていて、隠して持ち込めないようにしてある。

翠が入国警備官に声をかけてから廊下を歩いていく。長い廊下を挟むようにして両側にドアが並び、そのドアの向こう側が部屋になっているようだった。

「失礼します」

翠が面会室3と表示された部屋のドアを開けると、すでにサラさんが椅子に座っていた。テレビで見たことのある透明のアクリル板がサラさんと自分たちを隔てていることに少なからずショックを受け、思わず欣子を見た。欣子も驚いたようで、口を閉ざしたまま目を見開いている。翠は暁たちにもっとそばに来るよう促し、

「はじめまして、私は弁護士の吉田翠と申します。ここにいる吉田欣子の母ですが、今日は娘の要望でこちらに参りました」

と頭を下げた。それを見たサラさんが慌てて椅子から立ち上がり、深々と腰を折る。

「私、ブミリアサラです。ブミリアリモ、お母さんです。今日は来てくれました。ありがとうございます」

どうしてこんな所に来たの？　戸惑いの表情でサラさんが暁や欣子をちらりと見る。

「さっそくですが、ブミリアさんの経歴を伺っていいですか」

翠が椅子に腰を下ろし、肩に提げてきたバッグの中からノートとペンを取り出した。

「ちょっとお母さん、サラさんにここへ来た理由をきちんと説明してからじゃないと。戸惑っていらっしゃるじゃない」

欣子が咎《とが》めると、翠は表情を変えず視線だけを上げる。

「失礼しました。私は今日、弁護士としてブミリアさんに面会に来ています。ブミリアさんが困っていらっしゃることなどを聞き、手助けしたいと考えております。これまでのあなたの経歴や、この先どうしたいのかなどを聞かせていただけたらと思います」

翠の早口をすべて理解できたとは思えないが、サラさんが小さな子供のように素直に頷く。

「私、とても困ります。ここ出たい、思います」

「それではまず、ブミリアさんが日本にいらしたきっかけや不法滞在となった経緯をお話しください。できる限り正確な年月日を教えてください。憶えている限りでけっこうです」

欣子が小さなため息を吐きながら暁の顔を見つめてくる。このわずか数十分の間に、欣子が母親を苦手とする理由がわかったような気がする。

「私、日本来ました、二十二歳です」

ヤマジという男性を頼って来日したのは十六年前のことだった。ヤマジとは二十歳の時に母国のタンザニアで出逢い、一年間ほど現地で一緒に暮らしていた。ヤマジが日本に帰国する間際《まぎわ》になって結婚の約束をし、そしてその翌年、来日が実現した。ヤマジと日本で再会した翌年に、リモが生まれた。サラさんがたどたどしい日本語で話すいきさつを、翠がノートに書き付けていく。

「ということは、あなたはいま三十八歳ということですか。生年月日を教えてもらえますか」

「セイネンガ?」

「誕生日です。バースデー」

「バースデー?　……オッケイ」

日本語が得意ではないサラさんが、それでも懸命に入りくんだ事情を伝えようとしていた。

「ヤマジという男性とはその後、離婚したんですね」

「ヤマジさん別れます」

「入籍はしてましたよね」

「ごめんなさい。ニュウセキ、わかりません」

「結婚のことです。きちんと書類を届けて正式に結婚しましたか」

「そういうの全部なしです。いろいろ大変ありました。ヤマジさんの仕事、ちゃんとできてからする、そう言います」

「そうですか。入籍はしていなかったということですね。では続けて伺いますが、ヤマジさんと別れてから、なぜあなたは自分の国に帰ろうと思わなかったのですか」

翠の声のトーンが相手を追い込むように上がっていくにつれて、サラさんの表情が強張り、時々辛そうに顔をしかめる。

「帰りたい思います。飛行機代高いです」

「帰国にかかる費用くらいはその男性に出してもらえばよかったんじゃないですか？　あなたを呼び寄せたんだから、それくらいは言うべきだったんですよ。外国人のあなたと娘を異国の地で放り出すなんて、まともな人間のすることじゃないでしょう」

「リモいます。私、リモを日本で育てたい思います」

「でもリモさんは学校に通ってなかった。不登校だったんですよね」

翠の強い口調にサラさんの表情が翳り、肩がすぼんでいく。

「お母さんやめて。サラさんを責めるためにここに来たわけじゃないんだから」

翠はうんざりとした表情で欣子に目をやると、わかりやすくため息を吐いた。

「私はあなたがた不法滞在者、オーバーステイをする方たちに同情的な見解は持っておりません。法律を守らなかったのだから、このまま母国に強制送還されるのも致し方ないという考えです。ですが今日は、私の娘にどうしてもと頼まれてここまで来ました。あなたは在留特別許可という言葉を知っていますか」

サラさんが首を横に振り、「わかりません」と声を震わせる。

「簡単に申しますと、在留特別許可をあなたが求め、それが認められたら、あなたとリモさんはこのまま日本で暮らせます。私は弁護士として在留特別許可を受けられるよう助力するつもりです。そのことを伝えに今日は面会に来ました」

「サラさん、母が言ったことをもう一度言いますね。私たちはサラさんとリモが日本にいられるようにしたいんです。母は弁護士なので、そのお手伝いをしたいと言っています」

欣子がアクリル板に顔を近づけ、一語一語、区切るようにして伝えていく。そのすぐ後ろで「お手伝いしたいとは言ってないけど」と翠が小声で呟く。

翠と欣子の話をどこまで理解できたかはわからないが、サラさんの大きな目が涙で潤んでいた。瞬きのたびに涙がこぼれる。だがそれを見つめる翠の表情が崩れることはない。翠は極めて事務的な口調でサラさんにいくつかの用件を伝えていった。入管施設を出るためには、仮放免を申請する方法もある。だが仮放免とは在留資格を得たということではない。仕事やアルバイトに就くことはできないし、銀行口座も持てない。携帯電話の契約も許されていない。つまりこれまでと同じような暮らしをするしかない。

「さきほどお伝えした在留特別許可がおりれば、あなた方親子はこの日本でさまざまな権利を得ることができます。その最も大きなところは健康保険に入れることです。もちろん税金も払わなくてはいけなくなりますが、日本で暮らす安心感が違います」

暁も初めて聞くことばかりだった。在留特別許可。そんなものがあるならば、早く取得させてあげたい。

「ただ、この在留特別許可はこの数年認められにくくなっています。その判断は六十日以内になされますが、場合によっては母国に帰るよう言い渡されることもあります。では改めて確認しますが、ブミリアさんは在留特別許可を求めますか？」

サラさんが大きく頷き、両方の手のひらを自分の胸の前で合わせる。

「わかりました。ではご依頼いただいたということで、こちらも動かせていただきますね」

翠がノートを閉じ、サラさんの目を見て頷いた。

「あのおばさん、あたし、サラさんと話していいですか」

翠が手のひらを上に向け、「どうぞ」と促す。

「サラさん、リモはいまどこにいるんですか」

十二階建てのこの建物には不法残留者の収容施設がある、と翠から聞いた。八階から十一階までの4フロアで、合計八百人までを収容するスペースがある、と。だが子供を収容する施設はないという。それならリモはどこにいるのか。たった一人きりの家族と引き離され、リモが身を寄せる場所がどこにあるのか。

「リモ別々です」

サラさんの顔がさらに悲しげに歪んだ。

「じゃあどこにいるんですか。お願いです、リモの居場所を教えてください」

「私、住所聞きます。でもよくわからない。私知らないところ。電話番号教えてもらいます。テレフォンカード使ってここから電話かけます。リモ元気。『大丈夫』、笑って言います」

サラさんがこぼれ落ちる涙を手の甲で拭《ぬぐ》った。暁の視界も歪んでいく。時間がないのに、サラさんともっと話したいのに、なにから話せばいいかわからない。

「サラさんからリモに伝えておいてもらえませんか。私たちはリモを待ってる、また一緒に学校で会おう、バスケットをしようって」

焦るあまり無言になってしまった暁の代わりに、欣子が伝えたいことをそのまま言葉にしてくれた。サラさんが泣きながら微笑み返し、「わかりました」と何度も頷く。

建物を出ると外はまだ雨が降り続いていた。厚い雲が張りついた空を見上げ、今日は一日雨が止みそうにないなと思う。リモはいま、どこでなにをしているのだろう。

「サラさん、気の毒だったわね。こんな所に収容されて、これじゃあまるで犯罪者じゃない」

面会室を出てから口を閉ざしていた欣子が独り言のように呟く。暁も同じことを思っていたので「そうだね」と頷くと、「不法滞在は犯罪よ」と前を歩く翠が振り返った。

「観光ビザで入国したなら、その期限内でしか滞在は許されないの。法律でそう決まっているの。それを彼女は無視して十六年間も日本に滞在し続けたわけだから、それは間違いなく犯罪よ」

翠が手にする高級ブランドの赤い傘の縁から、雨粒が滴っていた。暁はそれをなにも言わずに見つめていた。サラさんを庇《かば》うようなことを口にしたかったけれど、なにも思い浮かばない。

「約七万四千人。この数字、なんだかわかる？」

学校の教師のように翠が訊ねてきた。暁が首を傾げている隣で、欣子が、「外国人の不法残留者の数でしょ」と挑むように言い返す。

「正解。この数に密航など不法な手段で入国している者の数も加えれば、さらに多くの不法残留者がいまの日本には潜伏《せんぷく》しているといわれているの。不法残留者は税金の支払いなどの義務を果たさない者も多い。それにあなたたちも外国人組織犯罪、なんて言葉を聞いたことがあるでしょう？　不法残留者の存在を認めれば、日本は無法国家になってしまうわ」

言いながら翠がタクシー乗り場まで足早に歩いていく。タクシーが三人に気づいて自動ドアを開けると、翠が助手席に座り、暁と欣子は後部座席に乗り込んだ。

「あなたたちは品川駅でいいわよね？　私はこのまま事務所まで乗っていくから」

翠の問いかけに、欣子が「ええ」と答える。それきり会話は途絶え、窓ガラスを叩く雨と規則正しいワイパーの音だけが車内に満ちる。

「お母さん」

品川駅が見えてきた辺りで、欣子が口を開いた。

「なに？」

「リモがいまどこにいるか調べてくれない？」

「調べてどうするの」

「もちろん会いに行くのよ」

「会ってどうするの」

「話をするのよ」

「話をしてどうするの。なにひとつ力を持たないあなたが会って話したところで、なんの意味があるの。あの親子が直面している状況とあなたがいま抱いている感傷とでは、事《こと》の大きさが違うのよ」

よしなさい、翠がきっぱりと言い放つ。

「あの、おばさんは、リモがいまどこにいるかわかるんですか」

むっつりと黙ってしまった欣子の代わりに、暁は恐る恐る口を開く。ペアで闘うプロレスラーのように、ひとりがやられたらもうひとりがリングに立つ。そんな感じで。

「まあ、調べればわかるわ。リモさんを保護する身内がいないとしたら、おそらく児童相談所だと思うから、都内の児相を当たれば見つかるはずよ」

親が身柄拘束されている間、引き取り先のない子供は児童相談所に保護されるのが通常だから、と翠が説明してくれる。

「児童相談所からリモは出られないんですか？　そこは……牢屋《ろうや》みたいな感じなんですか」

「牢屋って……。春野さん、あなたおもしろいわね」

翠が上半身を捻って振り返り、暁と目を合わせてきた。翠の笑顔を今日初めて見る。

「いまの日本で子供を牢屋に閉じ込めるなんてこと、許されないわよ。児相に保護されるのは、なにも罰則ではないの。児相には教員免許を持った学習指導員もいるから、勉強だってそこでできるわ」

「そうなんですか……よかった。閉じ込められてるのかと思った」

思わず漏らした深いため息に、翠がまた笑った。バカな子だと思われたのかもしれない。

友達のお母さんを前にしてこんなに緊張するのは初めてだった。もともと弁が立つほうではないが、今日は唇が糊づけされたかのように動きづらい。

「ああ、それからリモさんのほうは不法残留ではないから、児相を出てこれまで通り暮らすことができるのよ」

「なにそれ、どういうこと」

窓の外に視線を向けていた欣子が、驚いた声を出す。

「新国籍法第三条よ。父母の結婚の有無にかかわらず、日本人の父親が認知すれば子供は日本国籍を取得することができるの。出生後に父親が認知した場合でも国籍取得は認められる。だからいまからでもリモさんは日本国籍を取得できるわ」

この法律には、未婚の母となった外国人女性とその子供を救済するといった意味合いがある。日本国籍を持つ実子を養育している事実が認められれば、サラさんの強制送還は回避できるはずだと翠は話した。

「ねえ、リモとサラさんが日本に残れるようにお母さんが動いてくれるのよね」

欣子が翠に念を押す。

「ええ。引き受けたからにはね」

タクシーが駅前のロータリーに入っていく。

「どうぞよろしくお願いします」

欣子がシートに浅く腰掛け、首を前に倒した。暁も同じように「お願いします」と頭を下げる。

「よしなさい。子供がそんなことしなくていいわよ」

「ねぇお母さん、私たちの新人大会、十一月の第三日曜日なの。十一月十七日。それまでにリモが学校に来られるようにしてほしいの」

「それは無理だわ。いくらなんでも日数がなさすぎる」

翠と欣子が無言で見つめ合っている中、車が駅のロータリーに停止した。自動ドアが開いたので、「ありがとうございました」と先に降りる。翠が暁のほうを見て軽く手を上げ、「ごくろうさま」と言ってくれる。欣子も暁の後から車を降りようとした。だがその欣子を翠が呼び止め、

「欣子、あなたも約束は守りなさいよ」

と言っているのが聞こえてきた。欣子が「わかってる」と返し、ドアが閉まる。

「約束ってなに？」

「え？」

車から降りてきた欣子に傘を差しかけ訊いた。

「いまお母さんが言ってたじゃん、『約束は守りなさいよ』って」

「あらら、聞こえてた？　……つまらない約束よ、気にしないで」

欣子は面倒くさそうに首を振り、自分の手にあった濃い紺色の傘を開いた。女子中学生には似つかわしくない、夜の海のように大きな傘。

「そんなことより、お疲れさま。あの人と一緒にいるとエネルギーを吸い取られるでしょ」

「疲れはしないけど、たしかに緊張はした。欣子のお母さん、いかにもバリキャリって感じだもんね」

「そうそう、遊びの部分がいっさいないのよ。無駄を省き、いかに合理的に生きるかを目標としている人だから。さらに野心家で潔癖症《けっぺきしょう》。そばにいると疲労困憊《ひろうこんぱい》よ」

日曜日だからか品川駅の構内は人で溢れていた。暁も都心生まれなのでこれくらいの人混みは慣れっこのはずだが、この半年ほど田舎暮らしをしているせいか、周りの歩くペースについていけない。

「でも欣子のお母さんが弁護士さんでよかったよ。あたしたちだけだったら、リモにもサラさんにもなにもしてあげられないもんね」

「まあ、あの人、弁護士としては有能だから。母親には向いてないけど」

「でもサラさんとの面会を取り付けてくれたのはおばさんだし、感謝だよ。特別……なんだっけ、その手続きもしてくれるって」

「在留特別許可ね。そうね、たしかに今回はあの人が弁護士で助かったわ。有言実行の人だから、約束は守ってくれると思う」

母親のことを好きなのか、嫌いなのか。欣子の表情からはわからない。でもいまの状況を好転させられるのは、翠しかいない。

「とにかく早く帰りましょ。急げば夕方のランニングには間に合うわ」

「まじ？　雨やまないよ、きっと」

毎週日曜の夕方六時からは、女バスのメンバーで川沿いの道を走ることにしていた。技術や経験を補うには体力しかない、と暁自らが言い出したことだが、さすがに今日は中止にしてほしい。

「あ、そうだ欣子のお母さんに」

「なに、また母の話？　もういいって、あの人のことは」

「お金とか払わなくていいのかな」

「そんなこと心配しないで。親子の間で話はついてるんだから」

その話に翠が口にしていた「約束」が絡んでいるのかとふと思ったが、それ以上は訊かなかった。電車がホームに入ってくると、二人同時に乗り込んだ。扉が開くと同時に一瞬にして座席は埋まり、欣子と暁は一時間近く立ったまま電車に揺られた。

16

新人大会まであと三週間に迫った日曜日、暁たちはもう三十分近くコートの周りを走り続けていた。

「ちょっと欣子ー、次は頼むよ」

亜利子の怒声《どせい》がコート上に響き渡る。怒鳴られた欣子は両膝に手を当て、背中を丸めて肩で息をしている。

このランメニューはコート五周を一周十六秒以内のペースで走り切ることを目標にしていて、誰かひとりでも制限時間内に走り切れなければさらに五周がペナルティーとして加わる。そこでも目標タイムをクリアできなければ、五分の休憩を挟んで、さらにまた五周。どうしても欣子が遅れてしまうので、毎回二十周以上は走ることになる。

「オッケーイ、ラン終了。十分休憩しよっ」

最後は亜利子と薫が欣子の両わきを抱きかかえるようにして走り、目標タイムをクリアした。今日は昨日より少ない、十五周で終了。

休憩の後はサイドラインの両側にコーンを等間隔に立て、コーンからコーンへZという字を描くようにドリブルで走る。遅いドリブルは要らない。腰を落としてできるだけ速く。それをひとり二十本。

ドリブル練習の次はコートを半分使っての一対一、その後オールコートを縦に使っての一対一。そしてそれから三人一組になって、攻めの型を繰り返し練習し、頭と体に記憶させていく。

「欣子、何度言えばわかんのっ。無理にゴール下に入らなくていいからっ」

さっきから亜利子がわめき続けていた。リモの代わりにセンターに入った欣子の動きが、どうしてもプレーを止めてしまう。

「だってリモはいつもこうしてインするじゃない」

「だからぁ。あんたはリモじゃないんだって。その身長でゴール下に入ったところで、有利な位置とれるわけないじゃん」

欣子としてはリモの代役のつもりでセンターに入っているので、同じ動きをしようとしているのだ。だが亜利子はリモが戻ってこないという前提で、新しいフォーメーションを試そうと言い続けている。

「暁、ポジションのことまじで考え直さなきゃだめだって。欣子がセンターなんて無理に決まってる」

亜利子が手に持っていたボールを床に叩きつけ、足を止めた。コートの外に転がっていくボールを「もう」と言いながら七美が追いかける。

「ポジションを変える必要はないわよ。私はあくまでもリモの代わりに練習に入ってるだけで、本来はマネージャーだから」

「そんなこと言っても、リモが戻ってくる保証はどこにもないんだって。それはあんたもわかってるっしょ」

言い合いを始めた二人を前に、暁はこっそりため息を吐いた。このところ連日繰り返される亜利子と欣子の衝突に、チームの雰囲気は悪くなるいっぽうだ。亜利子は、リモが戻ってくることを諦めている。おそらく七美も。だからポジションを変更しようと言ってくる。センターは不在にして、欣子はフォワードとしての動きを練習するべきだ、と。だが欣子は頑《かたく》なにセンターに入ろうとする。リモが戻ってくることを想定し、これまで通りのフォーメーションで練習をしたほうがいいと主張する。

「暁、このままだとよくない。亜利子の言うようにポジション変更をする必要があるかもしれない。私がセンターに回ってもいいし」

薫が暁の肩を叩いてくる。

「そうだね、ちゃんと話さないとだね」

暁にしても、リモがまたこのチームに戻ってくると信じている。でもサラさんに面会した日から三週間経ったいまも、リモからの連絡はなかった。

「みんな、急だけどいまからミーティングしよ。身体冷えるといけないから、更衣室にウインドブレーカー取りに行って、五分後にまたここで集合ってことで」

リモが学校に来なくなって、もうすぐ二か月になる。暁と欣子はだいたいの事情を把握できているが、薫や亜利子や七美はまだわからないことのほうが多いのだろう。不安が不満に繋がり、それでチームの雰囲気が悪くなっているのかもしれない。

五分後、全員が揃うと、暁はコートの隅で円陣を組んだ。六人だとしっくりくる円陣が、なぜか五人だと隙間ができて不安定な感じがする。

「五人で組む円陣って、なんかすかすかしてるんだよね」

愚痴っぽく口にすると、「六角形は強い図形だからね」と欣子がすぐさま返してくる。六角形は正三角形が六個集まってできた最も安定した図形なのだと、欣子が砂の上に人差し指を這わす。

「じゃあミーティングを始めます」

グラウンドに描かれた小さな六角形から目を離し、明るい声を出す。キャプテンが暗い表情をするわけにはいかない。

「新人大会のポジションについて、それぞれの意見を聞かせてもらってもいいかな」

暁の声かけにまっさきに手を挙げたのは亜利子だった。

「うちはとにかく、一つでも多く勝ちたい。だから勝つための練習がしたい。リモが戻ってくるとかこないとか、正直言ってもう関係ない。いまここにリモはいない。それが事実」

リモにもし復学する気があるのなら、電話の一本でもよこすのではないか、もう戻ってこないことを想定して新しいチーム作りをしたほうがいいと亜利子は言った。

「ねえ欣子ちゃん、リモちゃんってほんとに復学できるの？　不法滞在してるのに？」

七美が不安げな目を欣子に向ける。

「そこは大丈夫。前にも少し話したけど、たとえ不法滞在者だったとしても公立の小中学校で就学する権利は認められているのよ。それにリモのお父さんは日本人だから日本国籍が取れるらしいの。サラさんがそれを知らなかっただけの話で、いま母が在留特別許可という日本で暮らすための手続きを進めてるから」

「だったら私は、リモちゃんが戻ってくる前提で練習したほうがいいと思う」

試合まであと三週間しかないのだ。新しいポジションの動きをいまから練習しても、それほどうまくいくとは思えない。だったら欣子をそのままセンターとして起用したらどうか。リモの動きなら、欣子の頭に入っているはずだからと七美は言った。

「薫はどう思う?」

意見が二つに分かれたところで、薫の顔を見る。

「私も七美の言うように、欣子はリモの代役、センターでいいと思う。リバウンドなら私が取ればいいわけだし」

センターはオフェンスにおいてもディフェンスにおいてもゴール下の要となる。体を張ってリバウンドを取ったり、相手のオフェンスにスクリーンアウトをかけて強引にねじふせるような力業も求められる。たしかに小柄な欣子には荷が重いが、一番大切なのは、欣子がセンターをやりたいという気持ちじゃないか。もしリモが新人大会に間に合わないなら、欣子と自分とでゴール下を守るから、と薫が亜利子を見つめる。

四人全員の意見を聞いた後、暁は、

「あたしも、リモの居場所は空けておきたい」

と口にした。ずっと考えていたことだが、こうしてチームのメンバーにはっきり伝えるのは初めてだった。

ふてくされた亜利子が無言で立ち上がり、背中に怒りを滲ませてコートから出ていくのを暁は止めなかった。亜利子の気持ちはわかる。リモがなにも言わずに突然姿を消したこと、いまなお連絡をしてこないこと。裏切られたような気持ち……。でも自分たちがリモを待たなければ、あの子はどこにも帰る場所がないではないか。これまでリモはずっとひとりだったのだ。でもいまは仲間がいる。女バス全員でリモの復帰を信じて待っていたいのだと、暁は亜利子の背中に向かって告げた。

唇を引き結び、思い詰めたような表情をしていた七美が、「ごめん暁。亜利子のこと追いかけるね」と後を追っていくと、円陣を作っていた輪はただの三角形になってしまった。

「勝ちにこだわる亜利子の考えは間違ってない。勝つための最善の作戦を考えれば、亜利子が言うようにポジションを変更して、新しいフォーメーションを練習するべきだと思う。あたしの発言はキャプテンとしてふさわしくなかったのかもしれない……」

亜利子を怒らせちゃった、と呟くと、薫が暁の肩にそっと手を載せてきた。

「亜利子も暁もどっちも正しい。間違ってない」

折り曲げた膝の上に顎を載せ、薫がグラウンドに目を向ける。グラウンドの中央では陸上部が砂埃《すなぼこり》を舞い上げながらトラックの周りを走っていた。タイムを計っているのか、みんないつになく真剣な表情をしている。

「私、リモがこれまで生きてきた世界を想像してみたことがあるの。外国人の母親と二人きりで生活する、という世界。母親は生活のために朝から晩まで働いていて、自分は家でただじっと帰りを待っている。学校に行きたくても勉強についていけず、友達もいないから楽しくもない。アパートの隣人は自分たちが外国人というだけで蔑みの目を向けてくる。そんな毎日を想像してみたの」

感情を滲ませず、薫が淡々と話す。

「リモの日常を想像して、薫はなにを考えてたの？」

薫がなにを言いたいのか、あまりよくわからない。

「うん……私もこれまでずいぶん我慢をしながら生きてきたの。あんな男尊女卑《だんそんじょひ》の自分勝手な人間が父親で、家にはお金も希望もなにもなくて。どうすればこの行き詰まった暮らしから抜け出せるのか、そればかりを考えて生きてきた。でもいつかこの狭くて暗い、息苦しい場所から脱出する。明るく清潔《せいけつ》な住み家を自分の力で手に入れる。そう信じることで、私はなんとかやってこれた。もう何年も前の話だけど、母が家を出た直後、父がお酒を飲んでどうしようもなくなったことがあってね。私、妹を連れて小学校に逃げ込んだの。冬の寒い日で外はもう真っ暗で……。その時ね、担任の先生はもう帰ってたんだけど、まだ職員室に残ってた先生たちが集まってきて助けてくれたの。児童相談所にも繋いでくれた。私の周りには『自分たちは味方だから』って言ってくれる大人が何人もいて……。本当に心強かった。

でもリモは長い期間不登校だったのに、学校の先生たちはなにも対処しなかったでしょう？　先生たちはサラさんが不法滞在者だということをなんとなく察知していて、だからあえて深入りしなかったんだろうけど、でもリモにとったら無視されているような気持ちだったかもしれない。先生たちは自分に無関心なんだって諦めていたように思うの。ただね、リモにも自分たちと同じ時間が流れてる。私たちと同じ速度で年を取って、いつか嫌でも大人になる。大人になったリモはどうやって生きるんだろう、リモの未来はどうなるんだろうって、そういうこと考えてたの」

「リモの未来……」

「リモにとってここは、安心できる場所だったと思う。このチームで一緒にプレーしている時は不安も孤独も忘れて、あの子は心から笑ってた。そういう場所を暁と欣子は作ってた。ここにはリモのすべてがある。未来に繋がるなにかがある。だから必ず戻ってくるって私も信じてる」

薫はそう言って頷くと、「亜利子のフォローしてくるよ」と立ち上がった。

橋のたもとで欣子と別れ、暁は川沿いの道を歩いていた。さっきから何度も深いため息を吐いているが、この重く暗い気持ちはなかなか出ていってくれない。薄暗い景色の中でススキの穂が風にそよいでいる。

「どうしたらいいんだろう……」

歩きながら、小学生の時、学校帰りの道でススキを見つけて家に持ち帰ったことを思い出していた。入院中のお母さんに見せてあげたかったのだ。たしかその頃はもうかなり衰弱していて、外出ができなくなっていたお母さんに「いま秋なんだよ」と教えてあげたかった。夕陽が目にしみて、いつしか涙が滲んでいた。でもいい。ここで泣いても誰にも見られない。外でいっぱい泣いておけば家では笑っていられる。元気で明るい暁でいられる。

「あ、セイタカアワダチソウ……」

ぼやけた視界に色濃く揺れる花を見つけ、近づいていく。川に続く斜面のちょうど真ん中あたりに、セイタカアワダチソウが群れになって咲いていた。まだ小さかった頃、お母さんに「セイタカアワダチソウは嫌われものの雑草だけど、花は可愛いの。蕾からは入浴剤も作れるのよ」と教えてもらったことがある。背の高い草の先っぽに付く黄色の花は、これまで目にしたどんな花よりいじらしく見えた。なんでだろう。今日はいつになくお母さんが恋しい。

農道を歩いていると、白い車が暁を追い抜いていった。思わず目で追ったのは、その車が田舎の農道には似つかわしくない高級車だったからだ。雪のように真っ白な車は、舗装されていない田舎道を不機嫌そうに走り、やがて暁の家の前で停車した。

誰だろう……。頭によぎったのは、白木まどかの顔だった。暁が家を飛び出した日以来、父は再就職のことをいっさい口にしなくなった。というよりも暁と父との間に、会話がなくなった。暁は自室にこもるようになったし、父もそれを咎めようとはしない。夕食を自分のぶんは自分で作ると言った時も「そうか」とだけ返し、理由はなにも訊いてはこなかった。もしかすると暁の知らないところで父の再就職の話は着々と進んでいるのかもしれない。話したところで気まずくなるのがわかっているから、なにも言わないだけで。

家に着くと無言のまま、玄関で靴を脱いだ。嫌な予感は的中し、三和土に高級そうなハイヒールが踵を揃えて脱いである。足音を消して廊下を歩き、おそるおそる居間に続くドアを開けると、思った通り父が女性と向き合って座っていた。

「あら、おかえりなさい」

だが振り返ったその顔は、暁が想像していたものではなかった。父と話していたのは翠だった。

「遅かったのね。いつもこの時間?」

翠が打ち解けた様子で話しかけてくる。暁は背負っていたリュックを足元に下ろし、「部活だったんで」と小声で返す。

「突然いたんで驚いたでしょう? 実はあなたのお父さまに話したいことがあって来たのよ」

「欣子は……おばさんがうちに来てること知ってるんですか」

さっき別れた時、欣子はなにも言っていなかった。知っていて黙っていたとも思えない。

「いいえ、あの子には連絡してないわ。今日は、あなたのお父さまに用があっただけだから」

「父にですか……」

「そうなの。実はね、ブミリアさんが十六年前に一緒に暮らしていたヤマジという男性の住所がわかったのよ」

「えっ、リモのお父さんが見つかったんですか」

「そうよ。だからそのヤマジさんがリモさんを認知《にんち》すれば、彼女は日本国籍を取得することができるのよ。ああ、認知っていうのは自分の子供だと認めることなの。たとえば婚姻届《こんいんとどけ》が出されていない男女の間に子供が生まれた場合、父親が不明なこともあるでしょう？　そうした時に、男性側が子供の父親は自分であることを法律的に証明するの。もしリモさんがヤマジさんに認知されて日本国籍を取得できれば、彼女を養育しているサラさんも『定住者』という立場で日本に留まることができるのよ」

「それほんとですか？」

「もちろん本当よ。ただね、そのヤマジさんに会いに行くのはこれからだし、彼が認知するかどうかはわからない。再婚して家庭を持っていたりすると拒《こば》まれるケースが多いの。それにたとえスムーズにいったとしても、定住者として法的に認可されるまで少し時間がかかるの。その間リモさんは児童相談所でブミリアさんの放免を待つことになるのだけれど、もし保護できる場所があればいますぐにでも相談所を出ることができるわけよ」

リモの身元引受人には自分がなるつもりだが、生活の面倒をみる人がいない。生活面での保護をあなたのお父さまに頼みに来たのだと翠は言った。

「お父さん？」

翠の頼みに対して、父はなんて答えたのだろう。さっきから一言も発さず、じっと一点を見つめて瞬きを繰り返している。

「初めはね、欣子と同居させることも考えたの。でもあなたも知ってるとは思うけれど、あの子、実際には一人暮らしだから。そんなところにリモさんを呼び寄せるわけにはいかないでしょう？　それでこちらまでお願いに上がったというわけよ」

翠が返答を促《うなが》すように、父を見つめた。

「吉田さん、うちもいま娘と二人暮らしなんです。家の中を見てもらえばわかりますように、きちんと家事ができているわけでもないんです。私がリモさんを預かっても、きちんとした生活を送らせることができるかどうか」

父が顔を上げ、キッチンに視線を向ける。流し台にはカップ麺の発泡スチロールの器が山積みにされている。

「お父さん、大丈夫だって。これからは私がちゃんとするから」

「春野さん、私は無理強いをするつもりはありません。とりあえずお話をさせていただいて、お返事はまた後日で結構ですので」

翠は余裕のある表情で父と暁を交互に見つめると、「今日はこれで」と頷いた。テーブルに置かれた名刺を指さし、翠が「なにかあったらいつでもご連絡ください」と立ち上がる。コートを手に部屋を出ていく翠を玄関まで見送ったのは、暁ひとりだった。

父は結局最後まで、「預かる」とは口にしなかった。無責任なことはできない。娘ひとりでも手一杯の日々だから、というのがその理由だ。

「お父さん」

「なんだ」

「どうしてリモを預かるって言ってくれなかったの？」

父が椅子に座ったまま動こうとしないので、暁は荒々しく立ち上がり流しに溜まっていた食器を洗い始める。カップ麺の器を透明のゴミ袋にまとめて突っ込むと、器に残っていた汁が跳《は》ね、制服のスカートを汚した。

「簡単に引き受けられることじゃないからだ」

「どういうこと」

「不法滞在は違法なんだ。こういうことを許し続けていると、日本の秩序は守られなくなってしまう」

「リモに罪はないじゃん」

「もちろんそうだ。でも母親には不法滞在を続けてきたという罪がある。十六年間もだ。暁、おまえ、前に不登校を続けるリモを、先生たちが放っておいたと言ってただろう？」

「うん、冷たいなって思う」

「そうじゃないんだ。あの時はあえてなにも説明しなかったが、教師たちもリモの事情を薄々はわかっていて、だからあえて関与しなかったんだ。面倒なことになるのを避けたんだろう」

容赦《ようしゃ》のない口調だった。自分に直接関わりがないものなら見て見ぬふりもできる。だが不法滞在を容認するような一件に、安易に加担することはできないと父が言ってくる。

「でも……リモはあたしの友達なんだよ？」

容認とか、一件とか、加担とか……。他人事のようにリモを語ってほしくない。私はただ、リモに辛い思いをしてほしくないだけだ。一緒にまた学校に通いたいだけだ。どうしてそれがわからないのだろう。

「暁おまえ、リモはこれまで転校を繰り返してきたって言ってただろう。転々としてきたから勉強についていけなくなったって。ならこの先はどうなんだ？　リモが平川中学にまた戻ってきたとして進学はどうするんだ？　高校は義務教育じゃないんだ、働くのか？　母親と同じ工場に雇ってもらうのか？　まだ十五歳なのに、大人と同じきつい労働に耐えられるのか？　リモがこのまま日本にいてもあの子が幸せに生きていける場所などあるのか」

父が暁の目を見て畳みかけてくる。

「じゃあお父さんはタンザニアに帰ったほうがいいって言うの？」

「それが無難《ぶなん》だと思うがな」

「リモは日本で生まれたのに……」

「母親の母国ならなんとかなるだろう」

「リモやサラさんのことなにも知らないくせに……無責任なこと言わないでよ。『この先はどうなんだ』『進学はどうするんだ』『あの子が幸せに生きていける場所などあるのか』って……。どうしてそんな突き放した言い方しかできないの？　リモが幸せに生きていける場所がいまの日本にないんだったら、なんで大人が作ってあげないのっ。なんでどうにかしようって思ってくれないのっ。……冷たすぎるよ」

ゴンという鈍い音がしたと思ったら、右足の小指に激痛が走った。洗っていた湯飲みが手から滑って暁の足を直撃する。

「大丈夫か？」

父が椅子から立ち上がり、キッチンに向かって歩いてくる。暁はその場でしゃがみこみ、手のひらで小指の付け根をぐっと摑《つか》む。

「……リモを引き取れない本当の理由、あたし知ってんだ。あたしたち、来年の四月になったらこの町を出てまた別の所に引っ越すんでしょう？　だからそれ以降はリモの面倒が見られない。それが本音だよね」

暁自身、もう何か月もこの話題を避けてきた。父もそのほうが都合が良かったのだろう。向こうから言い出すこともなかった。でもこの事実がなくなったわけではない。引っ越しの一か月前、あるいは半月前に父は切り出すつもりでいたはずだ。「来月引っ越しするから」と。そして有無を言わさずに家財道具をまとめ、引っ越す準備を進めていくのだ。この前のように。

「親だったらなにをやってもいいの？」

「……生活のためだ。仕方ない」

「サラさんだって生活のために日本で働いてたんじゃないの？　リモを育てるために必死で

頑張ってきたんじゃないの？」

「自分の国で働けばいい」

「サラさんはリモのために日本にいたのかもしれないじゃん。日本で生まれたリモのために……」

「だとしても違法は違法だ。こうしたことを厳しく取り締まらないと、今後さらに違法移民が増えていってしまうだろう」

「だからさっきから、リモはあたしの友達だって言ってるじゃんっ。違法移民とか、そういう言い方しないでってっ」

水道の蛇口を捻り、流水を止める。手にまだ泡が残っていたがバスパンの裾で拭い、暁は踵を返して自分の部屋に向かった。襖を開け、後ろ手で思いきり閉める。襖の縁《ふち》が柱を叩きつける派手な音が鳴り響く。

「暁っ」

襖越しに父の声が聞こえてきたが、無視して万年床《まんねんどこ》になりつつある布団の中にもぐりこんだ。父がなにか言ってくるが、涙が耳の穴に流れ込んできてその声は遠い。

「暁……」

襖が細く開くのがわかった。暗く湿った六畳間に褪せた蛍光灯の光が流れ込んでくる。

「暁、ちょっと話そう」

そろりそろりと畳を踏み、父が枕元に座った。

「暁、ちゃんと話そう。白木さんがうちに来た時に言い合いになって、それからきちんと話ができてなかっただろう」

「話しても無駄だよ。結局お父さんって、自分のことしか考えてないじゃん。この前あたしが家を飛び出した時もなにも訊いてこなかったくせに」

「お父さんも正直なところ、どうしていいかわからなかったんだ。でもこのまま無職のままじゃいられ……」

「お父さん、しばらく休みたいって言ってたじゃん。もう心にも体にも力が入らない、仕事を辞めて少し休みたい、そう言ってたよね。あたし、本当は嫌だったんだよ。お母さんとの思い出がたくさんある、お母さんの匂いが残ってるマンションを出ていくの、本当に嫌だった。辛くて辛くてたまらなかった。寂しかった。あたし、引っ越しの前の夜、眠れなかったんだ。泣いて泣いて、悲しくて悲しくて、お母さんともう一度別れなくちゃいけないような気がして、ずっと泣いてたんだ。でも……でも、お父さんのためだと思って……。だから我慢したのに……」

あまりに烈しく叫んだので喉が潰れ、声が割れた。

「聞いてくれ、暁」

「お父さんは自分が一番大事なんだよっ。あたしはこれまでいっぱいいっぱい我慢してきた。どんなに辛くても笑って頑張ってきたんだよっ。でも……あたしを頑張らせてくれたのはリモや欣子や薫や七美や亜利子で……。あたしが毎日笑っていられたのは友達がいたからなのっ。お父さんは、なにもしてくれなかった。お母さんが……お母さんが死んじゃって、あたしにはもうお父さんしかいないのにっ」

布団の中で膝を抱え、胎児《たいじ》のように丸くなってわめき続けた。こんなふうに誰かに感情をぶつけるのは生まれて初めてのことだった。叫びながら心も体も震えていた。体の内に溜め込んでいた怒りや悲しみや寂しさが自分でも抑えられない勢いで溢れ出してくる。暁は湿った敷布団に顔を押しつけ、声を上げて泣いた。

暁はそれからしばらく泣き続け、父は傍らに座ったまま押し黙っていた。


「暁……おまえの言う通りだ」

長い沈黙の後、父が喉を詰まらせたような声でぽつりと言った。

「おれは本当に自分勝手な人間だ。会社を辞めて、お母さんと三人で暮らしたマンションを売り払って、見知らぬ土地に引っ越してきて。それでもおまえは笑ってついてきてくれたんだ。新しい学校にも毎日元気に通ってくれた。バスケ部を立ち上げたり、仲間を作ったり、本当におまえはよく頑張ってた。それなのにおれはまた……おまえを転校させようとして……。おれは本当に酷い父親だ。……お母さんが知ったら、きっと怒るだろうな」

息苦しくなって掛け布団を少し剝ぐと、すぐ側に正座する父の膝頭《ひざがしら》が見えた。膝に置いている父の手が微かに震えている。

「おまえは小さな頃から手がかからない子だった。体も丈夫でほとんど病気もしなかったし、友達と諍いを起こしたという話も一度も耳にしたことがない。どこへ行っても『元気で明るい暁ちゃん』で、親としてはそうだな……なんの苦労もなかった。『あの子は全然わがままを言わないから、かえってそれが心配よ』ってお母さんが言ってたくらいだ」

だからずっと甘えていた、と父の声が掠れる。白木さんの一件以来、おまえがまともに口をきいてくれなくなって、どうすればいいのかと途方にくれていた。これまでおまえには助けられることばかりで、励まされるばかりで、だから自分がなにをしてやればいいかわからなかった。

「憶えてるか？　お父さん、おまえの試合を一度だけ観に行ったことがあっただろう？　お母さんが小康状態で、一時退院していた時だ。その時、お父さん思ったんだ。バスケットという競技が、これまでの暁を支えてくれてたんだなって、そう思った。コートに立つおまえが腹の底から大声を出している姿を見て、この子にこんな気の強いところがあったのかと驚いた。でも考えてみれば、おまえはずっと強かったんだ。六歳の時にお母さんが病気になって、それから長い間……本当に長い間、入退院を繰り返して……。それでもおまえはいつも笑ってた。『お母さんは大丈夫？』って。おまえもまだ小さな子供なのに、栞《しおり》のことばかり気遣って。そんなこと、強くなけりゃできないよな。バスケットがおまえを強くしてくれたんだって、お父さんその時に気づいたんだ。それなのにおれはまた、おまえから大事なものを取り上げようとした。……ごめんな、暁」

布団から顔を出すと、父が手の甲で両目をこすっていた。

暁は父の泣き顔を見上げながら幼い日々を思い出していた。毎日ただひたすら、お母さんの病気が早く治りますように、とだけを考えていた。わがままなんて言おうにも、思いつかなかった。いい子でいようと力んだつもりはないけれど、そうすることで神様が願いを叶えてくれるかもしれないとは考えていた。自分がいつも笑っていれば、いい子であれば、ご褒美にお母さんを助けてくれるかもしれない、と。バスケットはお母さんが初めて入院した年に始めた。ミニバスのチームに入ったきっかけがなんだったか、いまはもう思い出せない。でもすぐに夢中になったことは憶えている。特に試合は好きだった。「勝ちたい」という欲望を、誰に隠すことなく言葉にできたから。勝ちたい。強くなりたい。上手くなりたい。コートに立つ自分はいつもとは別人になれた。勝ち気で貪欲《どんよく》で容赦がなくて。父が言うように、もし自分がバスケットボールをしていなかったら、自分の内にある暗く激しいものを外に放てる場所などどこにもなかっただろう。


「暁、リモをうちで預かろう」

喉を詰まらせ、父が口にする。

「え、だって……いいの？」

「古くて狭いわが家でいいなら、明日にでも来てもらおう」

いまの父に余力がないことは暁もわかっている。妻を亡くし、会社を辞め、娘がいながら無職になってしまったのだ。他人の子供の世話ができる状況ではない。

「……再就職は？」

「その話は断る。いま決めた」

「そんなに条件がいい話、断っていいの？」

「少なくとも暁が中学を卒業するまでは引っ越さない。ここから通える別の就職先を探すつもりだ。もしすぐには見つからなくてもまだ貯金も残ってるし、白木さんの話では中堅職員の層が薄い役所が、全国にけっこうあるらしいんだ」

「四十五歳でも大丈夫なの」

「なにもせずに四十五歳になったわけじゃないんだ。お父さんだってそれなりに経験を積んできてる。知識もある。大丈夫だ」

だから暁はなにも心配せずに全力で部活に打ち込め、友達と一緒に平川中学を卒業すればいい、と父は暁の頭にそっと手を載せ、強く頷いた。


それから二週間後、リモが古くて狭いわが家にやって来ることになった。リモは立川市内にある児童相談所にいるらしく、暁が学校にいる間に父が迎えに行ってくれた。

「暁、まだー？　お父さんに電話してみてよ」

さっきから何度目かの「まだー？」を口にしながら、亜利子が雑草が茂る前庭に座りこんだ。サラさんが放免されるまでリモは暁の家から学校に通い、もちろん部活にも戻ってくる。女バスのメンバーにそう伝えた時は、最初は信じられないといった表情でみんな言葉を失い、でもすぐにその場で跳び上がって喜んだ。自分たちの願いが届いたのか、リモは新人大会まであとわずか一週間というところで復帰してくれたのだ。

「ねえ暁、まだー？　もう待ちくたびれた」

足元の草をぶちぶち手で引きちぎり、亜利子がまた言ってくる。

「だから家の中で待ってればいいじゃん。車が見えたら呼んであげるから」

空港で芸能人を待つファンみたいに、車から降りてくるリモを出迎えたい。そう張り切っていたのは亜利子なのに十五分も待てば退屈になって「まだー？」を繰り返している。

「やだよ。だってうちが一番最初にリモに会いたいんだって。ずっと信じて待ってたんだからさ」

「嘘ばっかり。リモはもう戻ってこないからポジションを変えて練習しよう、って言ってたくせに」

「そんなこと言ってないしー」

「言ってたしー」

西日が真正面から照りつけてくるのが眩しくて、でもその光が満ち足りた気分をさらに盛り上げてくれる。

「あ、来た！　あれあれ、うちの車だっ」

農道のはるか向こうにまだ点にしか見えない軽自動車を指さし、思わず叫んだ。「どこよどこ」と亜利子が急に立ち上がり、目を細める。

「暁と欣子のおかげ。ほんとにありがとう」

　薫が暁の肩に手を置いた。

「お礼なら欣子に言って。あたしはなんもしてないから」

　リモがまたここに戻ってこられたのは、翠が迅速《じんそく》に動いてくれたからだった。翠はサラさんの代理人として在留資格を求めるための煩雑《はんざつ》な手続きをしつつ、リモを保護していた児童相談所を探してくれた。

「それにしても欣子のお母さんはやっぱりすごいよ。ヤマジさんの行方まで捜し当てるなんてね」

　翠は群馬にあるヤマジの居住先を突き止め、野菜加工工場に勤めていることまで調べ出した。ヤマジはリモを認知することも、戸籍謄本の提出も渋っているそうだが、必ず承諾してもらうからと暁たちに言ってくれた。

「欣子、ほんとありがとね。おばさんにも感謝してる」

「だから何度も言ってるように、弁護士としては優秀なのよ、あの人」

「でも欣子の頼みを聞いてくれたわけでしょう？　それはやっぱりいいお母さんってことなんじゃないの」

　暁が翠を褒めても、欣子は浮かない顔をしたままだった。照れているのかとも思ったがそうでもないらしく、欣子は早々にこの話題を終わらせる。もっと素直になればいいのに、と思う。自分はどんなに願っても、母に会うことはできない。優しくしてもらうことも、優しくしてあげることもできない。母と娘。文字にすれば温かく柔らかな感じがするけれど、その関係性は本当にいろいろだ。薫のように、母親に恨みを抱きながら生きる人もいる。

農道を走る車が徐々に近づいてきた。田んぼのわきの道を滑るように走ってくる。稲刈りが終わったばかりの田んぼは夕陽を受けて金色に光っている。水色の軽自動車が金色の海を、まっすぐに渡ってきた。

「私きっと、いま見ているこの景色、一生忘れないと思う」

七美が涙ぐみ、声を上ずらせる。

「うん……あたしもだよ」

暁は頷き、いまこうして五人並んでリモの到着を待つ奇跡に、心を震わせた。人生は予測のつかないことの連続だ。まだ知り合って一年も経っていないこの仲間が、いまの暁にとってかけがえのない存在になっている。

軽自動車が目の前で停まると、それまで騒いでいたみんなが突然、無言になった。フロントガラスの向こうにリモの顔がはっきりと見えた。助手席のドアが開き、リモが慌てた様子で外に出てくる。

「リモ！」

暁が名前を呼ぶと、リモが口を歪め、迷子の子供のように泣き出した。「泣くなリモ」「待ってたよ」「大好きリモ」口々に呟きながら五人同時にリモに駆け寄り、その体を強く強く抱きしめる。

「さ……かった」

リモがなにか言おうとしていた。息を潜め、微かな声を拾う。

「……寂しかった」

「よく頑張ったわね。お母さんと離れて辛かったでしょ」

欣子が柔らかい声を出すと、リモが首を横に振る。

「私、これまでずっとひとりだったから大丈夫だと思ってた。ひとりでママを待てる、寂しくないって。でも寂しかった。施設にいる時、みんなに会いたくて……学校に行きたくて毎日……」

言いながらリモがまた涙を溢れさせる。いつしか肩を組み、円陣を組んでいた。頭と頭を擦りつけるような小さな円陣。六人で作る最強の円陣。

「おかえりリモ。また一緒にバスケしよ」

薫がそう口にすると、涙より熱いものが暁の全身をのみ込んでいった。

17

新人大会の初戦相手は南条《なんじょう》中学だった。これまで何度も全国大会に出場し、都内では常にベスト4に入る強豪チームの登場だからか、観客がやけに多く感じられる。

「暁、相手の4番見てみなよ」

コート内でのアップを終えてベンチに戻ってくると、亜利子が耳元で囁いてきた。

暁はさりげなく振り返り、黒いユニフォームを着た4番を視界に捉える。上背もあるが驚くべきは柔道家のようにがっしりとした体格で、ユニフォームから伸びる腕や足は女子中学生のものとは思えない逞《たくま》しさだ。

「なんか……すごいね。ポジションどこだろう」

「あれ暁、古関《こせき》さんのこと知らない？　ミニバスで有名だったじゃん。全国大会常連、『平成クラブ』のスモールフォワード、古関くるみ。あんたと同じポジションだよ」

「古関くるみ？　どうだろう……聞いたことあるような、ないような」

身長は薫と同じ一七五センチくらいだろうが体重は一〇キロ、あるいは一五キロは古関のほうがありそうだった。顔つきは力士の風格で、妙な落ち着きがあるのも不気味だ。

「古関くるみって、南条中にいったんだ。知らなかった」

亜利子が険しい表情で呟くと、七美が「なんか前よりさらに大きくなってる」とため息を吐く。七美も古関のことはよく知っているようで、亜利子以上に沈鬱《ちんうつ》な表情を浮かべている。

「わかった。とにかく4番は要注意ってことだね」

「そう。ミニバスん時は、とにかく古関にボールを集めてバンバン点を取るっていうスタイルだった。南条中でも攻撃の中心になることは間違いないと思う」

古関の当たりの強さは、並みの中学生では太刀打ちできない。中途半端なディフェンスでは怪我をすると、亜利子がいつになく慎重になっていた。

「みんな、準備はいいかな」

審判と話をしていた中林が戻ってきたので、集合をかけベンチ前に集まる。体育館の二階の窓には暗幕が引かれ、風通しの悪い館内には人の熱気が溜まっていた。まだ試合も始まっていないのに全身から汗が噴き出し、ユニフォームの下に着ているタンクトップが肌に張りついている。

「今日はとにかく全力で、悔いのないプレーをしてください。えっ……と、ぼくからはそれだけです。続きは奥村先生にお願いします」

中林のエールに、暁たちは「はいっ」と声を揃え、隣に立つ奥村を見つめた。

「おまえらも知っている通り、南条中は夏季大会でベスト4に入ったチームだ。もちろん強い」

奥村がメンバーひとりひとりの目を見ながらゆっくりと話す。

「ただ、夏季大会のスタメンは三年生が中心だ。三年生が引退した後、残った一、二年生の実力はわからない。過去の実績に怯むことはない。とにかく気持ちで負けないことだ。リバウンドやルーズボールをきっちりと拾うんだ。そうすれば攻撃のチャンスは増える。勝利の神は、細部に宿る」

奥村は力を込めて頷くと、「とにかく強気でいけ」と全員の背中を一発ずつ、叩いていった。まるで弱気を払うようなその一打に力をもらい、暁たちはコートに向かって走っていく。

センターラインに並び整列をした後すぐに、ジャンプボールの笛が鳴った。

センターラインを挟んで、リモと古関が、睨み合っている。

リモは夏季大会の東台中戦で失敗してからというもの、この夏の間にジャンプボールの練習をしつこいくらいに続けてきた。七美にボールを上げてもらい、跳び上がって手で弾く。ただそれだけの練習だが、自分の狙い通りの位置にボールを弾けるよう、バレーのアタッカーの動きを飽きもせずに繰り返してきた。

審判の手のひらにあったボールが高く宙に上がり、最高点に達する直前にリモが大きく跳び上がる。古関もその体格からは想像もできない軽やかさで、伸びのあるジャンプをみせた。だが古関よりもはるかに高い位置でリモの手がボールに触れた。そしてそのまま亜利子の真正面に弾き返す。

「ナイスっ、リモ」

亜利子はボールをキャッチすると、七美に素早くパスを出した。七美は瞬時にそのパスを暁に繋ぐ。パスを受けた暁がドリブルで切り込み、そのままシュートにもっていく、と見せかけて敵の頭上を通る高いパスを薫に出す。薫は高い位置でボールをキャッチすると迷いなくジャンプシュートを放ち、先制のゴールを決めた。

「薫、ナイシュー！」

よし、みんな落ち着いている。この速攻は何度も繰り返し練習してきた。試合開始直後にこの攻撃が成功したことに、自信を感じる。強豪相手に緊張はしていても、のみ込まれてはいない。試合直前まで凪いでいたコートはもう、たぎる熱気で波打っている。

「よし、いける。もう一本っ」

暁は大きな声を出し、仲間の顔を見渡した。暁の声に応えるよう、全員が同時に自分を見て頷く。その時だった。耳元で舌打ちが聞こえた。振り向けば古関くるみが自分の腹を暁の背中にぴたりと寄せてくる。古関があたしのマークについた？　望むところだ。

暁は古関の腹を軽く肘で突き、マークを振り切り思いきりダッシュした。古関とは一〇センチほど身長差があるが、自分には速さがある。

「亜利子っ」

右手を上げ亜利子を呼びながら自陣ゴール下に走り込むと、6番が暁に気づいて当たってきた。暁のほうを見ながら、亜利子が逆サイドにいたリモに直線の速いパスを出す。ノーマークのリモはパスを受けるとそのまますぐに、ジャンプシュートを放つ。だがリモ自身も亜利子からパスがくるとは思っていなかったのかシュート体勢が悪く、ボールはリングに弾かれた。そのこぼれ球にすかさず薫がランニングジャンプで跳び込んでリバウンドし、再びゴールを狙う。

4―0
薫が打ったシュートが決まると、観客からざわめきが起こった。

先制点がまぐれではないことを、観客も、南条中のメンバーも、そして暁たちも確信した薫のゴールだった。

南条中の選手たちの顔色が変わる。古関が眉間に深く皺を刻み、他の選手に指さししながら指示を出している。南条中の動きがひときわ速くなり、もはや格闘技の緊迫感がコートに漂う。欣子がベンチから、「みんな、速攻に注意して」とけん制の声かけをしてくる。

ここからが本番だ、と暁は脈打つ心臓にそっと手を当てた。4点を先制できたのは、相手がまだ油断していたからだ。今年の春に創部したばかりの、夏季大会では初戦敗退のチームだと、南条中の選手はもちろん監督も油断していたから。だからこの4点はいわばハンデだ。ベスト4常連校にもらうハンデとしては少なすぎるけれど。

ガードからパスを受けると、南条中の6番が速さに乗った巧みなドリブルで自陣ゴール付近まで進んでいく。七美が抜かれ、亜利子が抜かれ、6番がすでにゴール下に回り込んでいた古関にパスを出そうとした。リモが気づいて古関をマークにいったが、そのリモに対して7番がスクリーンをかけてきた。目の前に壁を作られ、リモの動きが止まる。あれは——ピンダウンスクリーン。昆虫をピンで刺す昆虫採集の標本のように、7番がリモの動きを完全に封じ込めた。

このままでは古関にパスが入る、間に合わない——。

6番から古関に向けて鋭いパスが放たれた。リモは一歩も動けず、離れた場所にいる暁も、どうすることもできない。古関が両手を上に伸ばしパスをキャッチしようと構えている。その時だった。どこから走ってきていたのか、薫が矢のようなパスに跳びついた。体を横に倒し、まるで内野手がライナーをキャッチするような体勢で両手に当てた。

「ナイスカット！」

亜利子が叫ぶと同時に、薫の手に当たったボールが床に転がる。床を滑るボールに跳び込んだのは七美で、誰よりも先にボールを手にすると一連の動きで亜利子にパスする。

「暁っ」

と亜利子が指示を出す前に、暁は自陣ゴール下に向かってスタートを切っていた。薫もパスカットした瞬間に体を反転させ、自陣ゴールに向かって走り出す。シュートを打つのは暁か、薫か。相手のディフェンスが迷う。

亜利子からの長いパスが暁に通った。難なくキャッチすると、暁はそのまま丁寧にゴール下まで運んでシュートを入れる。お手本になるような基本に忠実で丁寧な、レイアップシュート。

6―0
試合三本目のゴールが決まると、ほんの少しだけまだ体の隅に残っていた弱気が、いっきに消えていく。「暁、ナイス」「さあっ、もう一本」コートの中に聞き慣れた仲間たちの声が響き渡り、全身の血が巡っていく。肺が、熱い。

だがその勢いに、

「タイムっ」

南条中の監督がストップをかけた。トップギアに入ったところでかけられる突然のブレーキのように、逸《はや》る気持ちがつんのめる。呆然と立ち止まってしまった暁の耳に、「早く戻ってこい」とベンチから奥村の声が飛んだ。

「いいぞ、このまま攻めていけ。先制の連続3ゴールはまぐれじゃない。おまえらの力は本物だ」

ベンチに戻ると、奥村と中林が手を叩いて迎えてくれた。

「ここから相手は、春野を徹底的にマークしてくるだろう。でも春野へのマークがきついぶん、本田とブミリアはフリーになる場面が増えてくる。いいか本田、ブミリア。おまえら、積極的にシュート狙ってけ。野本は春野を使いながら本田、ブミリアにもボールを回せ。倉田は野本をサポートして、隙があったらおまえも自分でシュートまでもってけ。全員攻撃だ」

とにかくこのまま怯まずにいけ、と奥村が不敵に笑う。相手は格上の常勝チームだ。いま持っている以上の力と熱でぶつかる以外、勝機はない。

タイムアウトが終わる寸前、円陣を組んで声を合わせた。

「よしっ。とにかく強気でいこうっ」

いったん削がれた気迫を再び漲らせる。

コートに入るとすぐに、古関がぴたりと張り付いてきた。息遣いが耳の穴をくすぐるくらいに距離が近い。背中に分厚い胸を擦りつけられ、うっとうしいので振り切ろうと体をずらしたり反転させたりするが、吸盤のように離れない。そうか、あたしを完全に潰すつもりか。

南条中の監督は古関を暁のマークに徹しさせ、他の四人で得点を奪うつもりかもしれない。

相手ガードがドリブルをしながら、センターラインを越えてきた。暁はゴールを守るためディフェンスにいこうとするが、その動きを古関に封じられる。テンポのいい速いパスが5番、6番、7番の間で通される。リモと薫は敵陣ゴールに背を向けて立ち、相手の間で行き来するボールを目で追っていた。

「リモ、ふらふら動くな。ゴール下で勝負しろっ」

巧妙なパス回しに翻弄《ほんろう》され、必死にボールを奪いにいこうとするリモに向かって亜利子が叫ぶ。

「プッシング、白、7番」

リモがパスを出そうとする6番に跳びつき、ファウルを取られた。勢いで右手が相手の体に触れ、わざと押したとみなされたのだ。リモがしまった、という表情で暁を見る。

「どんまい、リモ。その調子でいいよ」

おそらく相手はわざとファウルを誘っているのだ。自分にも憶えがあるのだが、初心者の頃は反則の基準がよくわからず、一度ファウルを取られると体が縮こまってしまうことがある。リモがそうならないといいのだけれど……。

エンドラインから、相手ボールでプレーが再開した。暁には変わらず古関がへばりついていて、剝がそうにも影のようにぴたりとついてくる。シューターとしてだけではなく、ディフェンスの能力も高い。

暁がほとんど動けない間に、５番から６番へとパスが渡った。６番がゴール右サイドから鋭く切り込み、そのままジャンプシュートを放つ。あまりに速いドライブだったので誰も反応できず、暁も離れた場所から見ているだけだった。古関は首を伸ばし、ゴールに向かってまっすぐ飛んでいくボールの行方を目で追っている。

入った――？

相手チームの得点に、脱力しかけたその時、リングに触れんばかりに伸びる手が見えた。その指先がボールの下側を引っ掻くようにかすめ、確実にリングに入ると思われたボールの軌道《きどう》がわずかに変わる。

コートに立つ九人全員が、固まっていた。

まさかの展開に、誰も一歩が出せないでいる。確実に入ると思われたシュートを防いだのは、白いユニフォーム、平川中の背番号８。５番の動きをいち早く察知していた薫が、６番がシュート体勢に入る前にボールの軌道を予測して走っていたのだ。

自分で弾いたボールをリング下でキャッチした薫が、

「亜利子っ」

と叫び、低く速いパスを出した。フリーになっていた亜利子は驚愕の表情のままパスを受け、速いドリブルでセンターラインを越えていく。そしてそのまま自分でシュートを打つと見せかけディフェンスをぎりぎりまで引きつけ、フェイクをひとつ入れて七美にパスを出した。七美は勢いのまますするとディフェンスをかいくぐって自陣ゴール下にたどり着き、

4本目のゴールを決めた。

8―0
自分が一度もボールに触れないままに4ゴール目が決まり、暁は圧倒される。

強い。うちはなんて強いんだろう……。

初心者が二人もいるとは思えない。いや、初心者がいるからだ。本田薫というとんでもない初心者がいるから、このチームは強いのだ。

コート内の選手も、相手ベンチの監督や選手たちも、観客も、試合を見守るすべての人が薫のプレーに心を奪われていた。あの白の8番はいったい何者だ、そんな顔をしている。薫の動きはバスケットをよく知った者が見れば、経験者ではないことがわかる。ドリブルもボールが手についていないし、ディフェンスの動きも行き当たりばったりなところが多い。だが時折見せるボールへの反応、反射神経というのだろうか、動作の一つ一つがずば抜けて速い。

「薫、ありがと」

自分がファウルを取られたことを気にしていたのか、リモが安堵《あんど》の表情を見せる。

「どういたしまして」

二人がコートの隅で、手のひらをパチリと合わせている。リモ、薫、欣子の三人だけで時々集まっていることを暁は知っていた。コートに立てば経験が浅いことなど関係ない。言い訳もできない。リモと薫が勝つために必死で努力していることを、欣子はそっと教えてくれた。それにしても薫の上達は常識では考えらない。暁が一年以上かけて自分のものにした技術を、わずか半年で習得している。

バスケットは経験が大切なスポーツだ。味方が、敵が、次にどんな動作をするかを予測して動き出しておかなくてはいけない。パスがくる前に。相手がシュート体勢に入る前に。とにかく相手の動作を予測する力が必要になってくる。そしてその予測する力は経験を重ねることで手に入れることができる。でもどうだろう。あと一年もすれば、自分は薫に抜かれるに違いない。七歳の時から七年間もやってきたのに。経験や努力や根性ではどうすることもできない天性の身体能力、センスという領域がこの世にはある。

足元に転がってきたボールを古関に奪われ、

「暁、ぼやっとすんなっ」

と亜利子の怒声が飛んできた。いけない。いま試合中だ。

右手で頬をぱしりと叩き、ドリブルでセンターラインを突破していく古関の背中を追う。薫に嫉妬している場合ではない。

ドリブルで進んでいた古関が、右足で大きくジャンプステップを踏んだ。幅の広いステップだ。ディフェンスについていた七美が古関の進路を防ごうとステップに合わせて大きく移動した瞬間、インサイドで切り返された。

まずい、抜かれた。

古関の前に直線の道が空き、そのまま最短距離でシュートまでもっていかれる。

8―2
わずかな気の緩みが、相手ゴールに繋がってしまった。いまのゴールは、出遅れた暁が原因、古関から目を離した自分のミスだった。
「さあ一本取り返すよっ」
大声を張り上げ、エンドラインからボールを入れようとしている七美に向かって手を上げる。古関がこれみよがしに暁の前に立つが、競り負ける気はしない。

24―18
第2クオーターが終わった時点で、平川中はまだ6点をリードしていた。

「みんな上出来だ。よく粘ってる」

十分間のハーフタイムに入りベンチに戻ると、中林が満面の笑みで出迎え、欣子を手伝って水筒や首筋を冷やす氷を手渡してくれる。「座って休め」と奥村がベンチに腰掛けるよう促してくれたので、暁たちはふらふらとベンチに座った。息が上がり、言葉を発することができない。酸素の足りない熱い頭を左右に振っていると、コートを挟んだ向かい側の南条中ベンチから、監督が選手たちを怒鳴りつける声が響いてきた。

「みんないいか、よく聞け。後半の作戦だ」

暁たちの呼吸が落ち着くのを待って、奥村が静かに語りかけてくる。南条中のベンチではまだ監督がわめき続けていた。選手たちはベンチに座るのも許されず、整列したままで怒声を浴びている。

「野本、後半も攻撃のバリエーションを増やして、もっともっと本田やブミリアにボールを集めていけ。春野は古関に仕事させないことを一番に考えていればいい。おまえが動けないぶんは他の四人でなんとかする」

古関が執拗なマークをしてくるせいで、第2クオーターはほとんど身動きが取れなかった。インサイドに切れ込んでシュートを打とうとしても、ファウルぎりぎりのディフェンスで寄ってこられ、隙がない。かといって外からシュートを打とうとすると、6番や7番がすかさず詰めてきて、とてもフリーにはしてもらえなかった。

「春野、そんな顔するな」

思うように動けず苛立っていることを、奥村が見透かしてくる。

「すみません。……あたし、全然得点に絡めなくて」

「おまえを抑えるために古関が全力を懸けてるんだ。それだけで十分仕事はしてる。他の四人が古関抜きで闘えるんだからな」

点取り屋が不在なら、他のやつが点を取ればいい。むしろそのほうがチームとしては強い、と奥村が肩に手を置いてくる。

「不在じゃないです。あたし、ここにいます」

載せられた手を振り払うような勢いで、暁は言い返した。

「そうか。そう言うなら、おまえが自分でなんとかしろ。古関を振り切って得点に絡め」

奥村が作戦ボードを胸の前に掲げ、にやりと笑う。他のやつが点を取ればいい、と言われたことが無性に悔しくて、「はい」と低く呟き奥歯を噛み締める。

「ブミリア。おまえはとにかくリバウンドを取ることに徹しろ。ゴール下で競り合っていいポジションがとれなかったら、シュートを打った選手の逆サイドに飛び込むんだ。シューターの逆サイドには必ず穴が空く」

奥村が作戦ボードにリモの動線を書き入れる。リモは真剣な目で奥村の描く図を見つめ、頷く。奥村がひとりひとりに指示を出している間、暁は黙ってスコアボードを見つめていた。平川中が得た24点のうち、12点が薫の得点だった。

「さあ後半が始まるわよ。みんな気合入れて」

欣子が首から下げた笛をピッと短く鳴らし、ハーフタイム終了を告げてくる。

十分間の休息で汗は引き、呼吸も整っている。暁はベンチから立ち上がると、誰よりも早くコートの上に立った。

よし、絶対に力負けしない。

後半もおそらく古関とのマッチアップ。だが前半のように完全に抑え込まれるわけにはいかない。

南条中サイドのベンチから大きな声が上がったので、暁はそれに負けない声で、

「平中ファイトーっ」

と仲間たちを見渡した。リモが戻ってきて六人で新人大会に挑むことができたのだ。そし

ていま対戦している相手は夏季大会のベスト4。この状況を楽しまないわけにはいかない。楽しむ。それが暁がバスケットボールというスポーツに懸けるすべてだから。

後半も強気で攻める、そう思いコートに戻った暁だったが、第3クオーターが始まってすぐに異変に気づいた。プレーを重ねるたびに亜利子、七美、リモから前半の俊敏さが失われているのを感じたのだ。第3クオーターが始まってまだ一分が過ぎたところなのに、三人の肩が苦しげに上下している。疲労……。この三か月間、体力づくりを徹底してきたつもりだったが足りなかったのか。二か月以上戦線離脱していたリモはともかく、亜利子と七美とはハードな走り込みを続けてきたのに……。欣子を含めた五人では練習試合もろくに組めず、実戦不足というのも原因だろう。

「亜利子、こっちにっ」

相手のディフェンスにみっちりとり囲まれ、パスを出す場所を探していた亜利子に向かって暁は叫んだ。いまにも潰されそうになっていた亜利子がすがるような目を暁に向ける。そして亜利子がパスを出そうと、ボールを持つ腕を伸ばした時だった。ボールが亜利子の体の前に浮かんだそのタイミングを狙って、8番がボールを叩き落としスティールする。ドリブルでゴール下まで走る8番を追ったけれど、間に合わない。

24―20

点差が4点に詰められると、気が抜けたのかパスミスやシュートミスが続き、相手シュートが一本、また一本と決まっていく。力の差は感じないのに、じわりじわりと相手のゴールが積み上げられ、第3クオーターが終わる頃には同点に追いつかれていた。

これはまずいな、と両手を腰に当て息を整えていると、奥村が立ち上がるのが目の端に見えた。審判にタイムアウトを要求している。

「亜利子、タイムアウトだよ」

亜利子は審判が笛を鳴らしたことにも気づかず、両膝を両手でつかむようにして体を折り曲げ喘いでいた。後半になって烈しさを増したマークに、疲れきっている。暁は亜利子の肩を抱いてコートの外に連れ出した。頻繁に選手の交代をしてくる南条中に比べて、うちは同じ五人がコートに立ち続けている。格下のチームが相手の時はそれでもなんとか乗り切れるが、南条中のような強豪チームだと選手層の薄さが命取りになる。

「おまえら、なに縮こまってんだ。スペーシングを忘れてるだろっ」

ベンチに戻ると、作戦ボードを手にした奥村が、目を吊り上げて待っていた。仲間の顔を見渡せば、息が上がり汗が滴っている。

「先生、スペーシングってなんですか」

奥村の言葉に、薫がいち早く反応する。

「スペーシングっていうのはオフェンスの時に間合いを取ることだ」

奥村が腰を落として両手を広げる。「ひとりの選手がディフェンスできる範囲が三メートル弱。だとすればオフェンス側の選手がそれよりも互いに間合いを取っていれば、必ず相手ディフェンスに隙ができる」

奥村が暁を相手ディフェンスに見立て、スペーシングを実践してみせる。

「第3ピリオドからのおまえらは、相手ディフェンスにおしくらまんじゅうの要領でぎゅうぎゅうと内側に寄せ集められてる。それで自分たちのプレーができなくなってるんだ」

奥村が言うように、気づかない間に南条中の包囲網にかかっていたのかもしれない。

「私からの注意は以上。あとはキャプテン、なにか話せ」

奥村が含みのある視線を送ってきた。キャプテンならなにか言え。仲間の勝ち気を引き出すような言葉を。奥村の目がそう言っている。

「ごめん、あたしが4番のマークを外せないから」

「別にあんたのせいじゃないし」

亜利子が不機嫌そうに呟き、首筋の汗をシャツの裾で拭う。

「なんか後半になって相手が急に強くなったみたいで……」

リモが小さくため息を吐き、その弱気が気に障ったのか亜利子が、

「そりゃうちは交代ができないからね。それよりリモ、ゴール下ちゃんと守ってよ。そんなに背があってなんでもっとリバウンド取れないの、せめて指をボールに引っ掛けてチップアウトくらいしてよ」

と声を尖らせる。

「亜利子、やめなさいよ。リモだけのせいじゃないでしょ」

「なにさ涼しい顔して。だったら欣子が交代してよ、選手登録はしてるんでしょ？　そした

らこっちもちょっとは休めるってもんよ」

わずか一分のタイムアウトが、無意味な言い合いで過ぎていく。このままコートに戻ったら最悪の精神状態で試合を続けなくてはいけない。なんとかしなくてはと暁がまごついていると、「あの、ちょっといいかな」と七美が恐る恐るといった感じで手を挙げた。

「古関さんのマーク、私につかせてくれないかな」

「はあ？　誰が誰のマークってか」

亜利子が嫌な表情で笑い、その様子にリモが眉をひそめる。

「私ね、前半1ゴールしか決めてないの。だからたぶん後半でも得点は望めないと思う。だったら……古関さんのマークに徹しようと思って」

「なに言ってんの。あんたとじゃ身長差がありすぎるっしょ、ミスマッチだって」

「うん、それはそうなんだけど。でも私が古関さんの動きを少しでも止めれば、暁が自由になる。どうにかして暁を攻撃に戻すの。いまはその方法しかないと思う」

いつも控えめな七美が珍しく断定的な物言いをする。それだけ事態が逼迫《ひっぱく》しているということだ。七美が普段自分の意見を口にしないのは、争いたくないからだと思っていた。自分が弱いことを知っていて、だから闘おうとはしないのだ、と。従ってばかりいるから人になめられるし、底意地の悪い人間からいいように使われることもある。でも一緒にバスケットをするようになってから、暁の七美に対する印象は少しずつ変わってきた。七美は弱いのではない。柔軟なのだ。人に合わせられる、状況に応じて自分の立ち位置を変えられる、というのは一種の強さなのかもしれない。この人は見かけよりずっと頼りになる。暁は少し前からそう感じるようになっていた。

「じゃあこっちがディフェンスの時は、七美に4番のマークについてもらう」

暁が言うと、七美が唇を引き結び頷く。

「七美、頼むね。オフェンスの時は私が4番にスクリーンかけて暁をフリーにするから」

薫が肩をそっと叩くと、リモも「任せたよ」と七美の腕にそっと触れた。七美のおかげでチームの強張りが少しほどけたところで、タイムアウト終了の笛が鳴った。

「みんな、攻め気でいこうっ」

暁が勢いよくコートに向かう、その斜め後ろを薫が走ってくる。さりげなく背中をトンと叩いてきたのでふと見上げれば、「頼むよ、エース」と笑いかけてくる。

相手ボールから試合が再開されると、七美がぴたりと古関についた。古関はすぐさま作戦に気づいたのか腕や肩を使って七美を押し出し、振りほどこうとしている。その間に暁は古関から離れ、サイドライン近くでボールを持つ5番のディフェンスに入る。七美は古関にボールを回せないようパスコースに手や体を入れてプレッシャーをかけ、攻撃に加われないよう抑え込み続けた。苛立ち、力任せに押しのけようとする古関に対し、七美は蜘蛛の足のように手を広げ、腰を落とし、パスコースを完全に遮るフェイスガードを使って闘っている。

古関にパスを出せず、迷うような素振りをしていた5番のすぐ前に、7番が直線的に走り込んだ。暁はとっさに7番の前に立ち、両手を広げてパスコースを遮る。だが7番にパスを出そうとする5番の動きはただのフェイクで、実際のボールは暁の立つ反対側、ゴール左サイド辺りにいる8番のほうへと飛んでいく。

しまった、ダイアゴナルパスだ――。

対角線に放たれた長いパス。ゴール下の8番に入れば失点に繫がる。

完全に裏をかかれたことに苛立ちながら、すぐさま7番から体を離した。8番がフリーでいたことに絶望し、それでも全力でボールを追いかける。

まずい、パスが通る。

そう思った時、暁の目の前を白いものが横切った。一瞬の出来事だった。右サイドから走り込んできた薫が体を斜めにして大きくジャンプし、ボールを両手で奪い取る。そしてそのまま空中に体を浮かせた体勢で、暁にボールを投げつけてきた。矢よりも速い、銃弾のような薫からのパス――。

暁は胸の前でボールで受け止めると、すぐさま体を反転させて自陣ゴールに向けてドリブルで攻め込んでいく。ミニバス時代の監督は「オフェンスは天性」と常々口にしていた。生まれもった体幹の強さ、力の微調整ができる繊細な指先感覚、競り合いながらゴールに向かう強靱《きょうじん》な精神力。オフェンスには才能が必要だ、と。バスケットは点取りゲームだ。だから点を取れる選手こそがチームのエース。ここは決めなくてはいけない。なにがなんでも決めてやる。この一本を決めればまた、流れはうちに戻ってくる。

スピードのあるドリブルで自陣ゴール下へと突き進んでいく暁の前に全力で戻ってきた5

番、6番、7番が立ちはだかった。鳥が羽を開くように大きく腕を広げ、暁がゴール下に入るのを阻んでくる。一対一であれば絶対に抜ける。でも相手は三人。

白いラインが前方にあることを確認すると、暁は足を止めた。体をリングに正対させ、両手でボールをつかみ、顔の高さでセットする。暁に向かって突進してくる敵の姿が目の端に入ってきたが、それよりも早く膝を曲げ、真上に大きく跳び上がった。

スリーポイントシュート――。

シュートを打った瞬間に、入ると確信した。だがそれでもボールがリングに吸い込まれていくのを見ると、鳩尾の辺りからせり上がってくる熱いものを感じた。

どうしても決めなくてはいけなかった。

このチームのエースは、あたしだから。

「ナイスっ、暁!」

亜利子がすぐそばまで寄ってきて、手加減なしに背中を強打する。

27―24

再びリードを奪うとチームに力が戻ってきた。コート上の空気が変わる。集中力が極限まで達すると、自分が立っている場所がどんどん狭まっていくような感覚に陥る。いまの暁は、鋭角な山頂に立っているような気分だった。これは始まりだ。まだまだ点を取ってやる。

「亜利子、次マイボールになったらあたし、ゴール下までダッシュするから。リング右下にパス入れて」

亜利子とすれ違いざまに、伝えた。古関に代わって6番に執拗なマークを受けていた暁は一秒、二秒、三秒……と徐々に動きを緩めていく。6番が暁に合わせて足を止めたその瞬間、猛スピードでゴール下までいっきに走り込む。案の定、暁のフラッシュに6番はついてこられない。静から動へ。動きを突然切り替えるフラッシュは、厳しいマークを外す時に有効な技だ。

「暁っ」

ディフェンスに当たられ体勢を崩しながら、亜利子がなんとかパスを通してきた。

よし、もらった。亜利子からのパスを両手でがっちりつかむと、暁はドリブルでゴール下まで持っていき、そのままレイアップシュートを決める。

29―24

相手がディフェンスでこちらの動きを封じるのなら、高さと速さで振り切るまで。勝つために一番大切なことは自分たちのペースを作ることだ。相手にイニシアチブを取られたら気持ちまで萎縮してしまう。それまでできていたことが、できなくなってしまう。一度相手のものになった試合の流れを引き戻すには、とにかく気迫を見せつけること。敵にも味方にも、炎のような勝ち気を感じさせるのだ。

「このままいくよっ。走って走って走り抜くっ」

暁が叫ぶと、すでに敵陣ゴール下に戻っていた薫が笑い返してきた。陸上の試合中に笑うことなんてない。笑ってたらバカだと思われる。前に薫がそんなことを言っていた。でもバスケの試合中、薫は時々笑っている。シュートが決まった時。仲間のプレーがうまくいった時、嬉しくてしかたがないというふうに薫は笑う。暁はその顔を見るのが好きだった。

31―24

33―24

35―24

暁が連続3ゴールを決めたところで笛が鳴る。南条中の監督がベンチから立ち上がり、タイムアウトを要求していた。

「暁、絶好調じゃーん」

ベンチに戻ると、亜利子がはしゃぎながら背中を連打してくる。

「痛い、痛いって亜利子」

「すごいよぉ。暁ひとりで11得点だよぉ」

七美が、首の後ろに凍ったタオルを当ててくれた。心臓が痛いくらいに脈打っていた。でもその痛みすら、勝ち気を鼓舞してくる。

「七美が4番を抑えてくれてるおかげだよ。みんな、この後もあたしにボールを集めて」

なんだろうこの感じ。シュートを外す気がしない。

「了解」

亜利子が立ち上がると同時に審判の笛が鳴り、一分間のタイムアウトが終了する。

このままいっきに点差を空けてやる。

そう頭の中でイメージしながらコートに戻ったが、さすがに敵も作戦を講じたようで、試合が再開されるとすぐに６番と７番がダブルチームで暁をマークしてきた。

暁は二人がかりのマークを外そうと、相手の裏を突いて自陣ゴール方向にダッシュした。だが素早く反応した６番がついてきて、動きを封じる。走り込んだ先で急ストップし、Ｖの字を描くように切り返すＶカット。急ダッシュをしていったん止まり、また元の位置に戻るＩカット。リング方向に走り、ついてくる相手を内側に押し込みながらフリースローレーンに沿って動き、隙を見て外に飛び出すＬカット。自分の持つ技術を次々に出しながら、暁は二人のマークマンと対峙する。自分の運動量をコートに立つ全員に見せつけてやるつもりだった。マークについている二人を翻弄してやる。そう意気込みながら右へ左へステップを踏むと、６番と７番が暁の動きから目線を外せずにいる。

「七美」

亜利子が暁にパスを出すふりをして、背後の七美にボールを渡す。味方さえも惑わされる、完璧なフェイク。ノーマークでパスを受けた七美はそのままドリブルでゴール下に持ち込み、ジャンプシュートを決めた。

37—24
「亜利子、ナイス」

暁が声をかけると、亜利子が「あんたばっか目立たすもんか」と言ってくる。「いや、まだまだ目立つつもりだから」と返したが、実際には６番と７番のマークがきつくて、暁の動きは制限されている。だがそのぶん薫とリモがフリーになる時間は、確実に増えている。暁のシュートを警戒しすぎてか、相手ディフェンスが浮足立っている。

ゴール下の密集から、3番が抜け出てシュートを放った。だがボールはリングをわずかに外れ、リモが跳び上がってリバウンドを取りにいく。

「リモ、こっちっ」

空中でボールをキャッチしたリモに向かって、亜利子が叫んだ。リモは着地するとすぐさま、亜利子にパスを出す。すぐそばにいた8番がパスカットしようと手を伸ばしたが、わずかのところでかわした。

亜利子がリモからのパスをキャッチすると同時に、薫、七美が自陣に向かってダッシュした。亜利子がそのままドリブルで速攻に出るか。それとも薫、七美にパスを出すか。暁にすらわからないスピードに乗った攻撃に、相手ディフェンスの初動が一拍遅れる。

亜利子のドリブルが、古関に止められた。自陣ゴール右ウイングには七美、左ウイングには薫がすでに入っている。二人ともマークはつかれているが、自分にパスを出してくれと声を出し、手を挙げている。亜利子の視線が右へ左へと素早く動いた。

だが亜利子はどこにもパスを出さず、古関を抜いた。まさか自分でシュートまで持っていくのか。暁が目を見張った瞬間に、自分についていた6番がヘルプディフェンスとして亜利子のもとに走った。突如ゴール下に続く道が閉ざされ、亜利子の足が止まる。

「亜利子っ」

暁は6番のマークが外れたと同時に、リング下に飛び込んでいた。その動きを横目で見ていた亜利子が、自分を潰そうとする古関と6番の足元にボールを叩きつけた。弾んだボールは鋭いV字を描いて暁の胸元にぴたりと届く。暁はその場でワンドリブルを入れて一歩ゴールに近づくと、高く跳び上がり、ジャンプシュートを決めた。

39—24

思わず「よしっ」と声を張る。黒いユニフォームを着た相手五人の鋭い視線が集まったが、むしろ心地よい。闘志がわいてくる。いい感じだ。やっぱり今日はシュートを外す気がしない。

だがたぎる思いに身を震わせていたその時、

「リモ——っ」

暁の背後で七美の叫び声が聞こえた。振り向くと、リモが敵陣のゴール下で蹲っている。

「リモ?」

リモが右のふくらはぎを両手でつかみ、苦しそうに顔を歪めていた。

「リモ、立てる?」

すでに駆け寄っていた薫の声に、リモが涙をにじませ首を横に振る。リモが自力で立てないことを知ると、薫はリモの背と床の間に腕を差し込み、その長身を抱え起こした。暁も薫の逆サイドに回り、リモの腕を自分の肩に回し、ゆっくりと立ち上がらせる。

「いつから痛む? さっきリバウンドで着地した時?」

リモをベンチに移動させながら、薫が問いかける。

「痛いんじゃなくて、走ろうとしたら急に力が入らなくなった。なんかふくらはぎの辺りがつってしまって……」

「ああ、それなら怪我じゃなくて脱水症状かもしれない。だったら大丈夫、しばらく休んで水分とれば治るから」

リモをベンチまで連れ戻ると、中林が体を支えて床の上に横たえた。リモは手渡されたタオルで顔を隠し、背中を丸める。

「吉田、ブミリアの代わりに入れ」

奥村に指示され、欣子がユニフォームの上に着ていたジャージを脱いだ。

「大丈夫、落ち着いていこ」

暁の言葉に、欣子が声なく頷く。

試合再開の笛が鳴ると、「みんな頑張れっ」と中林の力のこもった声援がベンチから聞こえてきた。

南条中との対戦の後に他試合のTOをしていたので、試合会場を出る頃には西日が射していた。勝っていればそう感じなかったのだろう疲労が、鉛のような重さで全身にまとわりついている。

「それにしてもTOやらされた最後の試合、まじかったるかったー。両チームとも下手すぎだし。ああ、もうほんとだるい。タクシー乗りたい」

亜利子は駅までの道を歩きながら、さっきからずっと文句を口にしている。でもどうでもいいような悪態をつくことで悔しさを紛らわしていることはわかっていたから、みんななにも言わなかった。試合会場から続く道路は上り坂になっていて、一歩踏み出すのにけっこうな気合が必要だ。

「あれ？」

横に並んだ影をなんとなしに眺めていると、ひとつ足りないことに気がついた。六つあるはずの影が五つしかない。振り向けばリモが坂道の途中で立ち止まっていた。

「リモちゃんどうしたの、足が痛む？」

七美が坂道を引き返し、うな垂れるリモに近づいていく。

「どうしたの、まだ試合のこと気にしてる？」

七美が優しく問いかけたが、リモは俯いたまま顔を上げない。

「試合中の怪我なんてよくあることだよ。しょうがないって」

リモのせいじゃない、と暁たちもリモのそばまで歩いていく。

試合は結局、第４クオーターのラスト一分で逆転され、２点差で負けてしまった。でも最後の最後まで勝ちを信じて戦った、とてもいい試合だった。中林は涙ぐみながら「南条中相手によくやったよ」と称えてくれたし、いつもは厳しい奥村まで「おまえらの本気を見せてもらった」と褒めてくれた。

「ほんとに……ごめん」

リモが長い首を折って、声を絞りだす。

「だからもういいって気にすんな。帰ろ帰ろー」

亜利子がうな垂れるリモの頭を、撫でるように軽く叩いた。

「うん、行こう」

暁もリモの背に触れる。熱い背中。

「リモはよくやったわよ。あなたがそんなに落ち込んだら、交代した私の立場がなくなるじゃない」

欣子が冗談っぽく口にすると、リモの目から涙が溢れ、コンクリートの道路にぽたぽたと落ちた。

「次は負けない」

薫が自分に言い聞かせるように呟く。

「南条中相手にここまで戦えたんだもん。私たちはもっともっと上にいけるよぉ」

七美がリモの手を握り「また頑張ろう」と引っ張って歩き始めると、リモはTシャツの肩に目を擦りつけて涙を拭い、ようやく顔を上げた。

18

終学活が終わると、暁は一、二の、三でリュックを手に教室を飛び出して行った。その勢いに隣の席に座っているまだ名前を憶えていない男子が「ひっ」と体をのけぞらせる。

四月、春。

暁は無事、三年生に進級した。

今日は新入部員が初めて練習に参加する日なので、自己紹介を兼ねたミーティングをしなければいけない。キャプテンとしてなにを話すか。実は昨夜ほとんど眠らずに考えてきた。

「遅い！」

一番乗りだと思っていたのに着替えをすませて体育館に入ると、すでに欣子がTシャツ、バスパン姿で倉庫からボールを運び出している。

「欣子ってば、なんでこんなに早いの」

「六限目が体育だったのよ。体操服からそのまま練習着に着替えたの」

三年生になって、欣子とはクラスが分かれてしまった。欣子は四組で、暁は一組だ。薫と七美は二組、亜利子とリモが三組なので女バスのメンバーは均等に離されてしまった。

「で、結局、入部してくるのは何人だっけ？」

部活の見学に来た一年生は、いったい何人入ってくれたのだろう。

「中林先生に確認したら五人だって」

「え、まじ？　微妙ー」

「でも試合には出られるわ。部も存続するし」

「そうだね。それは嬉しいな」

「でも全員が素人よ。バスケ経験者はゼロ」

「そんなのいいよ。練習して巧くなればいいんだよ。それにみんなスタートラインが同じほうがやる気もでるし」

「そうよね。でも素人っていっても、小学校で陸上部に入ってた子が四人もいるの。その四人全員が薫の後輩なんだって」

「出た、薫さま効果」

「今日から十一人でスタートかぁ。部内で紅白戦ができるね」

一学年下の部員はゼロだったので、暁たちが引退したら部が潰れてしまうのではないかと心配していたのだ。それが五人も入部してくれるというのだから、それだけでありがたい。

欣子と話していると体育館の入口に人影が見えた。逆光になっていて顔がはっきりと見えないが、あの縦に長いシルエットは薫だ。その後ろにはリモ。七美も亜利子もいる。まるで時間を示し合わせたかのように四人が体育館に入ってくる。

体育館の端、倉庫やトイレに続くドアが並ぶ前に、暁たちは六人で横一列に立った。三年生と向き合う形で、体操着姿の一年生五人が並んでいる。見るからに気の強そうな子。体格の良い子。華奢な子。自信満々な表情の子。不安そうな子。暁は自分の前に整列した新入部員の顔をひとりひとり眺めていく。この五人が平川中女子バスケットボール部の二期生。いくつもある部活の中からこの女子バスケットボールを選んでくれただけで、「ありがとう」と言いたかった。

「えっと、今日は新入部員のみんなと……」

一年生を前に挨拶をしようとした時、体育館の入口からスーツ姿の中林が走ってくるのが見えた。靴を脱ぎ、靴下で滑りそうになりながら、急いで駆け寄ってくる。

新入部員が五人入ったと喜んでいる女バスではあるが、実はこの春、とても残念な出来事があった。残念というより試練というべきだろうか。これまで男バスとの兼任で副顧問をしてくれていた奥村が、異動になって平川中学を去ったのだ。それだけでも暁たちにとって大打撃なのに、その異動先が南条中学校だと聞き、しばらくは六人で放心状態に陥っていた。

「みんな遅れてごめんよ」

バスケ経験のない中林ではあるが、奥村から後を託され、張り切っているのが伝わってくる。

「ぼくが女バスの顧問、中林です。今日から新入生が加わり、十一人でスタートするということで顔を出しに来ました。とにかくみんな、楽しんで部活をしよう。ぼくが言いたいのはそれだけです。ごめんごめん邪魔して。じゃあキャプテンから一言どうぞ」

「あ、はい。改めまして、あたしがキャプテンの春野暁です」

緊張した面持ちの一年生を前に、暁たち三年生が順に自己紹介をしていく。この六人でバスケットをするのもあと四か月。女バスを立ち上げてようやく一年が経ったばかりだというのに、終わりがすぐ先に見えている。だからこそ、なんとしてでも春季大会では一勝したい。一勝というより優勝を目指す。新人大会で南条中に敗れてからの四か月間、本気の練習を積んできた。自分たちはまだまだ上にいける。絶対に。

「あの、春野キャプテン。質問していいですか」

三年生の自己紹介が終わり、新入生も名前と入部の動機などをひと通り話し終えた後、一年生のひとりが手を挙げた。五人の中で最も体格がよく、陸上部では薫と同じ100メートルを走っていたという。

「すみません、田所《たどころ》です。いきなりですが春季大会はいつから始まるんですか」

「五月の中旬だよ。だから試合まであと一か月だね」

「ベンチは何人まで入れるんですか」

「十五人だけど?」

「じゃあ私たち一年生も、ベンチ入りできるんですね」

「うん、ベンチにも入ってもらうし、三年生のプレーヤーは五人しかいないから交代要員としても期待してます。新入生も貴重な戦力だから、頑張って練習してください」

暁の言葉に、一年生たちが緊張した面持ちで「はい」と声を揃える。期待と不安の織り交じった初々しい目が懐かしい。

「あのキャプテン……私、まるっきり初心者なんですけどついていけますか」

新入部員の中で一番小柄な子が手を挙げた。

「初心者でも毎日真面目にやっていれば必ず上手くなるよ。本田さんやブミリアさんも初心者だったの。だから安心して練習してください。でも真面目に、っていうのが大事だとあたしは思ってる。バスケにかかわらず、真剣にやらないと、結局はなにをやっても楽しくないでしょ」

一年前のいま頃のことを思い出しながら、暁は笑った。ただただ真面目に真剣に、必死になってバスケ部を立ち上げた日々が今日に続いている。


東京都中学校バスケットボール春季大会は、五月二十四日、三十一日、そして六月七日の日曜日に行われた。出場校は四十六チーム。暁たち平川中学女子バスケットボール部は一回戦、二回戦、三回戦と勝ち進み、創部二年目にして準決勝進出を果たしていた。

「やっぱり嫌だよねぇ、奥村先生が相手チームの監督なんて」

駒沢《こまざわ》体育館の裏でアップをしていると、暗黙の了解でここまで口に出さなかった「奥村」という名前を七美がぽろりとこぼしてしまう。準決勝の対戦相手は新人大会と同じ、南条中学。南条中は新人大会の初戦で平川中を破った後も勝ち進み、優勝を勝ち取っていた。

「勝ち進めばいつかは南条中に当たるからね。しょうがないよ。奥村先生にしてもまさか準決勝でうちと戦うなんて思ってなかったんじゃないかな」

そんなのたいしたことじゃない、という感じで暁はできるだけ明るい声を出す。南条がどれほど強いチームであったとしても、自分たちが怯まず挑めば勝機はあると信じていた。この春季大会にしても常に自分たちより格上の相手と試合をしてきたのだ。たしかに奥村は自分たちの強味も弱点も知り尽くしてはいるが、異動になった今年の春休みから今日まで、一度も平川中の練習を見ていない。この二か月間だけでも新しいフォーメーションをいくつか習得しているのだから、手の内をすべて知られているわけではないと七美を励ます。

「そうよ。春休み中もかなり練習したんだし、私たちずいぶん上手くなってるわ。中林先生も頑張ってくれたしね」

欣子が言うように奥村の異動が決まってから、中林は毎日の朝練には必ず顔を出し、教育大時代の友人を頼って他校との練習試合もかなりの数組んでくれた。奥村は男バスとの兼任だったので、むしろいまのほうが週末の練習試合の数は増えたくらいだ。バスケの専門雑誌や指導者用のビデオで研究して効果的なトレーニングを取り入れ、うちのチームに合った戦術を提案するなど、中林の努力は辛口の亜利子ですら認めている。

「うちのチームは昨年の夏季大会も新人大会も、初戦敗退だったのよ。それなのにこの春季大会では準決勝まで進んだ。こんなチーム、他にはないわ。これはまぐれでも奇跡でもない。私たちの力は確実に伸びている。だから自信を持って戦えばいいのよ」

欣子が勢いのある声を出すたびに、首にかかった銀色のホイッスルがゆらゆらと揺れた。

欣子の言う通り、うちのチームはわずか一年間でこの場所までたどり着いたのだ。最後はそんな自分たちの力を信じるしかない。

「みんな……」

それまで黙っていた薫が顔を上げ、なにか言いかけた。

「なに、薫ちゃん?」

七美が首を傾げて先を促したが、薫は開きかけていた唇を閉じ、「あ、ごめん、なんでもない」と小さく首を振る。もともと口数の多い人ではないが、三年生に進級したこの春頃からさらに寡黙《かもく》になった気がする。薫にかかる期待が負担になっているのだろうか。彼女がバスケットプレーヤーとして急成長し、次々と新しい技術を身につけていくものだから、みんなが頼りきっているところがある。だがいくら加速度をつけて上達しているといっても、バスケを始めてまだ一年しか経っていないのだ。重荷に感じていても不思議はない。

「薫、なにか言いたいことあるんじゃないの?」

暁は再び黙ってしまった薫の顔を、のぞき込む。

「ああ……うん。……やっぱり試合が終わったら話す」

「なに、気になるじゃん」

「うん……でも試合が終わってからにする」

怪我をしているのかと、暁はさりげなく薫の全身を視線でなぞった。肩、背中、両腕、両足――筋肉で張りつめたアスリートの体。一年や二年鍛えたところでこんな体にはなれない。この体は薫の生きてきた証。その、努力の結晶のような体を痛めたのだろうか。ただ薫のことだ、たとえ不調があっても試合が終わるまでは口にしないだろう。薫の代わりはいない。

「薫、またモテてたねー」

下を向く薫の腕を取り、リモが朗らかな声を出す。

「さっき他校の女子たちが、薫の写真撮ってたよ。私がちらって見たら逃げてった」

リモがにやにやしているので、薫も「どうせなら男子にモテたい」と笑顔を返す。薫は対外試合をするたびにファンを増やしている。他校の女子生徒たちが携帯で隠し撮りすることもしょっちゅうで、でもそんなことは慣れているのか眉ひとつ動かさない。

「そういえば八王子《はちおうじ》第八中の監督が、薫のことをスラッシャーだって言ってたわよ」

「欣子、八中の監督と話したの？」

八王子第八中といえば南条中と並ぶ強豪校だった。今大会でも南条中を倒すなら八中だと言われている。

「私が話したわけじゃないわ。私たちの三回戦の後、隣のコートにいた八中の監督がいきなり中林先生に話しかけてきたのよ。『あの8番の子はなんて名前なんですか』って。その時に『スラッシャー』って言ってたの。スラッシュっていうのはナイフで切るっていう意味だから、へええ、と思って」

動きが鋭く速い選手のことをバスケットの世界ではスラッシャーという。相手ディフェンスの隙を衝いたり方向転換するなど、リズムの変化をつけるのが巧い選手のことで、試合の流れを変えるキーマンになれる。褒められるのが苦手な薫は、複雑な表情でさりげなく視線を逸らした。

試合時間まで三十分を切ると、中林が「そろそろ体育館に入ろうか」と呼びに来た。暁は腰を上げ、「一年生、集合っ」と少し離れた場所に座っていた一年を呼び集める。

コート内でのアップを終了してベンチに戻ると、中林が両腕を広げて出迎えてくれた。

「みんな、ここまでよく頑張った。もうぼくからはなにも話すことはないんだが、でもひとつだけ伝えるとしたら、準決勝戦という舞台で再び南条中と戦えることを誇りに思ってほしい。君たちが君たちの力でたどり着いた場所だ」

中林の言葉に暁たちは大声で「はいっ」と返し、円陣を組んだ。六人と五人。十一人で作る円陣は、これまでよりひと回り大きい。キャプテンからの一言はこの試合では必要ないと思っていた。もう気持ちはひとつになっているから。

「よし、いこうっ」

「おうっ」

審判が試合開始の笛を吹くまでの間、サイドラインに並んで立ち、同じように向かい側に整列する南条中のスターター五人をじっと見つめた。今日も南条中は黒いユニフォームで、うちは白だ。

4番スモールフォワード古関。

5番ポイントガード三谷《みたに》。

6番シューティングガード長谷川《はせがわ》。

7番センター小梶《こかじ》。

8番パワーフォワード高手《たかて》。

相手選手の名前は記憶している。春季大会の間に欣子が録ってくれたビデオを観て、南条中のプレーについては研究してきた。もう二度と負けたくない。リモが夕焼けを背に流した涙を、いまもはっきり憶えている。

ジャンプボールのコールが響き、リモが中央に走り出ていく。

南条側は当然、4番古関。昨年の新人大会でのジャンプボールはリモが競り勝っていた。ジャンプの前にわずか数秒、リモがスタンドに目を向けた。その視線を追うと、サラさんの姿が見えた。在留特別許可を得たサラさんは、この四月からリモと一緒に暮らし始めている。

審判の手からボールが離れると、〇・数秒の溜めを作った後、リモが思いきり床を蹴った。薫を相手に、何度も繰り返し練習したジャンプボール。リモがその大きな手でしっかりとボールを弾き、亜利子に渡した。亜利子から速いパスが七美に出される。七美がパスを受けるよりも早く、暁と薫が同時に自陣ゴール下へとダッシュした。何度も繰り返し練習した速攻。シュートの成功率が高い、暁。大会出場四十六チームの中で間違いなく最速の足を持つ、薫。この二人が同時に走り出したらどちらを止めればいいか。敵は一瞬戸惑う。

オフェンスの時に二対一、四対三など相手のディフェンスより多い人数で攻めることをファストブレイクと呼ぶ。薫のシュート成功率が劇的に上がったのを見て、中林が取り入れた戦術だった。

「薫っ」

暁が受けたパスをディフェンスのわきの下を通して、薫に渡した。古関と小梶が二人がかりで暁を止めにきたからで、さすがにこの状況でシュートを狙っても入らない。薫はパスを受け取ると、ディフェンスひとりをかわしてリング下に切り込み、そのままレイアップシュートを決めた。

2―0
南条中から先制点を奪い、平川中の応援席から大歓声が起こる。

だが攻撃の主導権があったのは開始直後だけで、ゲームはしだいに南条のペースになっていく。暁のマークには古関がつき、薫には高手がついた。高手の執拗なディフェンスに、薫が珍しく手も足もでないといった顔をしている。

「亜利子、ここにっ」

古関を振り切って前に出た暁が、亜利子からパスを受ける。だがそのままドリブルでシュートにいくつもりで走っても、瞬時に二人、三人と相手ディフェンスが集まってきて突破口を塞がれる。準決勝戦までの試合なら確実に点が取れた攻撃が、ことごとく潰される。

2―12

相手が連続6ゴールを決めたところで、中林がタイムアウトを取った。

「よしよし」

中林が両手を打ち鳴らしながら、暁たちを迎える。額から流れ落ちる汗が目に入り、手の甲で拭うのだが、その手も汗でべっとり濡れている。まだ第1クオーターだというのに他の四人の顔を見ても全員が荒い呼吸を繰り返し、大量の汗を滴らせていた。みんな、それぞれが苦しい戦いを強いられている。

「南条中はさすがに強いな」

わずか一分のタイムアウトなのに、中林はのんびりした口調で話した。奥村ならすぐさま作戦ボードを持ち出してきて、次に打つ手を示してくれるのに……。暁は不安になりながら、一年生が手渡してくれた水筒のお茶を喉に流し込む。

「うちの攻撃の軸は春野さんと本田さんだ。でも相手は、奥村先生は、そのことを知り尽くしている。君たち二人の動きは完全に読まれている。お釈迦《しゃか》さんの手の中で飛び跳ねてる孫《そん》悟空《ごくう》のようなものだ」

そんな喩《たと》えを使わなくても、それくらいはわかっている。中林から目を逸らし、コートを挟んで向かい側のベンチにいる奥村を見つめた。赤いジャージが躍動している。

「そこでだ。ここからはブミリアさんを攻撃の軸にしたらどうだろうか」

「どうだろうって言われても、リモは暁や薫ほどシュート入らないし」

それは無茶だと亜利子が言い返すと、「春野さんや本田さんと比べるからだ」と中林が珍しく強い語調で意見を通してきた。奥村が異動してからの一か月半、春休みを含めるとおよそ二か月になるが、この期間にリモのシュート成功率は格段に上がった。以前はレイアップシュートが中心だったが、いまはミドルシュートでもノーマークなら五割の確率で決まるようになった。リモほどの高さを持つ選手は南条中にはいない。リモがゴール下からシュートを打てば誰も止められない、と確信に満ちた声で中林が話す。

「ノーマークなら五割って言っても、南条相手にノーマークで打つことが難しいんですよ。リモにマークを外す技術なんてないし」

亜利子が白けた表情で首を振る。技術がないと言われてさすがに気を悪くしたのか、リモが唇を尖らせる。

「だから春野さんと本田さん、君たちがブミリアさんをノーマークにするんだ」

暁と薫が顔を見合わせると同時に、タイムアウト終了の笛が鳴った。

「よし、頑張れ」

中林が手を叩いてコートに送り出してくれるが、隣にいた亜利子は「頑張れって言われてもね」と耳打ちしてくる。古関が意気揚々《いきようよう》とコート内に入ってくるのが見えた。うちの攻撃を封じる新たな作戦を奥村から伝授されたのだろうか。この一年間頼りきってきた奥村が、敵のチームのベンチにいる。異動だからしょうがない、ということはわかっていても、裏切られた気分は否《いな》めない。

相手ベンチで指示をとばす奥村の顔をちらちら見ていると、トーン、トーン、トーン、トーン……とバスケットシューズの裏に伝わる振動を感じた。軽やかな響きが足の裏から全身に上ってくる。

なに？

暁がコート内に視線を戻すと、その場でジャンプを繰り返すリモの姿が目に飛び込んできた。両足で床を蹴り、真上に跳び上がっている。揺るぎのない強い目が、スタンドを見つめている。

「リモ？」

そばにいた亜利子が声をかけても、リモは一点を見つめたままトーン、トーンと全身のバネを使って跳び続けている。

そうか、と暁は思わず頰を緩めた。リモは中林の作戦を遂行《すいこう》するつもりなのだ。自分が点を取りにいくと決めたのだ。リモの視線の先にサラさんがいることに気づき、暁は確信する。

そしてもうひとり。薫も中林が指示したことを、やろうとしている。目を見ればわかる。薫のあの顔つきは、突破口を見つけた時のものだった。

「リモちゃんでいこう。やるしかない」

リモの覚悟に七美も気づいたのか、亜利子に向かってそう声をかけている。亜利子はどうしようもないな、という顔で両手を腰に当て、

「よしっ、いくか」

と吠えた。

第1クオーター、残り二分三十二秒。

5番から7番に出されたパスが高く逸れたのを、薫が跳びついてキャッチすると、そのまま空中から亜利子めがけて強くて長いパスを出す。攻撃態勢をとっていた南条中が慌ててディフェンスに戻ってくる。暁には古関。薫の前には高手。さっきと同じマークマンがこっちの動きを封じ込めようと上半身をぐいぐい押しつけ圧をかけてくる。

亜利子が巧みなドリブルを、コートの中央で見せつけていた。7番と真正面で向き合ったままボールを右から左へ、左から右へと移すフロントチェンジで相手を横に揺さぶっている。さらにドリブルをしながらボールを自分の背中側に巻き込んで自身を回転させるロールターンで7番を完全にかわすと、そのまま自陣ゴールに向かって進んでいった。

暁は視界の端でリモを捉えた。

リモの近くには6番がいるが、それほど密着はしてなさそうだ。暁は薫と視線を合わせ小さく頷くと、ディフェンスを振り切り自陣リング下へと思いきりダッシュした。もちろん古関と高手もすぐさま反応し、後を追ってくる。

あたしがシュートを決めてやる。だからあたしにパスを出して――。そんな気炎を全身から立ち上げ、暁は走った。薫も同時にリングに向かう。薫は薫で「自分に任せろ」とその目で訴える。

暁か、薫か――。

亜利子からどちらにパスが出るのか。味方でもフェイクには思えないその動きは、完全に相手を惑わせ、暁と薫を止めるためにディフェンスが集まってくる。

その時だった。亜利子からノーマークのリモにパスが渡った。

小梶が慌てて方向転換し、リモに向かってダッシュしたが、リモはもうすでにシュートポジションに入っている。

「最高点での速度はゼロ。速度がゼロになった時に手からボールを離す。その感覚を体に覚え込ませることで、シュートの再現率は高くなるんだ」

そんな理論を中林から徹底的に教えられ、リモはこの二か月の間にジャンプシュートをものにした。「ジャンプの最高点でボールを放す」「体の軸と床を垂直にして、手のひらでボールを転がすようにしながらまっすぐに押し出す」この二点を中林が伝えただけで、リモのシュート成功率は格段に上がった。暁は、中林の指導者としての資質を認めている。自分は感覚でしか初心者のリモや薫にプレーを教えられなかった。あの奥村ですら、そういうところがあった。反復練習と実戦経験でしか技術は上がらない、と思い込んでいる節があった。だが中林は違った。バスケットの経験がないからこその理論的な練習方法で、リモを急成長させたのだ。

リモが両足で床を蹴り、まっすぐに跳び上がった。

リモが打ったシュートが、水鉄砲の水弾道のような曲線を描きながらリングに向かっていく。高い打点から放たれたボールが、ゴールポストに当たることなくリングに吸い込まれ、そのまままっすぐ床に落ちた。凍《い》てついていた得点板がようやく動き、チームに再び熱が戻る。
4―12
ガッツポーズを見せるリモの背中を叩きながら、相手側のベンチに座る奥村に視線を向けた。
奥村はどう思っただろう。リモの成長を感じてくれたら嬉しい。悔しそうな顔をしているかと思ったが、奥村は「おまえら、しっかりディフェンスせんか」と怒鳴りながら、どこか笑っているようにも見える。

だがその後、第1、第2クオーターと余裕のないゲーム展開が進み、ハーフタイムに入った時には21―40、ダブルスコアに近い点差がついていた。厳しいマークにつかれながらのプレーに、暁はベンチに戻ってもしばらくは言葉が出なかった。息を吸い込むと乾いた空気が喉に刺さり、咳が出る。他のみんなも苦しいのは同じで、額からも首筋からも汗が噴き出している。

「よしよし、いいよ」

ベンチに座り、一年生から手渡された水筒でお茶を喉に流し込んでいると、中林が言ってきた。

「なにが『いいよ』、なんですか。19点も離されたんだけど」

ボールを運んでいる途中で何度も潰され、亜利子の声は怒気をはらんでいた。全身から湯気が立つくらいに苛立っている。司令塔が機能しなくなると流れが完全に止まるので、このハーフタイムで亜利子をクールダウンさせなければ。後頸部を凍らせたタオルで冷やしながら暁は横目で亜利子を見つめる。

「いや、ほんとにいいと思ってるんだ。第1クオーターの残り二分三十二秒まで2点しか取れてなかった君たちが、そこからの十分三十二秒で19点も取ったんだ。これはすごいことだよ」

「相手はその間に28点も入れてますけど」

亜利子は口を歪め、欣子の手からスコアブックをもぎ取る。だが暁には中林の言葉が響いた。奪われた28点より、南条中から19点取れたことに気持ちが動く。

「いいかい。この調子でとにかく一生懸命守って粘って、1クオーターに10点ずつ追いかけていこう。目標は第3クオーターが終わるまでに10点差まで追い上げておくことだ。いけるぞ。第2クオーターで見せたプレーをしていけばいい」

まだ喉がひっつれて声が出ないので、中林の目を見て暁は頷く。南条はたしかに強い。でも歯が立たない相手ではない。飛び抜けて技術があるのは4番の古関だけだ。高さではうちが勝っている。必ず逆転できる。ただ肝心のうちの司令塔は……と、少し離れた場所に腰掛ける亜利子に目を向けると、まだ手の中のスコアブックを睨みつけていた。

「亜利子、どうしたの。スコアブックが気になる?」

「暁、あんた第2クオーター、1ゴールしか決めてないんだね」

「ごめんごめん。先生に言われたからディフェンスに集中してて」

「薫は……こっちも1ゴールか」

亜利子は人差し指と親指で下唇を摘み、「七美が3ゴール……でもそのうち2本がスリーポイントシュートだから8得点。今日……調子いいのかな。あの子、時々こういう日があるんだよね、なんつうか、やたらにスリーが決まる日」と独り言のように呟く。スコアブックの中に勝つヒントが隠されているかのような目をしている。

「後半、七美のスリーポイントのチャンス、作っていこうか」

亜利子がぼそりと、でもはっきりと口にした。本人の耳にも届いたようで、七美が真剣な顔つきで亜利子の発言に耳を傾ける。スリーポイントシュートは、風だ。太陽にかかる雲をふっと吹き飛ばす風。チームに停滞する暗い空気をいっきに晴らす、劣勢の苦しい場面に活気を与えるシュート。たしかに、今日の七美はいつになく調子がいい。

「ってことは……リモも7点取ってるのか。3ゴールに加えてファウルでもらったフリースローで1点」

亜利子が「先生の作戦も、まるでハズレってわけじゃないか」と顔を上げ、中林を見てにやりと笑う。

「酷いな。ぼくにしたって的外れの作戦を立ててるわけじゃないよ」

「つまり、このままリモにボール集めて……七美をいいところで使う。暁、薫、体力自慢のあんたたちはこれまで以上に動いて、七美が落ち着いてスリーを打てるように相手ディフェンスを引きつけてくれる？　抜かれたら許さないからね」

自分もかなり抜かれてるくせに、と言い返したいのをぐっとこらえ、暁は「了解」と敬礼する。薫も素直に頷いていた。

「先生、私からも一言いいですか」

リモの足首にテーピングを巻いたり、薫のふくらはぎをマッサージしたりと忙しく立ち働いていた欣子が、五人の前に立った。

「みんな、後半に入る前に、これだけは言っておきたいんだけど」

改まった口調に暁たちの背筋が伸び、呼吸を忘れて欣子を見つめる。

「私たちはゼロからスタートしたチームで、それがたったの一年で春季大会の準決勝までできたの。この一年間、とてつもない進化を遂げながらチームを作ってきた。それはみんなもわかってるわよね。だから後半、私たちはこれまで以上にもっといいプレーができる。いまこの一瞬も、試合をやりながらですら成長しているんだから、前半よりも確実にいいプレーができる。だから最後まで、自分と仲間を信じましょう」

暁は途中から、両目を閉じて欣子の声を聞いていた。瞼《まぶた》の裏にこれまでの練習風景を思い浮かべる。薫、リモ、欣子は初心者だった。技術では他校の選手に比べてどうにもならないところがある。でもスタミナだけならいまからでもつけられる。絶対に走り負けないチーム。それを目指してどんなメニューもオールコートで練習してきた。ダッシュはコートのエンドラインからエンドラインまで。手を上げるなら最高点まで、高く。ボールを持って止まったらどれだけ足が重くても確実にピボットをする。苦しいからといって練習で手を抜けばそれが必ず試合でほころびとなる。互いの緩みを厳しく指摘し合いながら、第4クォーターの終了まで全力で戦える体力と気力を蓄《たくわ》えてきた。欣子の言う通り、あたしたちは試合数を重ねるごとに伸び続けている。後半はさらにいいプレーができる。

「それからここは一番大事なポイントなんだけど、南条のチームファウルは4回。それに対してうちはゼロよ。後半は相手のファウルを誘うために思いきり仕掛けていきましょう」

一八五センチのリモと一七五センチの薫。体格差のある二人を止めるため、南条中はかなり強引なディフェンスで当たってきている。だがそのせいでファウルの数を重ねている。チームファウルが4回重なると、5回目以降は相手がファウルをするたびに、そのペナルティーとしてうちは二本フリースローを打つことができる。このアドバンテージを使うほかない、と欣子の目に力が込もる。

「亜利子、まだ力残ってるよね」

ディフェンスの巧い南条中相手にボールを運ぶのは、想像以上にきつい仕事だ。ドリブルを止めていったんボールを持ってしまうと五秒以内にパスを出さなくては反則になり、亜利子は前半で三回も笛を吹かれていた。亜利子の体力が後半の鍵にもなってくる。

「あたりまえ。うちを誰だと思ってんの」

「うん、頼んだよ。七美は大丈夫？　前半でかなり強く当たられてたけど」

コートに立つ十人の選手の中で一番小柄なのは七美だった。ゴール下では何度も押され、倒され、密集の中では何度も弾き飛ばされていた。

「平気。後半は私もファウルもらいに当たっていくつもり。負けてられない」

「リモは？　このままボール集めて平気？」

「欣子といっぱいシュート練習したからね。もっともっと試してみたい」

「薫は、いけるよね」

暁が笑いかけると薫は唇を引き結び、小さく頷いた。なにも言わなくていい安心感。信頼感。不思議だった。コートに薫が立っているだけで、どれほどチームが劣勢であっても負ける気がしないのだ。薫はキャプテンである自分以上に、チームにとって欠かせない人だ。薫に頼りすぎだと叱られるかもしれないけれど。

「そろそろハーフタイムが終わるわよ。みんな、準備はいいわね」

欣子が声を張った。

「よし、後半戦。すべての力を出しきっておいで」

中林の目が潤んでいる。第3クオーター八分。第4クオーター八分。あと十六分で試合は終わる。すべてをコートに置いてくるつもりだ。

「みんな、円陣組もうよっ」

暁はサイドラインに並びに出た仲間を呼び止めた。亜利子がにやにやしながら、七美が小さく頷き、リモが嬉しそうに、薫が淡々と、自分のもとに戻ってきてくれる。欣子が暁の肩に手を回した。

「19点差、絶対に追いつこう。必ず逆転して、中林先生に勝利を贈ろうっ」

気力のすべてを吐き出すように、大声を響かせた。これまで奥村の陰に隠れて目立たなかったけれど、中林は女バスを創部した時からずっと自分たちを見守ってくれたのだ。その中林に大きな星をプレゼントしたい。そんな暁の思いが伝わったのか、「おうっ」という大きな声が仲間たちから返ってきた。

「よし、行こうっ」

早く整列するようにと審判に笛を吹かれ、暁たちはサイドラインに向かってダッシュした。

19

後半戦、第3クオーターも、南条中は前半と同じ陣形で挑んできた。19点もリードしているのだ。前半のように暁と薫を抑え込めば問題ないと思っている。

第3クオーターが始まるとすぐに、平川中のベンチから歌声が聞こえてきた。驚いてベンチに視線を向けると後輩たちが立ち上がり、メガホンを手に歌っている。平中ファイト。平中の力。ここから見せる平中の反撃——。思わず吹き出しそうになるベタな応援歌だが、みんな真剣な顔をして大声で歌ってくれている。いつの間に練習していたのだろう……。自分たちには後を引き継ぐ一年生がいる。後輩たちはこの大会で初めて、先輩の戦いぶりを目にするのだ。格好悪い姿は見せられない。

「暁、死ぬ気で走れ」

三谷のドリブルを止めに走った亜利子が、すれ違いざまに言ってくる。亜利子はドリブルで長い距離を移動する三谷に並んで走っていく。

「走るよ。言われなくても走るっ」

暁も亜利子の背中を追いかけながら、古関に聞こえるよう声を張った。だが暁は亜利子と同じ方向に進むと見せかけながら、頭の中では三谷がパスを出す相手を見定めていた。亜利子に行く手を阻まれ足を止めた三谷がパスを出す相手は、おそらく長谷川か、小梶。暁から見て長谷川は右前に、小梶は左後ろにいる。

どっちだ？

三谷の視線の方向や手の角度を見て、暁は右前の長谷川にパスが渡ると判断した。そして古関の体を肘で突き、押しのけるようにしていっきに前に出る。

三谷が速いアクションで、パスを出した。

ボールは走り込んだのと真逆、暁のはるか後方を抜けていく。

しまった逆だ、小梶だ……。

暁が立ち止まり振り返った時にはすでに、ボールは小梶の手の中にあった。ノーマークの小梶に七美がすぐに駆け寄り、両手を左右に伸ばし腰を落としたスライドステップでディフェンスを仕掛ける。七美の背が気迫に満ちていた。この先一点も入れさせないという思いが、精一杯広げた両腕から漲っている。

七美がボールをカットした。

間髪を入れずにパスを出してくる。暁はいま、ノーマークになっている。高めのパスを空中で受けると、暁は着地までの〇・数秒の間にパスを出す相手を探した。

「暁っ」

フリーになってる仲間は、どこだ？

薫がリングに向かって走っていた。古関が必死の形相でこっちに向かってくるのが見える。

薫がリング下にいた長谷川のすぐ前で、止まった。くるりと体を反転させるリバースターンで長谷川に背を向ける。薫の動きが止まると同時に、高手が薫を目がけて走り込んできた。

そうか。薫は、長谷川と高手を自分に引きつけておくつもりなのだ。だとしたら、自分がパスを出す先は――。

「リモ！」

足が床に着くとすぐさま、リモの名を叫びながら、誰もいないコートの左隅に向かってロングパスを投げた。リモがボールの軌道の先、コートの空隙《くうげき》に向かって疾走《しっそう》していく。

しまった、ちょっと高すぎた……。

リモが両手を高く上げ、ボールに跳びついた。体勢を崩しながらもなんとかボールをつかむと、着地体勢をとるために両膝を曲げ、背中を少し丸めた。

「リモっ、しっかりっ」

リモはコート内の誰よりも高い位置に手が届く。だがそんなリモの最大の弱点はジャンプの後の着地だった。上背のわりに体重が軽く、腰も足首も細いので、ジャンプ後の着地でひどくバランスを崩すのだ。競走馬が疾走途中に足を捻った時のように、横崩れに倒れることが何度もあった。その弱点を克服するために、この春休みの間、リモは体育館の舞台の上にマットを積み上げ、その上からジャンプで跳び降り、床に着地をするという練習を繰り返した。ジャンプをした後、着地をする際に両足のスタンスを広く取って、膝を折りながら柔らかく着地をする。そうすることで衝撃を吸収してバランスを崩すことがなくなるのだ。欣子にアドバイスしてもらいながらリモは何度も繰り返し跳び続け、自分の弱点を克服していった。

「よしっ」

リモが練習通り安定した着地を見せ、そのままワンドリブルを入れた後、余裕をもってシュートを放つ。

23―40
点差は17点差。

「さあ、ディフェンスするよぉ」

普段は大声など出さない七美が、体育館中に響き渡るような声を出してくる。みんな勝ちたいと願っている。絶対に逆転する、と。

エンドラインから相手のスローインでボールが入り、ガードの三谷がドリブルで進んでいった。暁をマークしていた古関がゴールエリアに向かってダッシュしていく。暁もその後を追う。古関にはこれまで吸盤のように嫌らしく張りつかれていたのだ。今度はこっちの番だ。気力が萎えるほどのディフェンスをしてやる。古関が右ウイングの位置に立つと同時に、暁は両手を大きく広げディフェンスの構えを取った。左右の腕を風車の羽根のごとく動かし、古関へのパスを遮る。ここにパスは入れさせない。

他の選手たちの位置を確認するために一瞬だけ背後を振り返れば、暁の背中側に三谷、長谷川、小梶、高手が四人集まっていた。まさか、アイソレーションをしてくるつもりか。古関だけを隔離して、暁との一対一のシチュエーションを作る。古関の圧倒的なエース力を信じて、暁と対峙させる、アイソレーション。

甘く見るな。抜けるもんなら抜いてみろ。

暁はさらに腰を低くして、全神経を目の前の古関に集中させた。右。左。上。下。どっちに動こうとも、絶対に止めてみせる。

相手は古関が暁を抜いたと同時に、速いパスを一気に通してシュートまで持っていくつもりなのだろう。暁を抜けると確信して、この陣形《じんけい》を取っている。

キュッキュッ、とバッシュの底を床に擦らせスライドステップをしながら、暁は古関を睨みつけていた。古関の目の動きに、指先の微かな揺れに、首の角度に、次の動作の予兆が滲むはずだ。アイソレーションは圧倒的に強いエースがいるチームが使う戦術だ。指示を出したのが奥村だとしたら、古関のほうが暁より力が上だと思っているということだ。それがなにより悔しい。

古関が一瞬、右足を大きく前に踏み込んでフェイクを入れた。そしてすぐさま右足を戻してコートの右隅へと走り込む。一対一の緊迫したシーンで、古関は次の動作の前にフェイクを入れる癖《くせ》がある。ビデオを見てその癖を頭に入れていた暁は、無駄に体を引くことなく、〇・一秒も遅れずに後を追った。

ちょうどその時、三谷から古関にパスが入った。自分の頭の上をボールが通り過ぎようとしているのが見える。

「暁っ」

どこからか声が聞こえた。ベンチから欣子が叫んだのか。コート内の仲間の声なのか。それとも、自分の心の声なのか。声に打たれ、両手を高く伸ばし、思いきり跳び上がる。ボールに手が触れさえすれば――。このパスは絶対に通さない。

空中でさらに大きく伸び上がり、これ以上は無理だというところまで暁は体を反らした。バチンと大きな音がすると同時に、手のひらが熱を持つ。

止めた。パスを阻止した。ほっとしていると体が斜めに傾き、そのまま床にくずおれる。全身を床に烈しく打ちつけ、その痛みに両目を瞑った。ひんやりとした床の温度を右頬に感じて目を開くと、視界が横長になっていた。

「暁っ」

今度ははっきりと欣子の声が耳に刺さる。横に倒れた視界の先には、勢いよく弾みながら転がっていくボール。ボールに向かって何足ものバッシュが突進していく。一番早くボールに追いついたバッシュの色は白色だった。白色の靴にブルーの紐が結ばれている。あのブルーの紐は……薫のバッシュ。

横倒れの姿勢から両手を床につき、体を支えながらゆっくりと起きあがった。その数秒の間に薫から七美にパスが渡り、七美から亜利子へ、亜利子からリモへと定規で線を引くように無駄のない直線でボールが走っていく。星座みたいだ、と暁は思う。五つの光を繋いだ星座。

自陣ゴールではリモが得意のレイアップシュートを決め、暁を振り返って大きくガッツポーズをしている。

「暁、ナイスプレーっ」

ベンチから欣子の声が聞こえてきた。その大声に思わず視線を向けると、欣子が嬉しそうに何度も頷き、暁に向かって拍手を送ってくれている。あたしがシュート決めたわけじゃないけどね、と暁は控えめに片手を上げて小さく笑った。なぜバスケの得点が1ゴールにつき2点なのか。それはシュートを決めた選手に1点、シュートまでパスを繋いできた選手たちに1点、それぞれに与えられるからだと、いつか誰かが言っていた。

25—40

「暁、怪我してない？　思いっきり打ったっしょ」

亜利子が声をかけてくる。

「うん、でもまあ大丈夫、問題ない」

そう返し、右腕をぐるぐると回してみせた。倒れた時に打ちつけたのだろうか、右腰に鈍痛が走ったが、大丈夫、耐えられる。痛くても体が動くならそれでいい。ベンチに下がるなんて選択肢はないから。

「よしみんな、もう一本いくよっ。まずはディフェンス、しっかり守ろうっ」

第3クオーターに入って、平川中は続けざまに4点を取った。


「みんな、すごいわよ、すごいっ。ほんとに9点差まで追い上げたわよ」

第3クオーターを終えてベンチに戻ると、欣子が興奮した声で出迎えてくれる。コートに立っていた五人はあまりの消耗に声も出せず、そのままベンチに座りこむ。一年生が水筒を手渡してくれるのだが、「ありがとう」の一言すら絞り出せない。

38—47
欣子の言うように、第3クオーターだけで17点を入れて、中林が目標に掲げた10点差までもってきた。だが相手にも7点取られている。

「いける……かな」

水筒の水を飲み干してもまだ、息が上がっていた。途切れ途切れにしか言葉が繋げない。

第4クオーターが始まるまでのインターバルは二分。この二分間でどこまで体力を回復できるかが勝負だ。

「なに言ってるの、いけるに決まってるじゃない。ラスト八分間で9点差をひっくり返……どうしたの、薫」

欣子の言葉を遮るように、暁たちと並んでベンチに腰掛けていた薫が立ち上がった。薫は欣子の隣に立つと、暁たちに向き合った。その真剣な表情にベンチがしんと静まり返る。

「正直なところ、4ピリの八分間で5ゴール決めるのは厳しいと思う。相手も最後の力を振り絞ってディフェンスをしてくるだろうから」

電光掲示板の時計に目をやりながら、薫が早口で話してくる。

「どうしたの、薫。そんな弱気なこと……」

「欣子、悪いけど休憩はあと三十秒しかない。私に話させて」

「あ、ごめん。どうぞどうぞ」

「みんな、7番と8番のファウルが上限の四つになってることに気づいてる？　4ピリではとにかくシュート回数を増やそ。入らなくてもいいからとにかくシュートを打ちにいく。そうすれば相手は必ず止めにくる。つまり、ファウルをもらうために仕掛ける」

薫がそこまで話すと、第4クオーター開始の笛が鳴った。

「オッケー薫、それでいこ。それしかない」

亜利子が強気な声を出す。そうだった。相手のファウルのことが頭の中からすっかり抜け落ちていた。ファウルを誘うのだ。こっちが強気で攻めれば相手はファウルを怖れて、引き気味のディフェンスになる。自分が攻撃の突破口になる。自分はエースなのだと言い聞かせる。

「あたし、4ピリではとにかくゴール下に切り込んでいくから。無茶なドライブインもあえてやる。だから亜利子、あたしにボールちょうだい」

サイドラインに並びながら亜利子の耳元で囁くと、返事の代わりに背中を軽く叩かれた。

第4クオーター。残り八分。

暁たちが気迫を漲らせてコートに入ると、南条中の選手たちも張り詰めた表情で戻ってきた。炎と炎を合わせたら、さらに大きな火柱《ひばしら》になる。両チームの熱でコートが燃え上がりそうだ。

試合開始の笛が鳴ると、七美から亜利子にボールが入った。暁のすぐ前にはもちろん、古関がいる。小学生の古関は南条市内のミニバスチーム「平成クラブ」に所属していたという。当時のポジションも、スモールフォワード。平成クラブは、古関がキャプテンを務めていた六年生の時に全国大会に出場し、優勝。中学では一年生の時から東京選抜のメンバーに選ばれている。

相手選手のプロフィールなんて興味ないけれど、おせっかいな亜利子に聞かされた。いっぽう、春野暁は東京都大田《おおた》区のミニバスチーム「イージークラブ」に所属。ポジションはガード、センターなどを経験した後、六年生の時にフォワードに定着。ミニバス時代、特に誇れる記録なし。中学一年生の時は控え選手。平川中学二年の時に女子バスケットボール部を創部。現在創部二年目。キャプテン。

もちろん自分は、古関に比べると格下の選手だ。でもだからといって、倒せないとは思わない。格下とか無名とか、それは他人が決めることで、バスケはチームプレーだからどう動くかはわからない。

「亜利子、こっちっ」

古関のわきをすり抜けるようにして亜利子からもらったパスを、受けてすぐに自陣近くのゴールエリアにいたリモに投げた。だが奇襲にリモを使うというこっちの作戦は見抜かれている。相手ディフェンスがいち早くリモに向かってディフェンスをかけていく。でもこれは、リモにシュートをさせると見せかけた作戦。フェイクだ。

ボールを投げたと同時に、暁はリモが立っている場所に向かって走り出していた。ボールの後追い、トレイルだ。試合では初めて使う攻撃の形だが、練習では何度も繰り返しやってきた。暁がスピードに乗って密集地帯まで走っていくと、相手ディフェンスに背を向けたリモがハンドオフで暁にボールを渡してくる。

よし。このままレイアップシュートで――。

右、左、そして右膝を振り上げ思いきりジャンプした。ボールを持つ右手を高い位置まで伸ばし、そのままバックボードの枠、白い線が引かれた角に当てる。

入った！

ボールがネットを通過するのを見届けると同時に、後頭部に衝撃が走る。そのまま尻餅をついて床に倒れ込むと、審判の笛が鳴った。

「バスケット、カウントワンスロー」

審判が4番古関を指さして、ファウルを指摘する。シュートを止めようと密着してきた古関の肘が、暁の左耳の後ろに当たっていた。

「暁、ナイスファウル」

亜利子が暁の腕をつかんで立ち上がらせてくれる。シュートを決めた上にフリースローを一本もらった。

いまの衝撃でどこかぼんやりとする頭を振りながら、暁はフリースローラインまで歩いていく。フリースローを打つ間は時計は止められているので、ゆっくりと息を整える。一回、二回と両膝を折り曲げて、手のひらで床に触れる。そしてボールを胸の前に持ち、また二回、ドリブル。これが暁のフリースロー前のルーチン。ミニバスの時から、こうすると不思議と落ち着く。静まり返ったコートで、この場にいる全員が自分の動きを見つめていた。ボールが床を打つ音と鼓動が、どこか遠くのほうで聞こえる。

なにも考えず、ゴールネットだけを見てボールを放った。

ボールはきれいな弧を描き、リングを通過し、ネットを揺らす。フリースローを放った瞬間に、入るとわかった。手からボールが離れる感触が、暁にそう教えてくれた。長くやってきたからわかる感覚だった。

審判の笛が鳴り、第4クオーター3得点目がスコアボードに示される。ベンチから大歓声が聞こえてくる。応援歌の声がいっそう大きくなった。「いいぞ、暁」「よくやった」「ナイスっ」仲間たちが暁のユニフォームに次々に触れていく。薫だけが「頭は大丈夫?」と訊いてくる。「石頭だから」と笑い、スコアボードに視線を向けた。

41―47

同点まであと6点。

六分四十秒を残し、南条中の攻撃が始まる。

今度は暁が腰を低くして古関に張り付く。エースの古関を抑えれば、南条中の攻撃もそう怖くはない。パワーフォワードの高手には薫がついている。さあ三谷、どうする? 誰を使う? ドリブルをしながら足を止めた三谷が、視線を左右に動かし、パスを出す場所を探していた。七美が三谷の前に両手を広げて立ち、視界を防ぐように手を動かしている。七美があんな目つきをするのはコートの上だけだ。バスケットは本人すら自覚していない、人の奥底にある強さを引き出すスポーツなのかもしれない。

七美にボールを奪われそうになった三谷が、腰の辺りでボールをキープした。だがパスを出す余裕はない。

審判の笛が鳴った。五秒ルール。ボールを持って五秒以上足を止めれば反則になる。

「よし七美っ、ナイディー」

亜利子に背中を叩かれ、七美が両肩の力を抜いた。息が上がっている。

苛立った三谷が床に叩きつけたボールを、リモが拾って七美に渡す。サイドラインからスローインするのは七美の役割だ。攻守交替で、今度は古関が暁をマークしてくる。

残り五分四十二秒。

向き合ったままぴたりとマークしてくる古関を振り切り、暁は前に出た。バランスを崩した古関が出遅れた隙に、七美からのパスを受ける。とっさに周りを見たが、近くにフリーになってる仲間はおらず、暁はそのままドリブルで自陣に向かった。いけるところまでいってやる。抜いてやる。できるなら、自分でこのままシュートまで持っていってやる。

長谷川を抜き、小梶をかわしたところで古関が横に並んだ。面倒なのが来たな、と周囲に目を向ける。落ち着け、落ち着け、と自分に言い聞かせる。いまこの場面で無駄打ちはできない。時間がないのだ。確実に得点に繋がるプレーをしなくてはならない。

亜利子と七美は……後方にいる。リモの前には高手が立っていて、パスは出せない。高手が立っていて……。高手が……？　高手がマークしていたのは薫のはずだ。ということは薫はいま、ノーマークということか。頭を素早く左右に振って薫を探すと、すぐ目の先、薫が古関の裏に走り込んだ。いつの間にここまで走ってきていたのか。わずか一、二秒の間に薫が自陣ゴール下、ベストポジションに入った。

「薫っ」

暁が短く高いパスを出すと、薫がその場で跳び上がる。薫に気づいた古関も同じタイミングでジャンプして、パスを奪おうと手を伸ばした。ボールをつかんだのは薫がわずかに早く、そのまま腕で抱え込むように着地する。

「薫、こっちに」

晩はボールを自分に戻すよう叫んだが、薫は着地すると同時に体勢を立て直し、ゴールに向き合った。そしてそのまま勢いよくジャンプをしてゴールを狙った。シュートを打ちながら、前方から覆いかぶさってくる古関と距離をとるかのように、空中で体を後ろに引く。

まさか……。

これって……。

薫の手から放たれたボールは、まっすぐリングに向かっていく。

ボールがネットを揺らし、まっすぐに落下していくのを呆然と見つめながら、暁はその場で立ち尽くしていた。

43―47
喜びに満ちた歓声が、平川中ベンチから聞こえてくる。体育館の二階席からも大きな拍手が湧きあがっている。そんな中、暁はまだ立ち尽くしていた。

奥村先生、いまのシュートって……。

南条中側のベンチに視線を向けた。奥村がいま、どんな顔をしているか見たかった。

奥村先生、いまのシュート、見ましたか……。薫、フェイドアウェイシュート、しましたよね。そんなシュート、練習では一度もやったことないんです。いま初めて使ったんです。それでちゃんと決めてるんです。これは……どういうことなんですか。いま薫を止めようとしていたのは、そこらの中学生ではない。東京都選抜メンバーの、古関なのに……。

得点が入って嬉しいのに、体が凍てついていた。視界の中心にいる薫だけを残して、その他の背景がぼんやり霞《かす》んでいる。

「ナイスパス、暁」

薫に拳で肩を小突かれ、ようやく正気に戻った。

「うん。薫も。あ……あんなシュート、いつ練習したの？」

「欣子の家。いつかやってみようと思ってた」

屈託《くったく》なく笑う薫が眩しくて、目を細めた。

4点差。

残り一分二十三秒。

エンドラインから相手のボールが入った時、暁はコートの雰囲気ががらりと変わっていることに気づいた。亜利子と七美もなにか感づいたのか、暁に目配せをしてくる。

「亜利子、ディレイだ」

戸惑い、表情を硬くする亜利子のそばに行き、耳元でそう伝える。南条中がディレイオフェンスを仕掛けてきた。二十四秒の制限時間ぎりぎりまでシュートを打たずに時間を稼いで、ゲーム終了までやり過ごそうという作戦だろう。あからさまなパス回しをされているわけではないので、きっとコートにいる経験者にしかわからないはずだ。薫とリモはおそらく相手の作戦に気づいていない。

「どうする、時間がない」

亜利子が隣に並んできた。

「奥村先生もかつての教え子に、よくこんな卑怯な手使うよね。正々堂々と戦えっつの」

奥村はたぶんわかっている。まともに戦えば、残り時間でうちが逆転することを。赴任《ふにん》早々の公式戦だ。奥村にも指導者としての意地があるということだろう。

「どちらにしても、二十四秒以内にはシュートを打たなきゃいけないんだ。相手がシュートした時にボールを奪うしかない。二十四秒間際になったらいっせいに動こう。リモと薫はゴール下。あたしたちは三人がかりでシューターをブロック」

暁の言葉に頷いた後、亜利子がコートの中央まで走っていく。七美、薫、リモと順に回って、暁がいま口にした作戦を伝えていく。その間、暁はコート上を流れていくボールを、目で追っていた。追いながら考える。自分が南条中のガード、三谷だったらシュートは誰に打たせるか。

信用できるのは高さとパワーのある古関か、高手。でも高手には薫がついている。

二十一秒、二十二秒……よし、いまだ。

二十四秒ぎりぎりのところで、暁は自分の勘《かん》を信じ、古関の正面に走り込んだ。亜利子と七美も追いついてくる。三谷と長谷川がスクリーンをかけようと近づいてきたがファウルを恐れてか、その圧は弱い。

暁たちに体勢を崩され、よろけながらも古関がジャンプシュートを打った。リング下にいる薫とリモが、高手と押し合いをしながらリバウンドのポジションを奪い合っている。

シュートが、外れた……。

リバウンドに跳んだリモの手がボールを叩くのを見て、暁は「戻って七美っ」と叫んだ。自分は落ちたボールを奪いに突進していく。床を転がるボールを手にするとすぐに亜利子に投げ、そこから一直線に七美に渡る。

スリーポイントのラインに立つ七美は、落ち着いていた。

背中を見ればわかる。亜利子からのパスを胸の前でキャッチするとわずか〇・数秒の間に体勢を整え、お手本のように完璧なフォームでシュートを放った。

「私は体が小さいし足も遅いから」というのが七美の口癖だ。常に自己評価が低いので、控えめな性格とバスケットという競技が合っていないように思うことが時々あった。どうしてこんなに激しいスポーツを選んだのか不思議だった。七美なら美術部や手芸部といった文化系の部活のほうが向いているんじゃないか、と。実際に「どうして七美はバスケを選んだの」と訊いたことがある。すると、「シュートを打つのが好きだから」と返ってきた。はにかみながら、「シュートが入るとすっきりするの。その時だけは、自分のことをすごいって思えるのよ」と笑っていた。シュート練習なら何時間続けていても飽きないの、と。

七美のスリーポイントシュートが決まった。

審判が両手の親指、人差し指、中指を立てて、万歳をするかのように腕を高く挙げる。万歳をする、というのは暁の主観かもしれない。でも本当に、シュートの成功を称《たた》えるような力強いジェスチャーだった。努力はすべて報《むく》われる、とはいくら単純な自分でも思ってはいない。でも努力をしなければ絶対に手に入らないものがある。

46―47
残り五十三秒。

いける。絶対に逆転できる。無言のままコート上の五人、ベンチの前に仁王立ちする欣子と目を合わせ、大きく頷いた。南条中の選手たちの顔が引きつっている。流れはいまうちにきている。負けるわけにはいかない。体は熱いを通りこして、いまにも沸き立ちそうだ。

おそらく相手はまた、ディレイを仕掛けてくる。

「一本!」

暁はあらん限りの声でそう叫んだ。

「一本!」

コートにいる四人が大声で返してくる。

「一本!」

ベンチから欣子の声が届く。後輩たちの叫ぶような応援歌。

エンドラインから長谷川のスローインで試合が再開された。ドリブルでボールを運ぶのはもちろん、ポイントガード三谷。亜利子がすぐさま三谷に一対一を仕掛けていく。キュッキュッとバッシュが床を擦る音がやけに大きく耳に届く。ここでまたさっきのような時間を稼ぐだけのパス回しをさせるわけにはいかない。そのボール、ここで奪ってやる。亜利子の目が三谷に噛みつく。一対一で対峙していた亜利子の隣に、七美が走り寄ってきて肩を並べる。

扉を閉ざすようなディフェンス、シャットザゲートで完全に三谷の前方を防いだ。

もうドリブルでは進めない。さあ、どこにパスを出すのか。肩や背を使って古関に強い圧をかけながら、パスが出たらすぐに反応できるよう、暁は三谷の目や手の動きを見ていた。

おそらくこのワンプレーで、勝負が決まる。

三谷のすぐ隣に長谷川が出ていき、短いパスを受けた。七美がすぐに長谷川のディフェンスにつく。長谷川と七美の一対一。だがここで時間を使うわけにはいかない。

暁が七美のヘルプに向かおうとした時だった。ゴール下にいたリモが動いた。今度は七美とリモのシャットザゲートで長谷川を潰しにかかる。体に触れる寸前の強引なディフェンスだったが審判の笛は鳴らない。

リモの高さに完全に視界を塞がれたからか、それまで完璧にボールを支配していた長谷川の手からほんの一瞬ボールが離れた。リモの手がボールをつかんだ。

「リモ、斜め後ろに薫がいるっ」

亜利子の声に、リモが体をねじってパスを出した。だがパスは高く上がりすぎ、薫の頭上を越え――。薫が大きく跳び上がり、右の手のひらでボールを弾いた。

「薫、ナイスっ」

バレーのスパイクさながら鋭角に床に叩きつけられたボールを、亜利子が横っ跳びで拾いにいった。「暁、走れっ」回転レシーブをするように床に転がる亜利子を残し、暁は何度も後ろを振り返りながら自陣ゴール下に向かって走った。

「残り十五秒──！」

絶叫するのは欣子だ。

残り十三秒。

亜利子がボールを抱えて起き上がり、まだ膝を床についたまま薫にパスを出した。

残り十一秒。

薫がボールを両手に持って、高手と向き合う。

残り九秒。

薫がなぜかその場で高くジャンプする。そして空中から、誰にも触れない、リモにしか届かない速く高いパスを出す。

残り七秒。

ボールを持ったリモが三谷、長谷川、小梶に囲まれる。その黒いユニフォームの密集から万歳をするかのように両手を高く伸ばし、七美にパスを出す。

残り六秒。

七美は落ち着いた表情でパスをキャッチすると、すかさずスリーポイントシュートの体勢に入った。

残り四秒。

七美がゴールに向かってシュートを放った。

入れ──！

ゴール下、右サイドに立っていた暁は、ボールに向かって大声で叫んだ。だがボールはリングに弾かれる。

残り二秒。

リングに弾かれ落ちてきたボールに、暁は飛び込んでいく。だが密集の中、自分の手はボールに届かない。それでもやみくもに暗闇の中で両手を動かしていると、「暁っ」と誰かが自分の手の中にボールを押しこんできた。ほら、シュートしな、というふうに。

残り一秒。

ボールを受け取ると同時に立ち上がり、なにも考えずその場で跳び上がった。赤いリングだけを見て、ジャンプシュートを放つ。

入れ！

入れ……！

審判の笛が鳴った。聞こえてくる歓声に突かれ、耳の奥がぼうっと熱くなる。

48―47
電光掲示板の数字が変わるのを、暁はその場で突っ立ったまましばらく眺めていた。

「よくやった、キャプテン！」

誰かが暁の肩に腕をかけてきた。はっとして顔を上げると亜利子だった。涙を浮かべた七美が駆け寄ってくる。リモが「暁っ」と抱きついてきた。

涙がこぼれ落ちないように顔を天井に向けると、白いライトが歪んで見えた。

あの最後のプレーで密集の中でボールを取ってくれたのは……。最後の最後に暁にパスを出してくれたのは……。

「暁、おめでとう」

薫だった。あの声は薫のものだ。

「薫も」

笑いながら抱き合う。

審判が整列の笛を吹き、暁たちは縺れ合うようにしてコート中央に向かった。

20

駅の改札を出ると、薫が「みんな、まだ時間あるかな」と足を止めた。

「あるある。やっぱ甘いもんでも食べて帰る？」

携帯で音楽を聴いていた亜利子が、両耳に差しているイヤホンをさっと引き抜く。せっかく都心まで来たんだから、渋谷《しぶや》か新宿《しんじゅく》のカフェでお茶したい。亜利子は試合会場を出てからずっとそう言い続けていた。

準決勝戦で南条中を倒した後、午後一時半から行われた決勝戦で、平川中は八王子第八中学校に敗れた。31—68の完敗だった。悔しかったけれど六人の目に涙はなく、むしろ春季大会準優勝の喜びをかみしめ駒沢体育館を後にした。この嬉しさと悔しさを夏季大会までもっていこう。地元に戻る電車の中、暁はそんなことを考えていた。

「じゃあさ、ドーナツでも食べて帰る？」

駅前にあるチェーン店の名前を暁は口にする。いまなら四つくらいは余裕でいけそうだ。

「うん、じゃあドーナツで。……でも食べるのは外でもいいかな。みんなに落ち着いて話したいことがあるから」

「いいよ。ならテイクアウトにしよ」

そういえば試合前も、薫はなにか話したそうにしていた。

一年生たちには「ここで解散ね」と伝え、三年生だけでドーナツ店に向かう。日曜日の夕方だからか人が多くて、店の中はほぼ満席だった。

「どこで食べる？」

「人があんまりいないとこにしよ」

「学校行く？」

「わざわざ学校まで行くのかったるい。そもそも鍵が開いてないっしょ」

結局、六人で川沿いの道に向かった。川沿いの道といえば女バスのランニングコースになっていて、もう飽きるほど通っているが、なんだかんだいって落ち着くのだ。田舎の中学生の行動範囲は、野鳥よりも狭い。

川を望むなだらかな土手に腰を下ろすと、バスパンから伸びる素足に草の先端が当たってもぞもぞした。でも川から吹いてくるひんやりとした風は心地よく、しばらくなにも考えずに寝そべりたくなる。それにここなら思いきり大声を出しても誰にも迷惑はかからない。笑い盛りの女子中学生にとっては最適の場所だ。

「食べよ食べよ、ドーナツ食べよ」

亜利子が七美の膝に載せられた横長の箱に手をかけ、自分の選んだドーナツを取り出している。

「で、薫。なによ話って」

ドーナツで頬を膨らませ、亜利子がいきなり直球を投げる。

「うん……」

薫が言いづらそうに言葉を濁し、うっすらと光る川面に視線を移す。なにかまた、家で問題が起こったのだろうか。実は春休みに入る少し前くらいから、薫が思い詰めた表情をすることに、暁は気づいていた。たいていは見て見ぬふりをしていたが、時々は「どしたの？顔暗いよ」と声をかけ、気にしていることを伝えていたのだ。だが薫は「ごめん。なんでもない」と笑うだけで、なにも話してはくれなかった。

「私……転校するの」

頭上を飛ぶ鳥の羽音よりも小さな声だった。風が草を揺らし、暁たちの汗ばんだ肌を撫でていく。

「なに言ってんの」

冗談めかして亜利子が薫の肩を小突いた。でも亜利子の頰は微かに強張っている。芯のない薫の体がぐらりと揺れた。

「薫……ほんとに？」

目線を下げ、俯いた薫の顔をリモがのぞき込む。

「うん、二週間後から新しい中学校に通う予定で……」

薫が、さらに深く頭を下げる。そこから先は口をつぐんでしまい、暁たち五人も目を合わせたまま言葉を失くした。

「……家の都合？」

それでも、暁はなんとか声を絞り出す。

「いや……」

「じゃあどうして？　薫、みんなにわかるように説明してくれないと。そのためにここまで来たんでしょう」

欣子が優しく促すと、薫がゆっくりと顔を上げた。泣いているかと思ったが、ただ悲しげに顔を歪めている。

「私、南条中に行くの」

しばらく言いよどんだ後、薫がぼそりと呟いた。

「は？　南条中？　なにそれ。どういうこと」

「南条中って、今日対戦した南条中学のことだよね？　薫ちゃん、どうしたの急に」

亜利子や七美が矢継ぎ早に問いかけるのを、暁は呆然と見ていた。もともと頭の回転が速いほうではないが、薫の言っていることの意味がさっぱりわからない。家の都合でなければ、どうして南条中学に転校なんてしなくちゃいけないのか。

「奥村先生……か」

欣子がぽつりと口にした。

薫がはっとした表情で欣子を見つめる。

「奥村先生に言われたんでしょう？　南条中に来いって」

薫は無言だったが、その表情がすべてを語っていた。欣子の言葉の通りなのだろう。亜利子と七美が顔を見合わせ、表情を曇らせる。スポーツの世界ではよくある話だった。奥村が薫を、自分が顧問を務めるチームに引き抜いただけのことだ。だがリモだけは状況が把握できず、「どうして奥村先生がそんなこと言うの」と首を傾げている。

「本当は、春休みに入る前から奥村先生に誘われてて……。すごく迷ったけど、春季大会が終わったらって返事をして……」

最後まで言い終わらないうちに、薫の声が風に巻かれて消えていく。

「でもどうしてこの時期に行くの？　すごく中途半端じゃない？」

七美の訊き方に嫌な響きはなにもなかった。それなのに薫は苦しそうに眉をひそめ、唇を固く結ぶ。

「七美、薫の代わりにうちが説明してあげる。赤弁慶は南条中のメンバーに薫を加えて、七月の夏季大会で優勝するつもりなんだって。東京都大会で優勝して、全国大会に出場して、そこでも上位を狙おうって気なんだよ。あの人の考えそうなことだって」

亜利子が口を歪めてまくしたてるのを、黙って聞いていた。亜利子が言っていることにおそらく間違いはない。

「うちも強いよ。うちのチームでも、夏季大会で優勝して全国大会に出られるよ。ね、薫?」

リモが小さな子を慰《なぐさ》めるように薫の背を撫でる。

「そうだよ。リモの言うように、このチームで全国目指せばいいじゃん。あたしたち、この調子で練習を重ねれば、夏季大会はきっと優勝できる。そしたら一緒に全国にいけるんだよ。あたしもキャプテンとしてもっともっと頑張るから」

全国大会。運動部に所属する中学生たちの憧れの舞台であり、これまでは夢のまた夢の頂きだった。でもいまは夢とは思っていない。このメンバーで挑めば、都大会で勝ち進むことも不可能ではない。薫は東京都を代表する陸上選手だった。小学生の時から常に全国の舞台で戦ってきた選手だ。だから都内にとどまらず、全国の強敵に挑みたいという気持ちはよくわかる。でもだったらどうしてこのチームで目指そうと言ってくれないのか。仲間を信じてくれないのか。自分たちもこの一年、本気で勝ちを望んできた。だからここまでこられたのだ。それを薫は認めてくれないというのだろうか。

「薫は、このチームじゃ夏は勝てないって思うの?」

「……そうじゃない」

薫の暗い目が暁になにかを訴えてくる。でも言葉が少なすぎてその思いは伝わらない。みんなが黙りこんでしまったところに、

「進路のことでしょ」

欣子の声が落ちる。

「南条中学の女子バスケットボール部は、全国大会の常連校よ。都内では公立でありながら私立をしのぐ好成績を毎年残している。どうしてかわかる？　生徒が集まってくるからよ。南条中でバスケをしたい生徒が越境して通ってくるから、層が厚いの。強豪高校とのパイプもあるだろうし、南条中で実績を残せば、薫は推薦で高校進学ができる。授業料免除の特待生で都内の有名私立高校に進学することも不可能じゃないはずよ」

薫は少しだけ驚いた表情で欣子を見つめ、「ごめん」と呟く。

「は。なにそれっ」

亜利子が立ち上がった。「じゃあ、うちらはどうなんのよっ。あんた、自分のことしか考えてないじゃん。あんた抜きでどうやって試合に勝てっていうの。この一年間、うちらがどんな思いで練習してきたか、あんただってわかってるでしょうが。たった六人しか部員がいない中で必死に、ほんとに死ぬ思いで練習して、やっとここまでこれたんだ。自分だけよければいいの？　自分だけいい成績残して、いい高校に行ければいいの？　特待生で私立の有名校に進学？　笑える。薫がそんなに自己中だったなんて知らなかった」

烈しい言葉をとめどなくぶつける亜利子を、「自己中のどこが悪いの」と欣子が遮った。上目遣いに亜利子を見つめる。二人が強い目をして睨み合う。

「自分の将来を考えて生きることの、どこが悪いの？　私は、薫は間違ってないと思う。薫ほどの能力があるなら、それを一番生かせる場所にいくべきだと私は思う。奥村先生は薫の素質に気づいてるのよ。でもバスケットの世界では薫はまだ全然無名の選手で、だから自分の元に呼ぼうとしているの。薫の能力を最大限に引き出すために。そして薫は、その可能性に懸けた。亜利子、それのどこが悪いの？」

「でもだったらこのチームはどうなるのさ」

「薫なしで戦う。それだけよ」

「勝てないじゃん」

「それが実力ならしかたないでしょう」

「結局……薫は、うちらを捨てたわけだ」

「違う。薫は捨てたわけじゃない。諦めたの。ねえ亜利子、高く飛ぶためにはなにかを諦めることも必要なのよ。私たちはこれから先、ずっと一緒にいるわけじゃないでしょう？　ひとりひとり、まったく別の場所で生きていかなくちゃいけない。自分の力で戦わなきゃいけないのよ」

薫が抜けたぶんは、私が埋める。薫の代わりなんて百年練習してもなれっこないけれど、それでももう一度プレーヤーとしてみんなと戦う。だからこれ以上薫を責めるのはやめましょうよと、欣子が亜利子を説得する。わかってあげよう。いかせてあげよう。亜利子だって薫がこれまでどれほど努力してきたか、知ってるでしょう？　小学生の時から人の何倍も練習して、走って走って走って……。だから薫を遠くまで飛ばせてあげよう。この子は金の羽根を持っているんだから。

「でも……。でもまた薫、苦しくなるんじゃない？　薫、陸上やめてバスケ始めて楽しいって言ってたのに。なのに推薦で強い高校に進学したら、薫はバスケが楽しくなくなっちゃうかもしれないよ。高校の監督が『バカ。死ね』って怒鳴る人だったらどうする？　私たち薫を助けてあげられないよ。薫が辛いと私も辛いよ」

　リモが両方の手のひらに顔を埋めた。リモは薫が大好きだから。子供がだだをこねるように、首を振っている。あたしだって薫が好きだ。大好きだ。初めて薫の走りを見た時からずっと、たった一人、頂点を目指して努力し続ける薫のことが、ずっとずっと好きだった。

　薫が二度目の「ごめん」を口にした。勝手言ってごめん。許してほしい、と。

　大きな雲が流れてきて、六人でいるこの場所が影になった。リモの泣き声が川のせせらぎと重なり、暁の胸を塞ぐ。悲しかった。もうこの六人でバスケットができないのかと思うと、それが一番寂しくて、大声でなにか叫びたくなったけれど、なにを口にすればいいのかわからなかった。泣き続けるリモや七美、怒ったまま立ち尽くす亜利子、俯いたままの薫、悲しげに目線を動かす欣子。みんなになんて声をかければいいかわからなくて、

「ドーナツ食べよ」

横長の箱からチョコレートでコーティングされたドーナツを取り出した。口を大きく開き、軟らかなかたまりを押し込む。甘さが口に広がり、涙が出そうになる。

「私も」

欣子がプレーンドーナツを手にした。こんなに重苦しい雰囲気の中でドーナツを食べるのは、人生初のことだ。

「帰る」

亜利子が草の上に置いていたリュックを肩に掛け、止める間もなく歩き去っていく。

「気にしない、薫」

リモが箱の中に残っていたドーナツを手に取り、「食べないなら、私が食べちゃうよ」と薫の前に差し出した。薫が顔を上げ、「リモにあげる」と呟く。

「やだよ。薫が食べて」

「いいよ、リモにあげる」

「だめだって。だってこれ薫のだから」

リモがまた泣きだしそうになるのを見て、薫は小さく笑った。

「ごめん、私も帰るね」

ハンカチで目元を拭っていた七美が腰を浮かす。

「薫ちゃん、ごめんね。亜利子、ショックだったんだと思う。亜利子ってね、人前で泣けないの。だからあんなふうに意地悪になっちゃうの」

七美が「ごめんなさい」と頭を下げると、薫は「わかってる」と微笑んだ。亜利子のことはよくわかってるから、と。

残された四人で、なにを話すでもなくぼんやりと川を見ていた。魚でも狙っているのか、大きな鳥が川面すれすれを飛んでいる。煙のように見えるのはユスリカの群れだろうか。時々枝や葉っぱが上流から流れてきて、それを目で追っているとあっという間に視界から消えていく。太陽の光を反射する川面はただ眩しくて、動きなどないように見えるのだけれど、本当はすごく速く流れている。暁には名前も知らないこの小さな川が、寄る辺ない自分たちの人生のように思えた。

「昔の話なんだけど」

日がずいぶん傾いてきた頃、薫がぽつり、と話し始めた。それぞれどこか違う所を見ていた三人の視線が、薫の口元に集まる。

「母親が家を出ていく少し前、家族四人で出掛けたことがあったの」

あれはどこだったのだろう。店の定休日に電車を乗り継いで、珍しく遠出をした。季節はたぶん秋だったと思う。そろそろ紅葉が始まるね、と母親が呟き、紅葉ってなに？　って妹が訊いていたから。そこは広々とした場所で、自分たちのように小さな子供を連れた家族が大勢遊びに来ていた。

その明るく開けた場所に、数えきれないほど自転車が置いてあった。赤や緑や黄色の、見ているだけでわくわくするカラフルな自転車が太陽の光を反射しながら並んでいた。イルカやキリンの形をした自転車や、二台が横並びに連結した自転車など、初めて見る珍しい自転車がたくさんあった。ペダルを踏むとくるくると回転する自転車なんかもあって、自分と妹はきゃっきゃっとはしゃぎながら次々に奇妙な自転車に跨がっていった。

「その中に四人乗りの自転車があったの。縦長の車体に、椅子とペダルが四つ並んで付いてるの。まるで支柱のないシーソーみたいな自転車だった」

この四人乗りの自転車に家族で乗りたい。心の中にはそんな思いがすぐに浮かんだけれど、口にはしなかった。その時すでに両親の関係が冷えきっているのを知っていたから。なんとなく今日は、なにか区切りをつけるために家族四人で過ごしているのだと薄々気づいていたから。本当は互いに顔を合わせたくない父親と母親が、無理をして一緒にいるとわかっていたから。

「私ね、あなたたちと一緒にバスケットをしていたこの一年間、六人乗りの自転車に乗ってるような気がしてた」

口元に笑みを浮かべた薫が、暁、欣子、リモの顔を順に見つめてくる。

「六人で呼吸を合わせて、自転車を漕いでいるような気持ちだった」

自分ひとりの力ではとうていたどり着けない距離を、ものすごい速さで走ってきた。疲れて足が動かない時も、必ず誰かがペダルを踏んでくれていて。自転車は決して止まることなく前に、ただ前に向かって走り続けた。

「ほんとに……楽しかった。いままでありがとう」

聞きたくなかった言葉が、薫の口から漏れる。最後の挨拶のようで辛くなる。なのに欣子は、「こちらこそありがとう。薫と一緒にバスケットをしたこと、一生の誇りになると思う」と大人の受け答えをしている。自分にはそんな、サイン帳に書くような別れの言葉、とてもじゃないが口には出せない。

「薫、大好きなのに」

リモが薫を抱きしめる。大柄な薫をすっぽりと包めるのはリモしかいない。リモが薫の肩に顔を埋めて泣いている。二人の姿をぼんやりと眺めながら、薫は本当にいってしまうのだと思った。大事なものと離れなくてはいけないのは、守りきれないのは、留めておけないのは、自分がまだ子供だからだろうか。

「私たちも帰りましょうか」

欣子が腰を浮かし、バスパンの尻についた草を払った。

「そうだね。そろそろ帰ろっか」

明るい声を出せたことに、暁はほっとする。

薫がリモの腕をそっとつかみ、体を離す。まだ泣きやまないリモの頭を撫で、草むらに置いてあった二人分のリュックを右と左の肩に掛けた。

「じゃあね、また」

反対方向に歩いていくリモと薫に手を振ると、「バイバイ」と返ってくる。細長い二つの影が遠ざかっていくのを、欣子と並んで見送った。

「あーあ」

二人が見えなくなったと同時に、自分でもびっくりするくらい大きなため息が口から漏れる。

「やめて。雪女みたいな息吐かないで。凍えちゃうわ」

「だって嫌なんだもん」

「なにが？」

「もうこの六人でバスケができないなんて、そんなのやだよ。やだやだやだやだ、やだっ」

「やめてよ、みんながいなくなったからって急に幼児返りするの」

隣を歩く欣子は呆れた顔で笑っていた。

「欣子は寂しくないの？」

「もちろん寂しいわ。でもさっきも言ったけれど、それが薫の決めたことなら応援するしかないじゃない？」

薫はこれまでもずっと、自分の力で生きてきた。親の支配から抜け出すために。現状に風穴を開けるために。未来を明るいものに変えるために。今回の決断は陸上を諦めた薫が、再び夢を取り戻したということだ。だから祝福してあげたいのだと欣子は話す。

「大人だねぇ、欣子は」

「あら、いま頃？　精神年齢では暁より十歳は軽く上よ」

「それはないって」

「じゃあ二十？」

靴先から伸びる二つの影が、楽しそうに揺れていた。悲しいのにこんなふうに笑えることが不思議で、でもほっとして空を見上げる。いつしか雲が薄いオレンジに染まっている。

「ねえ暁、こんな時になんだけど、私からも話があるの」

川沿いの道の終点。ここから欣子は右へ、暁は左へと歩いていく。

「なんの話？」

「うん。実はね、私も転校するのよ」

「ちょ、ちょっと待って。え、えーっ？　なに言ってるの」

「暁、落ち着いて。私が転校するのは二学期よ。部活を引退してから。だから夏の大会が終わるまでは平川中にいる」

「どうして……ねえどういうこと？」

「高校受験でね、桜明館をもう一度受けてみようと思ってるの。高校は募集人数が少ないから中学よりも難関だとは思うんだけど。それで二学期からまた、都心の進学塾に通ってみるつもり」

「自宅に戻るってこと？」

「そう。ここからじゃ通えないもの」

少し前から考えていたが、いつ切り出そうかと迷っていた。今日のこのタイミングで伝えるのが一番いいと思ったと欣子がやけにあっさり口にする。

「もしかして、おばさんが言ってた約束って、このことだったの？」

欣子、あなたも約束は守りなさいよ——。以前、リモとサラさんの一件で翠に助けてもらった時、そんな言葉を耳にした。約束とは、欣子が桜明館を再び目指すということだったのか。

「そんなこと、よく……憶えてたわね。ちょっとびっくり」

「ほんとに？　そうなの？」

「まあ、そうね。約束はそういうことだったわ。でも私はあの人に言われたから桜明館を目指すわけではないの。無理やり自宅に連れ戻されるわけでもない。それは本当」

みんなと一緒にバスケに打ち込んできたこの一年間、毎日がとんでもなく楽しかった。こんな経験は人生で初めてだった。でもすぐに自分は選手としてコートに立つ人間ではないと悟った。身体能力が違いすぎる。ただそれはひとつの事実であって、自分自身を苦しめるものではなかった。

「ほんとよ。私、毎日朝がくるのが待ち遠しかった。学校がこれほど楽しかったことなんて、いままで一度もなかったの。朝、みんなと顔を合わせて、おはようって言い合って。部活では私の立てた練習メニューを取り入れてくれたり、雑誌やビデオで学んだフォーメーションを提案すれば真剣に試してくれたり。初心者の薫やリモがみるみる上達していく姿も眩しかった。私は自分のことをチームに必要な存在だと自負していたし、マネージャーは自分に最適なポジションだといまも思ってる。でもね、わかったこともあるの。すごく単純なこと。それは私がプレーヤーとして活躍できる場所は、コート上ではないということよ」

実家に戻るよう言ってきたのは、たしかに母親かもしれない。だが自分も薄々は気づいていたのだ。いつまでも逃げ続けるわけにはいかない、と。

「ねえ暁。まだぼんやりとしていてはっきりとは言えないんだけど、いつか私、リモや薫のように理不尽なことに苦しんでいる人を助けられる、そういう職業に就きたいなって。ヤマジに認知させた母を見て、やっぱりすごいと思ったのよ。私には金色の角は生えてなかったけれど、でも銀色の角くらいは持っているような気がするから」

六人で過ごした時間が、自分を信じるという感覚を取り戻させてくれた。全力で挑んだ戦いで得た星は、それが白星でも黒星でも、自分の中で光り続けるのだと気づいた。私は私の一番得意なことで勝負する。そう決めた。暁たちを見ていて、自分もまた一点を争う戦いに戻りたくなったのだと欣子は笑った。

「暁、そろそろ出てきなさい。もう十一時だぞ。明日学校だろ」

襖越しに父の声が聞こえ、暁はゆっくりと瞼を開いた。夕飯も食べず、風呂にも入らず、いつの間にか眠ってしまった……。布団を出て立ち上がると、一瞬だけ立ちくらみがした。乾いた涙が、目の周りに糊《のり》のように張りついている。

「……お腹すいた。なんか食べたい」

襖を開けると、自分で声をかけてきたくせに、「おおっと」と父がのけぞる。ふだん通りのさりげなさを装いながら、その目が心配そうにこっちを見ている。

夕方、家に帰ってくるなり、

「薫が二週間後に転校するんだって。二学期になったら欣子も実家に戻るらしい」

とわざとぞんざいに父に伝えた。父は驚いて理由を訊いてきたが、いろいろ話すのが億劫《おっくう》で、「二人とも夢があるんだよ」とだけ答えておいた。そしてそのまま自分の部屋にこもり、布団にもぐりこんで泣いていると、いつしか眠っていた。

「春季大会、準優勝おめでとう」

卵ともやし入りのラーメンをすすっていると、父が冷蔵庫から秘蔵の米焼酎を出してきた。今日は祝杯だ、と暁にはソーダをコップに入れてくれる。

「……うん。ありがと」

そうだった。今日は創部二年目にして強豪校の南条中学を破り、春季大会で準優勝するという快挙を成し遂げたのだ。父も会場に来ていた。でも準優勝の喜びは、薫と欣子の転校話の衝撃に、上書きされている。

「そういうこともあるさ」

グラスに注いだ米焼酎を、父がくいと半分飲み干す。

「そういうことって、どういうこと」

「だから、本田さんや欣子ちゃんが転校するってことだ」

麺をすくい上げたまま、箸が止まる。わかっているけど、しょうがないんだけど、まだ「そういうこともあるさ」と頷けない自分がいる。

「おまえはどう思ってるんだ?」

「え……」

「二人はなにかを決めたんだろ。決めたから転校することにしたんだろ。暁はそれを聞いてどう思った? 腹が立ったのか」

「そんなわけ……ないよ。だって二人とも……一生懸命、……一生懸命考えて出した結論なんだし」

怒っているわけではない。そんな権利、自分にはないし。ただ少し寂しい。いや悔しいのかもしれない。自分の生き方を見つけた二人のことが羨ましいと、父に伝える。

「暁の夢はなんだ」

唐突に訊かれ、箸を置いて顔を上げた。酔いが回ったのか、目の縁を赤くした父が目の前で微笑んでいる。

「夢……ねぇ」

亜利子と七美が先に帰ってしまい、四人で川辺に座っていた時、リモが自分の夢を教えてくれた。リモは、高校に進学したいのだという。まだまだ学力が追いつかず、学費が払えるかもわからない。だけどいまは、高校に行きたい。きちんと勉強して就職して、日本の人に自分やママの存在を認めてもらいたい。そのためになにをすればいいのか、中林先生に相談しているのだとリモは話してくれた。そんな夢を語るリモを見ていて、自分はどうなんだろうと思った。これからどう生きるのか、どう生きたいのか。

「あたしは八年間、バスケしかしてこなかったから……」

小学一年生の時から自分はミニバスに通ってきた。四年生の時に初めて上級生チームのスターターに選ばれ、自分より一〇センチも二〇センチも背の高い女子に交ざってプレーするようになった。でもある時期、体格で劣る相手との競り合いが怖くなって、アウトサイドからしかシュートが打てなくなった。ただジャンプシュートも得意だったし、それで十分に点が取れたので、あえてインサイドで勝負することはなくなっていった。

そんなある日、監督から呼び出された。監督に「おまえはリング下で戦わなくてはいけない、戦えなくてはいけない選手だろう。リング下で勝負できるやつが、アウトサイドからばかり打ってどうするっ」と烈しく叱責された。このまま勝負しないのならおまえは要らない、とも言われた。厳しい監督だった。でも監督の言うことはいつだって正しかったと、暁はいま初めてこの話を父に聞かせる。

「それで、おまえはどうしたんだ？」

「うん、どっちにしてもスタメンから外されるなら、勝負して負けようと思った。逃げてスタメン落ちするより、そっちのほうがましだと思って。でもやっぱりリング下の競り合いでは上級生に当たり負けてばかりで、あたし、しょっちゅうふっ飛ばされてた。床に転がって見た体育館の天井の色、いまでもはっきり憶えてるんだ」

父は暁の思い出話を楽しそうに聞いていた。夢はなんだ、という質問からはずいぶんとずれてしまったが、その話もおもしろいというふうに。

「でもね、一か月、二か月と真っ向勝負していくうちに、あたし、競り合いに勝てるようになってきたんだよ。十回に一回、五回に一回、三回に一回って感じで上級生のディフェンスをドライブで抜けるようになったんだ。そのうちにあたしも背が伸びて体格的にもだいぶハンデがなくなってきて、五年生の夏には監督から『うちのエース』って言われるようになった」

フォワードとしての突破力は、その、床に転がってた時期に培《つちか》った。あの時、あのままアウトサイドからばかりシュートを打っていたら、フォワードとしての成長はなかっただろう。長い時間をかけて繰り返し挑むことで、負けを勝ちに転じられる。そんな大切なことに気づけなかっただろう。

「お父さん、あたし、たぶんこの先もバスケばっかりすると思うんだ。まあ、さすがにあと数年だろうけど……。だからあたしはいつか大人になったら、バスケからもらったいろんなことを返せるような、そういう仕事に就きたい。それがいまのあたしの夢……かな」

できることなら奥村や中林のような教師に、と言いかけて口をつぐんだ。いまの成績では無理だろう、だったら勉強しろと返されるような気がして。

「いい夢だな。おまえは人の痛みがわかる子だからな。努力する意味も知っている。大人になるまでまだまだ時間はあるんだ、頑張り屋のおまえならきっと何者かになれるさ」

父はそう言って頷くと、乾杯、とソーダの入ったコップに自分のグラスを軽く当ててきた。暁は「そうかなー」と首を傾げながらも嬉しくなって、祝杯に口をつける。真っ赤なジャージを着て生徒たちに指示を飛ばす自分の姿が、ぼんやりと頭に浮かんだ。

二か月後

「さあみんな、中に入るよ」

校舎裏のスペースで軽いアップとミーティングをすませると、暁は一年生を引きつれて体育館の入口へと向かっていく。東京都女子中学校バスケットボール夏季大会は、七月半ばにスタートし、春季大会の準優勝チームである平川中はシード権を獲得して二回戦からの参戦となった。

「さすが夏の大会ね、すごい数の観客。脱いだ靴は自分のバッグに入れておいたほうがいいんじゃない？　間違われそうだもの」

隣を歩く欣子が、振り返って一年生に指示を出す。後輩が入ってから雑用はずいぶん減ったが、それでも細々《こまごま》としたことは欣子が続けてやってくれている。

外の陽射しも強かったが、体育館の中に入ると蒸した熱気に全身が包まれる。平川中が試合をするAコートでは、いま前の試合の第4クオーターが展開されていた。残り時間はあと三分少しなので、間もなく終了するだろう。この試合が終わってベンチが空いたらすぐに走って移動しなくてはいけない。一年生に声をかけてボールを運ばせて、アップをして……。頭の中で段取りをしていると、ふと隣のBコートで戦う南条中学のユニフォームが目に入った。そうだった。薫たちは今日の第一試合の登場だった。薫はどこにいるだろう。ああ、いた。14番をつけた黒いユニフォーム姿の薫が、ゴール下でボールを奪い合っている。

上手くなったたな……。

南条中に移ってまだ一か月半しか経ってないのに、薫の当たりが目を見張るほどに強くなっている。でも左膝にサポーターをしているのは初めて見た。故障でもしたのだろうか。

「キャプテン、春野キャプテンっ」

肩を叩かれ振り返ると、一年の田所に「前の試合終わりましたけど」と声をかけられる。

「あ、ごめん。じゃあベンチに荷物運んで。ボールケースも忘れずに」

いけないいけない。ほんの一瞬とはいえ、これから始まる自分たちの試合を忘れ、薫に見惚れていた。

いまから一か月半前、薫は転校する前に一度だけ部活に顔を出した。一年生に挨拶をするためだった。南条中学に転校することを伝えた後、薫は一年生に向かって「申し訳ない」と頭を下げ、暁たちにも何度目かの謝罪をした。

だ。

「せっかくだから練習していきなよ」

挨拶をすませて帰ろうとする薫を引き留め、暁はほとんど無理やり練習着に着替えさせた。他の部員とはきちんと握手をしてお別れをしたのに、亜利子とはまだ口をきいていないからだ。

「今日は練習の最後にシャトルランをしましょうか」

暁の意図に気づいてか、練習終了間際に欣子がそう言い出し、

「いいねいいね。一年生は初めてでしょ、シャトル」

とリモがすぐさま乗ってきた。走る距離はコートのサイドラインの端から端まで。笛が鳴ったらいっせいに走り出し、五秒以内にラインを越えていなかったら失格。途中で苦しくなった者はその時点で抜けてもいい。一年生にルールを説明した後、欣子が中林を職員室まで呼びに行った。笛を吹いてもらうためだった。

暁には欣子がなぜいま、シャトルランをしようと言い出したのかわかっていた。シャトルランの二強は薫と亜利子の二人だったからだ。

「よし、じゃあ始めるぞ」

中林が銀色の笛を口にくわえ、ピッと鳴らす。

苦しかったらいつ抜けてもいい。無理をしたら怪我をするから、と一年生に忠告して十一人いっせいに走り始める。ひとり、またひとりとギブアップしていき、百本を超えて残ったのは欣子以外の三年生五人と、一年生では田所ひとりだった。

田所がまず脱落し、それから七美、リモと抜けていく。暁は百三十五本まで食らいついたけれど、もう心臓が破裂しそうなくらい痛くなったので、命の危険を感じてコートの外に倒れ出た。予想通り薫と亜利子の一騎打ちとなったところで、みんなでその勝負を見守った。

やがて中林がいいかげん笛を吹くのに疲れてきた頃、薫がついにサイドラインで足を止めた。シャトルラン、百六十三本。自身の記録を十本も上回ってのギブアップ。亜利子もすでに足がもつれていたが、勝ち越しの一本のために、渾身《こんしん》のターンをみせた。

「優勝は野本さん、百六十四本」

ホイッスルに唾でも溜まったのか変な笛音を響かせた後、中林が高らかに声を上げる。

「野本先輩、すごいです」

一年生から上がる賞賛の声に満面の笑みを浮かべ、亜利子がガッツポーズのまま寝そべった。反対側のサイドラインのそばで蹲っていた薫が、肩で息をしながら悔しそうに笑っている。

「二人ともすごいな。どこまでいくのかと焦ったよ」

笛を吹いていただけの中林でさえ、その場にぐったり座りこんでいた。

先に立ち上がったのは、亜利子だった。ランの途中で足を痛めたのか、右足を庇いながら薫のところにまっすぐ歩いていく。

それを見た薫もゆっくりと立ち上がり、近づいてくる亜利子のことを、じっと見つめていた。亜利子の歩みはどんどんのろくなっていって、最後は右足を引きずって前へ進んでいく。

時折痛そうに顔を歪めている。

「うちの勝ちだ」

亜利子が倒れ込むようにして薫に抱きついた。そうされることがわかっていたのか、薫が両腕を伸ばし、しっかりとその体重を受け止める。亜利子が顔を下に向け、「うち、薫のこと一生許さないからっ」とくぐもった声で叫ぶ。

「ごめん」

亜利子の体を支えたまま、薫がもう何度言ったかしれない「ごめん」をまた口にした。

「謝るんだったら、夏までこのチームにいろっ」

「……ごめん」

「パス出す場所がなくて困った時、いつもあんたを探したの。だって薫ってばほんといい場所に走ってるんだもん。絶対に走ってるんだもん。うちがどんなにあんたのこと信用してたか……」

顔を上げた亜利子が、思いきり口を歪めた。いつもの意地悪な顔を作ろうとして、でもそう巧くはいかず、亜利子の両方の目からぽたぽたと涙がこぼれ落ちてくる。

「応援するから。あんたのこと応援してる……」

「ありがとう。……亜利子、足大丈夫？」

薫の目にも、うっすらと涙が滲む。

「皮めくれた。ほら、血が出てる。でもいいのさ、最後は薫に勝って終われたからねーだ」

亜利子が「ははん」と笑い、靴下を脱いで血まみれの足の裏を見せていた。薫は苦笑しながら、一年生に救急箱を取りに行ってくれないかと頼み、亜利子の足に絆創膏《ばんそうこう》を貼ってやっていた。部活終了のチャイムが聞こえ、欣子の指示で一年生たちが片付けを始める。

欣子が「薫、わざと負けたんじゃない？　ほんとはまだ走れたんじゃないの」と暁に耳打ちしてきた。暁は「あれが薫という人だよ。亜利子が怪我してることに気づいたんだよ」と笑い返す。片付けが終わると、コートの中央で円陣を組んだ。一年生も輪の中に加わる。この顔ぶれで円陣を組むのはこれでもう最後。信じられなかったけれど、実感もわかなかったけれど、本当にそれが最後になった。

隣のBコートの主審が試合終了の笛を吹くと同時に、南条中側のベンチから拍手が起こる。でもそれはまだ余裕のある拍手。東京都大会の頂点、さらに全国を目指す南条中にとっては、まだ初戦の一勝だから。

１３４―14

１００点ゲームで二回戦を突破し、三回戦へと駒を進めた南条中の選手たちがてきぱきと片付けをすませベンチを空ける。黒色のユニフォームがあっという間に試合会場から退場していくのを、暁は横目で見ていた。

体育館を出る間際、薫が暁のほうを見た。吸い寄せられるように視線が合う。

頑張れ――。

薫の唇がそう動いたような気がした。暁は右手を挙げてその言葉に応える。気がつけば暁以外の四人も、自分と同じように薫が立つ体育館の入口を見つめていた。

審判が「整列っ」と声を上げる。

「よし、いこうっ」

暁は大声を張り、サイドラインまで走っていく。ボールが床に弾む低い音。風のうねりにも似た大歓声。カメラのシャッター音。体育館の中にあるすべての音が、きちんと整理されて耳に入ってくる。

サイドラインに足の先を合わせて横一列に整列すると、視線を上げて平川中の応援席を眺めた。窓を覆う暗幕の隙間から入る細長い光の中に、父の顔を見つける。そのすぐ近くにサラさんと翠が立っていた。

「薫、こっち見てたわね」

隣に並ぶ欣子が、暁にだけ聞こえる声で言った。

「目が合った」

「私たちの試合、観てくれてるといいわね」

「大丈夫。きっと観てる」

「私たちもまずは一勝ね」

「うん、全力でいこう」

リモがジャンプボールに出ていき、暁たちもそれぞれのポジションに散っていく。

審判の手から離れたボールが、空中に高く浮かぶ。ボールに向かって反り上がるリモの骨ばった背中を見つめながら、暁はボールの行方に全神経を集中させた。

リモが床に向かって叩きつけたボールを七美が素早くキャッチし、亜利子に渡す。

「速攻っ」

亜利子が暁のほうを見ながら、作戦通り、高く長いパスを出してきた。ボールより先へ。全力でコートを走っていると、いっさいの音が聞こえなくなった。パスを受けるために、ただ全力で走る。それだけで胸が熱くなる。ボールが暁に向かって猛スピードで近づいてきた。だがこのままだとボールは暁の頭上を越えて、コート外まで抜けていってしまう。落下点はまだ少し先だ。

「跳べ、暁っ」

コートの中か外からか。どこかで誰かがそう叫ぶのが聞こえた。暁は手を伸ばし、息を止め、思いきり床を蹴った。

（了）

profile

藤岡陽子

1971年京都府生まれ。同志社大学文学部卒業。報知新聞社を経て、タンザニア・ダルエスサラーム大留学。
慈恵看護専門学校卒業。2006年「結い言」で「第40回北日本文学賞選奨」を受賞。2009年、『いつまでも白い羽根』(光文社)でデビュー。
著書に『トライアウト』(光文社)、『手のひらの音符』(新潮社)、『おしょりん』(ポプラ社)、『満天のゴール』(小学館)、『この世界で君に逢いたい』(光文社)など多数。

跳べ、暁!

2020年7月15日　第1刷発行

著者　藤岡陽子
発行者　千葉 均
編集　吉川健二郎
発行所　株式会社ポプラ社
〒102-8519　東京都千代田区麹町4-2-6
電話　03-5877-8109(営業)
03-5877-8112(編集)
一般書事業局ホームページ　www.webasta.jp
組版・校閲　株式会社鷗来堂
印刷・製本　中央精版印刷株式会社

N.D.C.913/375P/19cm　ISBN978-4-591-16709-0

P8008288